ULLSTEIN

Lustgeflüster
Erotik bei Ullstein:

Louisa Campion: *Lustgeflüster*
Rebecca Ambrose: *Hemmungslos*
Chris Stevens: *Herzrasen*
Die Perle – Ein erotisches Magazin und andere galante Raritäten
Marquis de Sade: *Justine*
Lonnie Barbach: *Wildkirschen*

Louisa Campion

Lustgeflüster

Roman

Aus dem Englischen
von Ursula Maier

Ullstein

Ullstein Taschenbuchverlag 2002
Der Ullstein Taschenbuchverlag ist ein Unternehmen der Econ Ullstein List
Verlag GmbH & Co. KG, München

Titel der englischen Originalausgabe: Pride and Prurience
Übersetzung: Ursula Maier
Umschlaggestaltung: Thomas Jarzina, Köln
Titelabbildung: zefa, Düsseldorf
Gesetzt aus der Palatino
Druck und Bindearbeiten: Ebner & Spiegel, Ulm
Printed in Germany
ISBN 3-548-25471-3

1

Mit flatternden hellgelben Röcken rannte Sophy Woodleigh die Terrassenstufen zum Garten hinab und rief laut: »Beth! Beth! Wo bist du?«

Als sie ihre Schwester hinter Büschen entdeckte, hastete sie den Pfad entlang, ohne sich darum zu kümmern, dass ihre dunklen Locken vom Wind zerzaust wurden.

»Bist du verrückt?«, schimpfte Beth. »Wie kannst du bei dieser Kälte ohne Mantel oder Cape draußen herumlaufen?«

Die Frühlingssonne erstrahlte zwar an einem wolkenlosen Himmel, doch vom Hochmoor fegte ein eisiger Wind herab.

»Das ist doch unwichtig!«, erwiderte Sophy ungeduldig. »Junker Gorse hat eine sensationelle Neuigkeit – er hat Highcrest Hall vermietet! Endlich werden wir in dieser Einöde ein neues Gesicht zu sehen bekommen!«

Beth schlang eine Hälfte ihres warmen Umhangs um ihre unvorsichtige Schwester und führte sie energisch auf das Haus zu.

Sophy tänzelte aufgeregt neben ihr her. »Was aber das Allerbeste ist – der Mieter ist Junggeselle und nicht einmal alt! Jedenfalls nicht *schrecklich* alt … mit zweiunddreißig kann er noch nicht gebrechlich sein, und Männer dieses Alters sind manchmal sogar interessanter als Jungen unter zwanzig, findest du nicht auch?«

»Ja«, bestätigte Beth automatisch. Weil sie befürchtete, dass Sophy sich erkältet haben könnte, hörte sie dem

Geplapper nur mit halbem Ohr zu, drängte die Schwester besorgt in den Salon, wo ein Kaminfeuer prasselte, und klingelte nach Tee.

»Wo ist Junker Gorse denn?«, fragte sie, erstaunt darüber, dass der Besucher nicht im Salon saß.

»Er hat sich mit Mama in die Bibliothek zurückgezogen, um irgendwelche Gutsangelegenheiten zu besprechen. Sie wollen nicht gestört werden.«

Beth legte ihr Cape ab, glättete ihr hellbraunes Haar vor dem Spiegel über dem Kamin und zupfte die zerknitterten Rüschen am viereckigen Ausschnitt des Vormittagskleids zurecht.

»Ist das nicht wahnsinnig aufregend?«, beharrte Sophy. »Ich kann es kaum erwarten, den Mann kennen zu lernen. Hoffentlich sieht er gut aus.«

Während Beth ihre Schwester betrachtete, deren hyazinthenblaue Augen begeistert leuchteten, konnte sie – wie so oft – kaum glauben, dass Sophy nur zwei Jahre jünger als sie selbst war. Mit siebzehn hatte das hübsche und lebenssprühende Persönchen nur Vergnügungen und Frivolitäten im Kopf, und jeder Versuch, sie für ernsthafte Themen zu interessieren oder auf Probleme hinzuweisen, war bisher fehlgeschlagen.

Auch jetzt, als das Dienstmädchen den Tee servierte, warf sie einen verdrossenen Blick zur Tür und quengelte: »Was machen sie nur so lange in der Bibliothek? Ich möchte jede Einzelheit über den neuen Nachbarn wissen, und es ist gemein von Junker Gorse, vorher endlose Gespräche mit Mama zu führen!«

Beth lächelte nachsichtig, während sie aus der schweren Silberkanne einschenkte, Sophy eine dampfende Tasse hinschob und sich zu ihr setzte. »Es gibt gottlob Menschen, deren Gedanken nicht ständig um gesellschaftlichen Trubel kreisen. Junker Gorse hat viele Verpflichtungen, die ihm zweifellos wichtiger als ein neuer Nachbar sind.«

Sophy machte einen Schmollmund. »Wir werden natürlich auch die letzte Familie sein, die den Mieter von Highcrest Hall kennen lernt! Wie grässlich, dass Papa gestorben ist, als wir noch Kinder waren! Für uns Frauen schickt es sich ja nicht, einen Antrittsbesuch zu machen, und so müssen wir abwarten, bis Junker Gorse uns vorstellt. Das kann eine Ewigkeit dauern ... Ach, es ist einfach zum Verrücktwerden!«

»Junker Gorse ist sehr gut zu uns«, rief Beth ihr sanft ins Gedächtnis. »Er vermietet uns dieses Haus zu einem lächerlich niedrigen Preis, und er schickt uns immer Obst und Gemüse aus seinen Treibhäusern.«

»Ich weiß, aber das tut er nur, weil er in Mama verliebt ist und auch uns beide viel netter als seine eigene Tochter findet.«

Das entsprach durchaus den Tatsachen, aber Beth wusste auch, dass sie nicht die Einzigen waren, die von der Großzügigkeit des Junkers profitierten. Er hatte immer ein offenes Ohr für alle Anliegen seiner Pächter und Arbeiter, und jeder, der in Not geraten war, konnte mit seiner Hilfe rechnen.

Vale Cottage, das Haus, das er den Woodleighs vermietet hatte, lag am südlichen Rand seines ausgedehnten Grundbesitzes. Es war ein ansehnlicher honigfarbener Steinbau mit großem Garten, und die beiden Mädchen hatten hier mit ihrer Mutter ein gemütliches Zuhause gefunden.

Sophy war beim Tod des Vaters noch zu klein gewesen, um sich an die Verzweiflung ihrer Mutter erinnern zu können, als diese erfuhr, dass der jüngere Bruder ihres Mannes das Haus geerbt hatte, das seit der Eheschließung ihr Zuhause gewesen war. Ihr stand nur sehr wenig Geld zur Verfügung, und sie hatte nicht gewusst, wo sie mit ihren Töchtern hin sollte, bis der Witwer einer ehemaligen Schulfreundin ihr das Vale Cottage anbot.

Beth erinnerte sich noch gut an jene schreckliche Zeit der Ungewissheit und würde Junker Gorse ewig dankbar für seine Hilfe sein, während sie jenen Onkel, der sie in unverzeihlicher Hast aus dem Haus geworfen hatte, tief verachtete.

»Ich werde Junker Gorse bitten, einen Ball oder wenigstens eine Abendgesellschaft zur Begrüßung des neuen Nachbarn zu veranstalten«, verkündete Sophy plötzlich. »Ist das nicht eine glänzende Idee?« Sie schaute wieder zur Tür hinüber. »Was in aller Welt treiben sie dort nur so lange?«

Mrs. Woodleighs Oberkörper lag auf dem polierten Eichenschreibtisch. Ihre Röcke waren bis zur Taille hochgeschoben, ihre Schenkel weit gespreizt, und sie presste einen Handrücken auf den Mund, um jedes lustvolle Stöhnen im Keime zu ersticken.

Junker Gorse kniete zwischen ihren Beinen und erkundete mit der Zunge alle feuchten Hügel und Täler ihrer Schamzone, während sie sich ihm begierig entgegenwölbte.

Sie wusste, dass es unverantwortlich war, sich mit ihrem Geliebten zu vergnügen, obwohl ihre Töchter im Haus waren, aber sie konnte der Versuchung nie widerstehen, wenn sie mit ihm allein in irgendeinem Raum war. Wie immer hatte sie vorsorglich gesagt, dass sie nicht gestört werden dürften, und sie hatte die Tür abgeschlossen. Trotzdem könnte Sophy in ihrer üblichen ungestümen Art versuchen, in die Bibliothek zu stürzen, und die verschlossene Tür würde sie bestimmt zu neugierigen Fragen veranlassen, die Mrs. Woodleigh sehr peinlich wären.

Doch sobald die Zunge kundig über ihren Kitzler schnellte, ihn ableckte und rieb, vergaß sie alle Befürchtungen, vergaß ihre Töchter und überließ sich ungehemmt den Hitzewellen, die durch ihren Körper jagten. Ein vertrautes Taubheitsgefühl an Händen und Füßen kündigte den dicht bevorstehenden Orgasmus an, und sie biss sich auf die Unterlippe, um einen gebrochenen Schrei zu unterdrücken, während sie sich in Ekstase aufbäumte.

Viel Zeit zum Atemholen blieb ihr nicht, denn ihr Liebhaber stand auf, öffnete seine Reithose und führte sein steifes Glied in ihre nasse verborgene Grotte ein. Mit einem zufriedenen Seufzer schlang sie ihre Beine um seine Hüften, damit er noch tiefer vordringen konnte. Seine kraftvollen Stöße gaben ihr das Gefühl, von einem stahlharten, aber mit Samt umgebenen Speer durchbohrt zu werden, und gleichzeitig entblößte er ihre vollen Brüste, knetete die bräunlichen Spitzen zu prallen Knospen und streichelte das weiche und doch straffe Fleisch. Wieder wurde sie mühelos zum Gipfel der Lust emporgetragen und flüsterte seinen Namen mit verkrampften Muskeln, wodurch sie auch ihm einen atemberaubenden Höhepunkt bescherte. Seine heiße Samenflüssigkeit ergoss sich in ihre Höhle, und sein Kopf sank für einige Minuten erschöpft in ihre Halsgrube.

Als sie die Augen aufschlug, lehnte er auf die Ellbogen gestützt über ihr und küsste sie leidenschaftlich, bevor er sich hochstemmte und seine Hose zuknöpfte.

»Marianne, du bist die wundervollste Frau, der ich jemals begegnet bin!« Bedauernd beobachtete er, wie sie sich aufrichtete, ihre lange Spitzenunterhose über die wohlgeformten Beine zog und die Falten des taubengrauen Rocks mit den Fingern glättete. Auch ihre Brüste verschwanden wieder unter dem Mieder, und das Dekolleté wurde von üppigen weißen Rüschen verhüllt. »Niemand würde auf die Idee kommen, dass du zwei erwachsene Töchter hast. Du siehst selbst wie ein junges Mädchen aus.«

Tatsächlich hatte das bisweilen harte Leben an Marianne Woodleighs Äußerem kaum Spuren hinterlassen. Ihr dichtes dunkelbraunes Haar wies keine grauen Fäden auf, und die winzigen Fältchen um ihre blauen Augen waren nur aus nächster Nähe zu erkennen. Klein, aber mit üppigen Kurven ausgestattet, hatte sie im Laufe der Jahre viele Männer zum Träumen angeregt, und sogar jetzt konnte sie Jünglinge zum Schwärmen bringen.

»Danke für das Kompliment«, murmelte sie lächelnd, »aber jetzt sollten wir lieber in den Salon gehen, bevor meine Töchter auf dumme Gedanken kommen!«

2

Sobald die Tür geöffnet wurde, sprang Sophy auf, schob ihre Hand unter den Ellbogen des Gutsherrn und schleppte ihn zum Sofa. »Endlich!«, rief sie. »Wir können es kaum erwarten, alles über den neuen Mieter von Highcrest Hall zu erfahren!«

Junker Gorse tätschelte ihre Hand wie ein gütiger Onkel und lächelte Beth zu, die ihm und ihrer Mutter Tee ein schenkte. Mit Ende vierzig war er ein attraktiver Mann, mittelgroß, mit einem muskulösen Körper, der durch die Reitkleidung vorteilhaft zur Geltung gebracht wurde.

Mrs. Woodleigh setzte sich anmutig in einen hohen Lehnstuhl gegenüber dem Sofa, trank einen Schluck

Tee und dachte wieder einmal, dass sie sich glücklich schätzen konnte, einen reizvollen Geliebten und zwei reizende Töchter zu haben.

Sophy war fast ihr Ebenbild: klein, mit weiblichen Rundungen an den richtigen Stellen, herzförmigem Gesicht, blauen Augen, Stupsnase und ansteckendem Lachen.

Beth hatte das hellbraune Haar, die schmale Nase und den sinnlichen Mund ihres Vaters geerbt, überragte ihre Mutter und Schwester um mindestens zehn Zentimeter und war gertenschlank, doch auch sie hatte hyazinthenblaue Augen mit langen dunklen Wimpern.

»Was willst du denn noch über Mr. Chiltern wissen?«, fragte Junker Gorse schmunzelnd. »Du hast mich doch schon vorhin wie eine Zitrone ausgequetscht.«

»Ist er reich? Wie viel tausend Pfund verdient er im Jahr? Woher kommt er, und lebt er wirklich allein?«

»Du hast vergessen, dich zu erkundigen, wie viel Kutschen der Mann besitzt«, warf Beth trocken ein.

»Diese Frage kann ich leider genauso wenig beantworten wie die nach seinem Jahreseinkommen«, erwiderte Junker Gorse. »Aber er stammt aus Northamptonshire und kann nicht unvermögend sein, wenn er Highcrest Hall gemietet hat. Mir wurde gesagt, er habe Rassepferde, und er will zwar allein einziehen, aber viele Freunde einladen.«

»Wie sieht er aus?«, wollte Sophy wissen.

»Ich habe ihn noch nicht persönlich kennen gelernt, will aber morgen Vormittag hinreiten und ihn hier willkommen heißen.«

»Werden Sie einen Ball veranstalten, damit er unsere Bekanntschaft machen kann? Bitte, bitte!«

»Sophy, das geht wirklich zu weit!«, tadelte Mrs. Woodleigh.

Junker Gorse lachte nachsichtig. »Willst du ihn

selbst angeln, oder schwebt er dir als Bräutigam deiner Schwester vor?«

»Das kann ich erst sagen, wenn ich ihn gesehen habe. Vielleicht ist er nicht reich oder nicht attraktiv genug für mich. Ein um so viele Jahre älterer Mann kommt für mich nur in Betracht, wenn er ungewöhnlich gut aussieht und mindestens zehntausend pro Jahr verdient.«

Mrs. Woodleigh schüttelte verzweifelt den Kopf. Obwohl sie Sophy unzählige Male erklärt hatte, dass solche Äußerungen unklug waren, redete das Mädchen unbedacht drauflos, ohne an die Folgen zu denken.

»Junker Gorse wird einen katastrophalen Eindruck von deinem Charakter bekommen!«

»Unsinn – er weiß doch längst, dass ich mir geschworen habe, einen reichen Mann zu heiraten, um ganz viel Schmuck, schöne Kleider und Kutschen zu haben«, erwiderte Sophy uneinsichtig. »Beth und ich möchten nicht die Letzten sein, die den neuen Nachbarn kennen lernen.« Sie warf dem Gutsbesitzer einen flehenden Blick zu. »Werden Sie ihn möglichst bald hierher mitbringen? Vielleicht schon morgen?«

»Lass mich bitte aus dem Spiel«, widersprach Beth. »Ich kann mich mühelos in Geduld fassen, bis unsere Wege sich irgendwo zufällig kreuzen.«

»Dir scheint es völlig egal zu sein, ob du jemals heiratest oder nicht«, entgegnete Sophy. »Mit neunzehn hast du erst einen einzigen Heiratsantrag erhalten, während ich es schon jetzt auf drei gebracht habe. An deinem Aussehen kann das nicht liegen, weil du wirklich hübsch bist. Ich glaube, es schreckt die Männer ab, dass du offen zugibst, ein richtiger Bücherwurm zu sein. Dass du James abgewiesen hast, verstehe ich allerdings«, fügte sie gerechterweise hinzu. »Er ist schrecklich langweilig und schielt auch noch … siebentausend im Jahr sind allerdings nicht zu verachten!«

»Du hast *drei* Heiratsanträge bekommen?«, warf Gorse ein, sobald sie Atem holen musste. »Vom dritten habe ich ja noch nie etwas gehört.«

»Es lohnt sich auch kaum, ihn zu erwähnen«, betonte Beth. »Der Junge steckt noch in den Kinderschuhen und hat letzte Woche bei der Tanzveranstaltung ein bisschen zu viel Punsch getrunken.«

»Er ist sechzehn!«, rief Sophy empört. »Und ich kann dir versichern, dass er es todernst meinte.«

»Daran zweifelt niemand, Liebling«, sagte Mrs. Woodleigh beruhigend. »Allerdings würde sein Vater ihm bestimmt nicht erlauben, noch vor dem Schulabschluss eine Ehe einzugehen.«

»Bevor er einundzwanzig ist, bekommt er keinen Penny«, räumte Sophy ein, »und deshalb kam er als Heiratskandidat für mich sowieso nicht in Frage – so lange kann ich unmöglich warten! Mama, ich brauche unbedingt etwas Neues zum Anziehen, denn in meinen alten Fetzen kann ich mich vor Mr. Chiltern nicht sehen lassen.« Ohne eine Antwort abzuwarten, wandte sie sich an Beth. »Schwesterherz, falls du feststellen solltest, dass Mr. Chiltern dir gefällt, überlasse ich ihn dir, damit du keine alte Jungfer wirst!«

»Danke, ich bin gerührt von deiner Großherzigkeit.« Beth unterdrückte mühsam ein Lächeln. »Dann bleibt ja nur zu hoffen, dass er meine Liebe zu Büchern teilt.«

»Ich werde ihm morgen einen Besuch abstatten, und wenn ich Zeit habe, komme ich anschließend vorbei und berichte euch alles«, versprach Gorse gutmütig. »Ist dir noch gar nicht in den Sinn gekommen, Fräulein Naseweis, dass der Mann schon verlobt sein könnte?«

»Das wäre unverzeihlich!«, schmollte Sophy. »So etwas kann er uns doch nicht antun.«

Junker Gorse verabschiedete sich, und die beiden Schwestern gingen in ihre Zimmer hinauf, um sich zum Abendessen umzuziehen. Nachdem keine Gäste erwartet wurden, entschieden sie sich für Kleider, die sie bei gesellschaftlichen Veranstaltungen nicht mehr tragen konnten. Vor einem Ball benötigte Sophy Stunden, um sich schönzumachen, doch jetzt klopfte sie schon nach einer Viertelstunde an Beth' Tür, machte es sich auf deren Bett bequem und schaute ihr beim Frisieren zu.

»Wie langweilig, zu Hause und ohne Herrenbesuch zu speisen!«, jammerte sie. »Warum kann es nicht jeden Abend einen Ball oder wenigstens eine Party geben?«

Beth verzichtete auf eine Antwort, weil sie diese Klage schon tausendmal gehört hatte.

»Es ist abscheulich von Mama, kein Haus in London mieten zu wollen.« Sophy stieß einen schweren Seufzer aus. »Wenn sie es täte, könnte ich bestimmt einen Herzog oder Grafen heiraten, aber bei den hiesigen Bällen treffe ich allenfalls einmal einen Baronet.«

»Der Charakter eines Mannes sollte dir wichtiger sein als Adelstitel und Reichtümer«, entgegnete Beth. »Außerdem weißt du ganz genau, dass Mama es sich nicht leisten könnte, mit uns in London zu leben.«

»Junker Gorse würde sicher die Kosten übernehmen«, sagte Sophy störrisch.

»Mama ist viel zu stolz, um ein solches Angebot jemals anzunehmen. Und nachdem wir in London keinen Menschen kennen, würde es uns auch nichts nützen, dort zu wohnen.«

»Eine von Papas Schwestern könnte uns in die besten Kreise einführen«, beharrte Sophy. »Tante Jane hat keine eigenen Kinder und wäre wahrscheinlich heilfroh, endlich Kontakt zu uns zu haben.«

Beth stöhnte innerlich, weil ihre Schwester von dieser Idee geradezu besessen war. Die Verwandten ihres Vaters vertraten die Ansicht, er hätte unter seinem

Stand geheiratet, und waren deshalb nie daran interessiert gewesen, seine Töchter kennen zu lernen, doch Sophy wollte das nicht einsehen. Nur mit größter Mühe gelang es Beth, sie davon abzuhalten, das Thema in Gegenwart ihrer Mutter wieder zur Sprache zu bringen.

Mrs. Woodleigh war sichtlich verstört gewesen, als Sophy sie bestürmt hatte, an die Schwestern ihres Mannes zu schreiben und sie zu bitten, ihre Töchter in die Londoner Gesellschaft einzuführen. Ungewöhnlich schroff hatte sie geantwortet, das komme überhaupt nicht in Frage. Seit dieser Abfuhr versuchte Sophy unablässig, Beth für ihren Plan zu gewinnen, damit diese einen neuen Vorstoß bei der Mutter unternahm.

Auf eine harte Geduldsprobe gestellt, hatte Beth nur den einen Wunsch, ihre Schwester auf andere Gedanken zu bringen. »Was meinst du – ob Mr. Chiltern nächste Woche am Ball teilnehmen wird?«, fragte sie mit geheucheltem Interesse.

3

Sophy saß am Salonfenster und musterte mit zur Seite gelegtem Kopf die Skizze, die sie vom Garten angefertigt hatte. Sie besaß ein gewisses Zeichentalent, das von ihrer Mutter und Schwester übertrieben gelobt wurde, weil es zu den wenigen Dingen gehörte, die Sophy von ihrer üblichen Rastlosigkeit abzulenken vermochten.

Normalerweise fiel es ihr schwer, auch nur zwei Minuten stillzusitzen, und Mrs. Woodleigh hatte ihrer älteren Tochter anvertraut, dass ihr immer ein Stein vom Herzen falle, wenn Sophy mit irgendetwas beschäftigt sei, weil sie dann wenigstens keinen Unfug anstellte.

Der Zeichenlehrer vom wenige Meilen entfernten

Lyzeum kam einmal in der Woche, um ihr Unterricht zu erteilen, und er stand auch jetzt dicht hinter ihr, während sie ihre Zeichnung begutachtete.

»Wenn es doch erst Sommer wäre«, seufzte Sophy, »damit ich endlich andere Motive hätte. Diesen Garten habe ich von hier aus schon mindestens ein dutzend Mal gemalt. Am liebsten schweife ich mit meinem Skizzenblock durch die Hügel ... natürlich nur, wenn es keine andere Abwechslung gibt! Was mir am meisten Spaß macht, sind Bälle und Partys – und Einkäufe ...«

»Jede Jahreszeit offenbart die Schönheit der Natur«, wurde sie von Mr. Follet belehrt. »Heute entfalten die Narzissen ihre ganze Blütenpracht.«

Der Zeichenlehrer war ein ernsthafter junger Mann Anfang zwanzig mit dichten blonden Haaren, schmalem Gesicht und langer Nase. Im Lyzeum schwärmten viele Schülerinnen für ihn und wetteiferten um Plätze in den Zeichenkursen, die er in den Sommerferien gab.

»Die Bank sieht irgendwie nicht ganz richtig aus«, murmelte Sophy. »Was habe ich falsch gemacht?« Diese Bank – ein Geschenk von Junker Gorse – war erst vor wenigen Tagen im Garten aufgestellt worden.

»Die Perspektive stimmt nicht.« Mr. Follet beugte sich vor und korrigierte den Fehler mit wenigen Bleistiftstrichen.

»Ach ja ... ich verstehe.« Sophy machte sich wieder an die Arbeit, doch ihr Lehrer blieb über sie gebeugt stehen und starrte auf den mit weißen Spitzen gesäumten V-Ausschnitt ihres Kleids. Ziemlich unbeholfen fummelte er an den oberen Knöpfen herum, schob den Stoff beiseite und schnürte das Mieder auf. Sie ließ ihn gewähren, ohne Notiz von ihm zu nehmen, und er wölbte seine Hände fast ehrfürchtig um die entblößten prallen Brüste mit den verführerischen rosigen Spitzen.

»Wunderschön«, flüsterte Mr. Follet, während er diese reifen Knospen gierig knetete. Sein Atem ging immer schneller, doch Sophy skizzierte seelenruhig ein Blumenbeet.

»Was halten Sie von meinen Narzissen?«, fragte sie scheinheilig. »Sind sie gut gelungen?«

»Einfach vollkommen!« Er presste seine heißen Lippen auf eine nackte weißhäutige Schulter, und seine Hand legte sich besitzergreifend auf ihren Bauch. »Ich bete Sie an! Ich vergöttere Sie!«

Er fiel neben ihr auf die Knie und küsste den Saum des kornblumenblauen Kleids. »Quälen Sie mich doch nicht so!«, stöhnte der Lehrer. »Seit ich letzte Woche hier war, habe ich nur auf diese Stunde gewartet!«

Sophy hörte den Türklopfer, sprang auf, öffnete die Salontür einen Spalt breit und vergewisserte sich, dass der Besucher nicht Junker Gorse war, bevor sie die Tür wieder schloss und sich umdrehte. »Warum knien Sie denn auf dem Fußboden?«, fragte sie mit Unschuldsmiene, doch bevor Mr. Follet antworten konnte, ließ sie sich auf das Sofa fallen und zog ihre Röcke hoch, so als sei es die natürlichste Sache der Welt, nicht nur ihre Seidenstrümpfe mit den bestickten Strumpfbändern zur Schau zu stellen, sondern auch die nackten Oberschenkel und sogar das dunkle Gekräusel ihrer Schamhaare.

Die Tatsache, dass sie nicht einmal eine Unterhose anhatte, verschlug Mr. Follet völlig den Atem. Sein Adamsapfel hüpfte krampfhaft auf und ab, und er lockerte unwillkürlich seine Krawatte, um Luft zu bekommen, während er sich hochrappelte und zum Sofa hastete.

Sophy spreizte aufreizend ihre Beine und lehnte sich in die Polster zurück, was der unglückselige Zeichenlehrer verständlicherweise als eindeutige Einladung auffasste, seine Hose aufzuknöpfen. Doch bevor er sich auf sie werfen konnte, wurde er durch ein eisiges Funkeln der blauen Augen in die Schranken gewiesen. »Sie wissen ja, wie Sie mir Lust bescheren können«, ermahnte ihn eine strenge Stimme.

Er sank wieder auf die Knie und streckte zögernd eine Hand aus, strich mit zittrigem Zeigefinger über ihre Schamlippen, die verführerisch feucht waren. Dabei starrte er fasziniert auf den deutlich sichtbaren Eingang der Höhle, die das Ziel seiner Sehnsüchte war.

Vorläufig musste er sich damit begnügen, langsam zuerst einen, dann einen zweiten Finger in diese Öffnung zu schieben und dort kreisen zu lassen. Ihre Pupillen weiteten sich, bis die Augen fast schwarz wirkten, und leise Laute entschlüpften ihren halb geöffneten Lippen. Durch diese Reaktion angefeuert, rieb Mr. Follet mit dem Daumen ihren Kitzler, so wie sie es ihm beigebracht hatte, und die kleine Knospe schwoll erstaunlich an. Sophys nackte Brüste hoben und senkten sich immer schneller, und nach einigen Minuten bäumte sie sich auf dem Sofa auf, stöhnte und kam zum Höhepunkt.

Nun glaubte der Zeichenlehrer, seine wohlverdiente Belohnung einheimsen zu können, und zog seinen Speer aus der Unterhose hervor. Doch er kam wieder nicht zum Zuge, denn seine Schülerin öffnete die Augen und setzte sich abrupt auf, weil ein weiterer Besucher soeben eingelassen wurde. Als sie die kräftige Stimme des Gutsbesitzers erkannte, der sich in der Halle mit dem Diener unterhielt, schnürte sie hastig ihr Mieder, knöpfte ihr Kleid zu und eilte zum Spiegel, wo sie ihre Röcke glättete, bevor sie ein Fläschchen Eau de Cologne aus ihrer Handtasche holte und sich die Schläfen und den Hals damit betupfte.

»Miss Sophy …«, flehte Mr. Follet und erntete einen

ungnädigen Blick über die Schulter hinweg. »Was ist mit …« Er deutete auf sein steifes Glied.

»Beeilen Sie sich, Ihre Kleidung in Ordnung zu bringen«, befahl Sophy unerbittlich. »Sie müssen jetzt gehen, denn Junker Gorse ist extra hergekommen, um uns Näheres über den neuen Mieter von Highcrest Hall zu berichten.«

Als ihr Sklave nicht sofort gehorchte, stampfte sie ungeduldig mit dem Fuß auf den Boden. »Haben Sie nicht gehört, was ich gesagt habe?« Ohne ihn weiter zu beachten, zupfte sie ihre dunklen Locken zurecht.

Frustriert und gedemütigt knöpfte Mr. Follet seine Hose zu und zog das schäbige marineblaue Sakko an, um die verräterische Wölbung zu kaschieren. Wie ein geprügelter Hund folgte er Sophy in die Halle, wo Junker Gorse sich sofort nach ihnen umdrehte.

»Guten Morgen, Sophy«, rief er gut gelaunt. »Wie du siehst, habe ich mein Versprechen gehalten! Auch Ihnen einen guten Morgen, Mr. Follet – hat Ihre Schülerin heute Fortschritte gemacht?«

Bevor der Zeichenlehrer antworten konnte, packte Sophy den Junker am Arm und zog ihn in den Salon. Mrs. Woodleigh und Beth, die in der oberen Etage Wäsche sortiert hatten, kamen die Treppe herunter, um den Gast zu begrüßen, und es blieb Beth überlassen, Mr. Follet zur Tür zu begleiten, denn ihre Schwester hatte den Mann völlig vergessen.

»Erzählen Sie uns alles«, drängte sie Gorse, der es sich in einem Lehnstuhl am Kamin bequem machte.

»Sophy, lass mir wenigstens die Gelegenheit, unserem Freund eine Erfrischung anzubieten«, tadelte ihre Mutter. »Ein Glas Wein, Junker Gorse?«

»Gern … du siehst heute Morgen reizend aus, Sophy!«

»Tu ich das nicht immer?«, fragte sie kokett.

»Sophy!« Mrs. Woodleigh war entsetzt. »Wenn ein Herr dir ein Kompliment macht, solltest du dich mit gesenkten Wimpern züchtig dafür bedanken.«

Als Beth sich ihnen zugesellte und sich höflich nach dem Befinden des Gutsbesitzers erkundigte, riss Sophy endgültig der Geduldsfaden. »Um Himmels willen, das ist im Augenblick doch ganz unwichtig! Ich will endlich die Neuigkeiten hören.«

Nachsichtig wie immer, befriedigte Junker Gorse ihre Neugier. »Ich bin heute Morgen nach Highcrest Hall geritten, und Mr. Chiltern hat mich sehr liebenswürdig empfangen. Er beabsichtigt, sich längere Zeit hier aufzuhalten, und war sehr interessiert an Jagdveranstaltungen und sonstigen Sportarten.«

»Ob er gern auf die Jagd geht oder nicht, ist mir egal«, fiel Sophy ihm ungezogen ins Wort. »Wie sieht er aus?«

»Wie Männer seines Alters normalerweise aussehen«, spannte der Junker sie schmunzelnd auf die Folter.

»Ist er groß? Attraktiv? Blond oder dunkelhaarig?«

»Groß und dunkelhaarig ... Ob er attraktiv ist oder nicht, kann ich schlecht beurteilen. Das werden die Damen selbst entscheiden müssen.«

»Haben Sie herausgefunden, wie hoch sein Jahreseinkommen ist?«

»Nein, aber er hat prächtige Pferde, darunter einen Jagdhengst, den ich ihm sofort abkaufen würde.«

»Kommt er nächste Woche zum Ball?«

»Er hat es versprochen. Ich sagte ihm, dass alle jungen Damen der Umgebung begierig darauf seien, seine Bekanntschaft zu machen.«

Sophy quetschte ihn weiter wie eine Zitrone aus, und als auch die letzten Tropfen an Information versiegten, überließ sie die Unterhaltung ihrer Mutter und Schwester und zerbrach sich den Kopf, wie sie herausfinden könnte, wie viel Geld der Mann besaß. Schließlich war das die entscheidende Frage …

Erst als Junker Gorse sich verabschiedete, erwähnte er scheinbar nebenbei: »Übrigens habe ich Mr. Chiltern für morgen Abend zum Essen eingeladen, und ich hoffe, dass auch die drei hier versammelten Damen mir die Ehre ihres Besuchs erweisen werden.«

Sophy fiel ihm begeistert um den Hals. Jetzt würde sie den neuen Nachbarn doch als Erste kennen lernen – und am Tag danach würde sie Besuche in der Umgebung machen und mit ihrem Wissen prahlen!

»Danke, danke …« An ihre Mutter gewandt, fügte sie nüchtern hinzu: »Wir müssen sofort nach York fahren, Mama! Ich brauche unbedingt ein neues Kleid.«

4

Die Narzissen tanzten im Gras vor der Yorker Kathedrale, als die drei Frauen aus der Kutsche stiegen. Ein scharfer Wind trieb flaumige weiße Wolken über den hellblauen Himmel.

Unterwegs hatte Sophy ständig überlegt, ob sie das neue Kleid, das an diesem Nachmittag gekauft werden sollte, schon morgen zum Abendessen bei Junker Gorse oder erst zum Ball in der nächsten Woche tragen würde.

»Es ist wirklich ein Jammer, dass wir nicht die gleiche Figur haben, Beth!«, jammerte sie jetzt vor einem Schaufenster mit zarten Stoffen, Handschuhen und Hüten. »Sonst könnten wir unsere Kleider immer tauschen.«

»Du könntest doch Mamas Sachen tragen«, sagte Beth honigsüß.

Sophy schnitt eine Grimasse. »Mama sieht darin bezaubernd aus, aber ich bin keine Witwe, und gedämpfte Farben wie Grau, Lavendel oder Schwarz sind nicht nach meinem Geschmack.« Ein Strohhut mit breiter Krempe und grünen Bändern fiel ihr ins Auge. »Ist der nicht himmlisch?«, rief sie. »Er würde genau zu meinem Chintzkleid mit den Efeuranken passen.«

Beth wusste genau, dass ihre Mutter und Schwester sich sehr lange in diesem Laden aufhalten würden. »Mama, wenn du nichts dagegen hast, bringe ich meine Bücher in die Bibliothek zurück, bevor ich euch Gesellschaft leiste.«

»Natürlich, Liebling«, murmelte Mrs. Woodleigh zerstreut, während sie den Hut fast genauso fasziniert wie ihre Tochter anstarrte. »Hast du die Handschuhe dort hinten schon gesehen?«, flüsterte sie Sophy zu, und gleich darauf fiel die Tür des Modesalons hinter ihnen zu.

Während Beth weiterging, bewunderte sie wie immer die schönen alten Gebäude. Aus den Geschäften duftete es verführerisch nach aromatischem Kaffee, Parfums und exotischen Gewürzen. In der Bibliothek gab sie die ausgeliehenen Bücher zurück, suchte sich neue aus und schlenderte langsam zum Modesalon zurück, als plötzlich jemand ihren Namen rief. Überrascht drehte sie sich um und lächelte erfreut, denn der Offizier, der seinen Zweispitz lüftete und auf sie zueilte, war ein guter Bekannter.

»Miss Woodleigh … Beth … welch ein Glück, Ihnen unvermutet hier zu begegnen!« rief er.

»Hauptmann Mauldeth, wie geht es Ihnen? Wann ist Ihr Regiment nach England zurückgekehrt?«

Er war einige Jahre älter als sie, hatte dunkelbraune Haare, die in der Sonne rötlich schimmerten, graue Augen und ein unwiderstehliches Lächeln. Die Uniform –

scharlachroter Rock, enge Hose und glänzende Stiefel – brachte seine hoch gewachsene muskulöse Gestalt vorteilhaft zur Geltung.

»Vergangenen Monat. Wir waren für kurze Zeit in Hertfordshire stationiert und wurden erst diese Woche nach York verlegt. Gott sei Dank, denn in Hertfordshire bin ich vor Langeweile fast gestorben!«

»Kaum zu glauben, dass wir uns länger als zwei Jahre nicht gesehen haben …«

»Sie haben sich überhaupt nicht verändert.« Der Hauptmann musterte wohlgefällig Beths schlanken Körper. »Bezaubernd wie eh und je … Und wie geht es Ihrer Mutter und Ihrer Schwester?«

»Danke, ausgezeichnet. Sie sind gerade mit Einkäufen beschäftigt.«

»Darf ich Sie zu dem Laden begleiten?« Hauptmann Mauldeth bot Beth galant seinen Arm, und sie hängte sich bereitwillig bei ihm ein.

Vor über zwei Jahren war sein Regiment einen Sommer lang in der Nähe von York stationiert gewesen, sie hatten sich bei Bällen und Partys häufig gesehen, und Beth hatte geglaubt, in den sorglosen und charmanten Offizier verliebt zu sein, obwohl sie seine Charakterschwächen kannte – er war der Spielleidenschaft verfallen, verschwendete keinen Gedanken an die Zukunft und war nur um sein eigenes Wohlergehen besorgt.

Außerdem besaß er als jüngerer Sohn nur sehr wenig Geld, und Beth war zwar im Gegensatz zu ihrer Schwester nicht auf einen besonders reichen Ehemann erpicht, wusste aber, dass ein Habenichts ebenfalls nicht in Frage kam. Die sonst so vernünftige Beth ließ sich trotzdem auf eine Liebesaffäre ein – und die Initiative ging hauptsächlich von ihr aus. Mauldeth mochte kein Tugendbold sein, aber er hätte es nicht riskiert, ein siebzehnjähriges Mädchen aus guter Familie zu verführen, wenn es sich ihm nicht an den Hals geworfen hätte.

Als sein Regiment ins Ausland verlegt wurde, mussten sie traurig Abschied voneinander nehmen, doch nach kurzer Zeit stellte Beth fest, dass sie höchstens ein- oder zweimal am Tag an ihren Geliebten dachte und keineswegs todunglücklich war.

Sobald sie begriffen hatte, dass sie nicht an gebrochenem Herzen sterben würde, obsiegte ihr Sinn für Humor, sie hakte die ganze Angelegenheit als ›Sommerfieber‹ ab und nahm sich fest vor, nie wieder so töricht zu sein.

Jetzt konnte sie Arm in Arm mit ihm gehen, ohne dass ihr Herz schneller schlug, und sie konnte völlig unbefangen mit ihm plaudern und hatte nichts dagegen, dass er sie in den Modesalon begleitete, um die Bekanntschaft mit ihrer Mutter und Schwester aufzufrischen. Sophy konnte sich kaum an ihn erinnern, aber Mrs. Woodleigh freute sich sichtlich über das Wiedersehen und lud ihn herzlich ein, ihnen bald einen Besuch abzustatten. Die drei Damen ernteten neidische Blicke anderer Kundinnen, als der schneidige Offizier sich mit perfekten Handküssen verabschiedete. Beth nahm auf einem Stuhl neben der Kasse Platz und fasste sich seufzend in Geduld, bis Sophy endlich ihre Wahl zwischen zwei Abendkleidern getroffen hatte.

Wie so oft, schaute Junker Gorse auch an diesem Abend nach dem Essen bei den Woodleighs vorbei und trank gemütlich ein Glas Portwein, während Beth Klavier spielte. Sophy zog sich sehr früh zurück, weil sie möglichst lange schlafen wollte, um am nächsten Tag besonders blühend auszusehen, und Beth war taktvoll genug, ihre Mutter kurz darauf mit dem Gast allein zu lassen.

»Kannst du es auch kaum erwarten, Mr. Chiltern kennen zu lernen?«, neckte er seine Geliebte. »Durchaus möglich, dass er sich nicht in eine deiner Töchter, sondern in dich verliebt, denn du bist die Schönste von euch dreien.«

Errötend klopfte Mrs. Woodleigh ihm mit ihrem Fächer auf die Hand. »Du bist ein schamloser Schmeichler!«

Mit einem vielsagenden Blick auf den tiefen Ausschnitt ihres dunkelroten Kleids stand Junker Gorse auf, verschloss die Tür, nahm sie in die Arme und küsste sie leidenschaftlich. Seine Zunge schob sich zwischen ihre Lippen, und es erregte sie, sein steifes Glied an ihrem Unterleib zu spüren, während er langsam das Kleid aufknöpfte und es raschelnd zu Boden gleiten ließ.

In eng geschnürtem Mieder, Unterhose und Strümpfen kniete sie vor ihm nieder, öffnete seine Hose und befreite den Penis aus seinem engen Gefängnis. Schon hart wie Granit, zuckte er dankbar in ihren Händen, als sie ihn mit Lippen und Zunge bearbeitete.

Der Junker stöhnte leise, schloss die Augen und vergrub seine Finger in ihren dichten dunklen Haaren, während sie ihm auf diese Weise Lust bescherte, saugend und leckend, küssend und streichelnd. Erst nach geraumer Zeit schob er ihren Kopf sanft zurück, hob sie auf und trug sie zum Sofa, wo er das Mieder aufschnürte und seine Hände um die vollen Brüste wölbte. Seine geschickte Zunge ließ die bräunlichen Brustwarzen im Nu zu prallen Knospen anschwellen, und sie hob ihr wohlgeformtes Gesäß an, um ihm beim Abstreifen ihrer Unterhose zu helfen. Die krausen Schamhaare faszinierten ihn stets aufs Neue, und nachdem er die samtigen Schenkel gespreizt hatte, legte er sich zu ihr und setzte seinen Speer ein, um jede Falte ihres Intimbereichs gründlich zu erforschen.

Mrs. Woodleigh schlang ihre Arme um seinen Nacken und wölbte sich ihm entgegen – eine stumme Aufforderung, sie in Besitz zu nehmen. Er wollte sie noch ein wenig auf die Folter spannen, indem er nur ein, zwei Zentimeter in ihre Höhle eindrang, doch sie stieß ihm ihr Becken entgegen, und er ergab sich willig dem Sinnenrausch.

Während er ihre Brüste streichelte und ihr Liebesworte ins Ohr flüsterte, steigerte er langsam das Tempo seiner Bewegungen, bis seine Gespielin sich wild aufbäumte und auf dem Höhepunkt der Lust einen erstickten Schrei ausstieß. Ihre Muskeln verkrampften sich um seine Rute und lösten auch bei ihm einen mächtigen Orgasmus aus.

Eng umschlungen blieben sie auf dem Sofa liegen, bis beide wieder ruhig atmen konnten. Schließlich stand Junker Gorse widerwillig auf und brachte seine Kleidung in Ordnung. »Wenn ich nur die ganze Nacht in deinen Armen verbringen könnte …«, murmelte er sehnsüchtig.

Mrs. Woodleigh lächelte ihm bedauernd zu und zog ihre Unterhose hoch. »Wir müssen uns eben mit dem begnügen, was möglich ist … Hilfst du mir in mein Kleid?«

5

Als Sophy am nächsten Abend endlich ihr Zimmer verließ und anmutig die Treppe hinabschritt, trug sie ihr neues Kleid, ein duftiges Gebilde aus rosa Tüll mit kurzen Puffärmeln, die von Rüschen in einem etwas dunkleren Farbton gesäumt waren. Breite Bänder derselben Farbe betonten die hoch angesetzte Taille und waren im Rücken zur Schleife gebunden. Der weite Rock reichte bis zu den Spitzen der eleganten rosa Satinschuhe, sie hatte einen von Beth geliehenen elfenbeinfarbenen Seidenschal lässig über den Arm geworfen, und ein Rubinkollier mit passenden Ohrringen hatte sie für diese wichtige Gelegenheit ihrer Mutter abgebettelt.

»Du siehst bezaubernd aus!« Mit feuchten Augen betrachte Mrs. Woodleigh ihre schöne Tochter. »Stimmt's, Beth?«

»Ja«, bestätigte Beth. »Die Cox-Brüder werden hingerissen sein.«

Sophy war sehr erleichtert, dass Junker Gorse außer ihnen nur noch seine besten Freunde – Mr. und Mrs. Cox mit ihren beiden Söhnen William und John – zu der Begrüßungsparty für Mr. Chiltern eingeladen hatte. William und John waren ihre ergebenen Sklaven, und der neue Nachbar würde zweifellos beeindruckt sein, wenn er sah, wie begehrt sie war.

»Du bist wie immer sehr elegant, Beth«, machte sie ihrer Schwester ein aufrichtiges Kompliment. Beth trug ein blattgrünes Kleid mit Ärmeln bis zum Ellbogen, viereckigem Ausschnitt und Halbschleppe. Unter dem seitlich geschlitzten Rock blitzte ein cremefarbener Spitzenunterrock hervor, und ihr hellbraunes Haar war im griechischen Stil frisiert und mit einem Silberdiadem geschmückt.

»Ich kann wirklich stolz auf euch beide sein«, sagte Mrs. Woodleigh, der ihr Lieblingskleid aus lila Seidentaft ebenfalls ausgezeichnet stand, auch wenn es alles andere als neu war.

Sie hörten die Kutsche vorfahren und warfen für die kurze Fahrt ihre Umhänge über. Unterwegs konnte Sophy vor Aufregung kaum stillsitzen und spielte nervös mit ihrem Fächer und Handtäschchen. Beth hätte ihr gern geraten, der Begegnung mit Mr. Chiltern nicht zu viel Bedeutung beizumessen, verzichtete aber darauf, weil sie aus Erfahrung wusste, dass ihre Schwester für keine vernünftigen Argumente zugänglich war, wenn sie sich irgendetwas in ihr hübsches Köpfchen gesetzt hatte.

»Ich frage mich, was Augusta tragen wird«, kicherte Sophy plötzlich. »Hoffentlich das orange Seidenkreppkleid! Darin sieht sie besonders scheußlich aus.«

Augusta Gorse war das einzige Kind des Junkers. Fünfundzwanzig Jahre alt, führte sie seinen Haushalt mit fast militärischer Disziplin. Zusammen mit ihrem Vater begrüßte sie missmutig die Gäste.

»Sie hat wirklich das orange Kleid an!«, flüsterte Sophy begeistert. Die überladene Robe war tatsächlich denkbar ungeeignet für Augustas Teint und ihre plumpe Figur, und der gleichfarbige Samtturban auf ihren mausbraunen drahtigen Haaren lenkte den Blick auf ihre lange, spitze Nase.

Junker Gorse strahlte übers ganze Gesicht, während er den Woodleighs galant die Hände küsste. »Die drei schönsten Damen von Yorkshire! Findest du nicht auch, Augusta?«

Seine Tochter war sichtlich anderer Meinung. Sie musterte die Besucherinnen abschätzig, winkte dem Diener, ihnen die Mäntel abzunehmen, und zog sich wortlos in den Salon zurück.

Sophy verabscheute Augusta und machte sich bei jeder Gelegenheit über sie lustig, denn nur die Tatsache, dass die erwachsene Tochter noch bei ihrem Vater lebte, hielt Mrs. Woodleigh davon ab, Junker Gorse zu heiraten. Sie gab ganz offen zu, dass die Vorstellung, Augustas Stiefmutter zu werden und mit ihr unter einem Dach leben zu müssen, einfach unerträglich war, und das konnten Beth und Sophy gut verstehen. »Es wäre eine Zumutung, dieses Gesicht jeden Morgen am Frühstückstisch zu sehen!«, meinte Sophy. »Bei diesem Anblick wird ja sogar die Milch im Krug sauer!«

Dass Augusta dem Glück ihrer Mutter im Wege stand, wäre für Sophy Grund genug gewesen, sie zu hassen, doch noch mehr brachte sie der Gedanke in Rage, dass sie alle in dem prächtigen Herrenhaus leben könnten und dass der reiche und großzügige Junker ihnen alle Wünsche von den Augen ablesen würde, wenn diese abscheuliche Person nicht wäre. Trotz der beträchtlichen Mitgift hatte sich nie ein Mann für Augusta interessiert, und mit Mitte zwanzig schwanden ihre Chancen, nicht als alte Jungfer zu enden, immer mehr dahin.

An diesem Abend hatte Sophy allerdings Wichtigeres als Sticheleien im Kopf, während sie ihrer Mutter und Schwester in den Salon folgte. Die Familie Cox war bereits eingetroffen, und William und John sprangen sofort auf und begrüßten sie begeistert.

Beth musste ein Lächeln unterdrücken, als sie Augustas missgünstige Blicke bemerkte, doch ihre Aufmerksamkeit wurde abgelenkt, weil der Junker einen großen, dunkelhaarigen Mann nach vorne schob. »Mr. Chiltern, darf ich Ihnen die bezauberndsten Damen weit und breit vorstellen – Mrs. Woodleigh, Miss Woodleigh und Miss Sophy?«

Die drei Frauen knicksten anmutig, während der Fremde eine Verbeugung machte. Beth betrachtete ihn unter gesenkten Wimpern hervor. Er hatte markante Gesichtszüge mit buschigen dunklen Brauen und graugrünen Augen, die sie einer kurzen, aber gründlichen Musterung unterzogen. Während sie sich aufrichtete, stellte sie bestürzt fest, dass ihr das Atmen plötzlich schwer fiel, weil sie diesen Mann von einer Sekunde auf die andere heftig begehrte. Ihre Empfindungen verwirrten sie derart, dass sie die leicht geröteten Wangen hinter dem Fächer verbarg und hastig neben Mrs. Cox Platz nahm, ohne zu bemerken, dass seine Blicke ihr durch den Raum folgten, während er einige höfliche Worte mit ihrer Mutter tauschte.

Sophys erster Gedanke war, dass Mr. Chiltern ziemlich kalt und grimmig aussah. Niemand könnte ihn als unattraktiv bezeichnen, aber sie persönlich bevorzugte blonde Männer. Und für ihren Geschmack war er viel zu alt, jedenfalls verglichen mit ihren sonstigen Verehrern, die meistens nur zwei oder drei Jahre älter als sie selbst waren.

Das hielt sie freilich nicht davon ab, ihm ein strahlendes Lächeln zu schenken und den Knicks ein wenig auszudehnen, damit er ihr Dekolleté ausgiebig bewundern konnte. Zu ihrer großen Verwunderung zeigte er kein Interesse an ihren üppigen Reizen, und ihr blieb nichts anderes übrig, als sich zwischen die rothaarigen Brüder Cox zu setzen und mit ihnen zu flirten, in der Hoffnung, dadurch doch noch Mr. Chilterns Aufmerksamkeit auf sich zu lenken.

»Wie ich sehe, hat Ihre Tochter schon wieder ein neues Kleid«, sagte Augusta spitz zu Mrs. Woodleigh. »Ich frage mich oft, wie Sie sich das bei Ihrem bescheidenen Einkommen leisten können.«

Mrs. Woodleigh wünschte sich, ihr mit dem Fächer ins Gesicht schlagen zu dürfen, begnügte sich jedoch mit der Bemerkung: »Sophys natürliche Schönheit kommt sogar in Kleidern zur Geltung, die gar nicht teuer waren.« Sie ließ Augusta stehen und gesellte sich zu Beth und Mrs. Cox.

Der gutmütige Hausherr hatte dafür gesorgt, dass Sophy bei Tisch neben Mr. Chiltern saß, um ihnen eine Gelegenheit zu näherer Bekanntschaft zu geben. Doch es war Augusta, seine zweite Tischnachbarin, die ihn sofort in ein Gespräch verwickelte, und Sophy musste sich William Cox zuwenden. Sie heuchelte so reges Interesse an seinen Jagderlebnissen der vergangenen Woche, dass er vor freudiger Erregung etwas Wein verschüttete, was ihm einen strafenden Blick von Augusta eintrug.

Nach dem ersten Gang beschloss Sophy, Mr. Chiltern durch sprühende Konversation in die Knie zu zwingen, doch anstatt galant darauf einzugehen und ihr Komplimente zu machen, gab er einsilbige Antworten, schaute sie kaum an und wirkte gelangweilt. Sie verstärkte ihre Bemühungen, schüttelte ihre glänzenden Locken, klimperte mit den Wimpern und warf ihm kokette Seitenblicke zu, damit er ihr zartes Profil bestaunen konnte, aber auch das verfehlte seine Wirkung. Er interessierte sich unverzeihlicherweise mehr für die Unterhaltung, die Beth auf der anderen Tischseite mit Mr. Cox führte, und für die köstlichen Gerichte.

Sophy unternahm einen letzten verzweifelten Versuch. »War Northamptonshire mit gebrochenen Herzen übersät, als Sie abreisten?«

Er bedachte sie mit einem eisigen Blick. »Sind Sie immer so töricht, oder geben Sie sich für mich besondere Mühe?«

Ihre Hoffnung, dass niemand außer ihr seine Worte gehört hatte, wurde zunichte gemacht, als sie Augustas triumphierende Miene sah. Mit hochroten Wangen schob sie das Essen auf ihrem Teller hin und her und war grenzenlos erleichtert, als sie nach dem Dessert den Speisesaal endlich zusammen mit den anderen Damen verlassen konnte, während die Herren zurückblieben, um Portwein zu trinken und zu rauchen.

»Geht es dir gut, Liebling?«, fragte Mrs. Woodleigh, besorgt über die ungewöhnliche Einsilbigkeit ihrer jüngeren Tochter.

»Danke, Mama, ich habe nur etwas Kopfweh«, murmelte Sophy.

»Sie schmollt, weil Mr. Chiltern sie töricht genannt hat«, zischte Augusta gehässig. »Hoffentlich lernt sie daraus, sich nicht immer in den Mittelpunkt drängen zu wollen.«

Beth kam ihrer Schwester rasch zu Hilfe. »Du musst dich verhört haben, liebe Augusta«, sagte sie honigsüß. »Mr. Chiltern hat vielmehr gesagt, Sophy erinnere ihn an eine Lilie.«[1]

Augusta bleckte empört ihre spitzen Zähne. »Nein, das hat er bestimmt nicht gesagt!«

»Doch«, bestätigte Mrs. Cox. »Ich habe es deutlich gehört.« Sie hielt Sophy zwar selbst für ein törichtes Geschöpf und hoffte von ganzem Herzen, dass keiner ihrer Söhne sich zu einem Heiratsantrag hinreißen lassen würde, aber Augusta war ihr ungleich mehr zuwider. Sophys Benehmen konnte mit ihrer Jugend entschuldigt werden, aber der um viele Jahre ältere Mr. Chiltern hätte so viel Takt besitzen sollen, sie nicht öffentlich zu demütigen.

»Was für ein reizendes Kleid du anhast, Sophy«, fuhr Mrs. Cox fort. »Es passt perfekt zu deinem zarten Teint, und meine Söhne sind völlig hingerissen.« Sie warf einen anzüglichen Blick auf Augustas orangefarbenen Turban, worauf diese wutschnaubend verschwand, ohne ihre Gäste auch nur in den Salon begleitet zu haben.

»Ausgezeichnet«, kommentierte Mrs. Woodleigh. »Jetzt können wir uns wenigstens gemütlich unterhalten. Ich werde nie begreifen, wie ein so sympathischer Mann wie Junker Gorse zu dieser unausstehlichen Tochter kommt!«

1 Wortspiel: *silly* (töricht) – *lily* (Lilie)

6

Bis die Herren sich wieder zu den Damen gesellten, hatte Sophy ihre Fassung zurückgewonnen und setzte sofort ihren Flirt mit den Brüdern Cox fort. Man hätte glauben können, sie amüsierte sich prächtig, so gut kaschierte sie die erlittene Demütigung.

Sobald Mr. Chiltern den Salon betrat, bewunderte Beth wider Willen seine breitschultrige Gestalt im flaschengrünen Rock mit enger beiger Hose. Es machte sie wütend auf sich selbst, dass Schmetterlinge in ihrem Bauch zu tanzen schienen.

Es war ihr nicht entgangen, dass er sie während des Abendessens beobachtet hatte, und jedes Mal, wenn seine Augen auf ihr hafteten, hatte sie das unangenehme Gefühl, völlig nackt bei Tisch zu sitzen. Noch nie hatte ein Mann eine so starke körperliche Anziehungskraft auf sie ausgeübt, nicht einmal Hauptmann Mauldeth, und sie hoffte inbrünstig, dass Mr. Chiltern sich nicht lange in Yorkshire aufhalten würde, denn seine Arroganz war schier unerträglich, und sie konnte ihm nicht verzeihen, dass er Sophy so scharf zurechtgewiesen hatte.

Das Benehmen ihrer Schwester mochte etwas aufdringlich gewesen sein, doch von einem Mann, der fast doppelt so alt war, hätte man mehr Nachsicht mit dieser kindlichen Koketterie erwarten sollen.

Als Gastgeberin musste Augusta notgedrungen in den Salon zurückkehren, um den Tee einzuschenken. Mit seiner Tasse in der Hand ging Mr. Chiltern auf Beth zu, ohne sich von ihrem abweisenden Blick abschrecken zu lassen. »Wohnen Sie hier in der Nähe, Miss Woodleigh?«, fragte er höflich.

»Ich traue mich kaum, Ihnen zu antworten, um nicht ebenfalls als töricht eingestuft zu werden.«

Beth führte ihre Teetasse an die Lippen und wünschte sehnlichst, er würde diese Abfuhr akzeptieren und sich entfernen, denn schon seine Nähe genügte, um eine peinliche Hitze in ihrem Unterleib zu entfachen.

Völlig unbeeindruckt hob er eine buschige Braue, und seine Mundwinkel verzogen sich zu einem schwachen Lächeln. »Meine Bemerkung galt nur einer einzigen Person.«

Dass er seine Taktlosigkeit nicht einmal zu bereuen schien, brachte Beth noch mehr in Wut. »Unsere Gastgeberin hat diese Bemerkung aber bedauerlicherweise gehört und vor uns wiederholt. War es wirklich notwendig, ein halbes Kind öffentlich zu demütigen?«

Mr. Chiltern zuckte gleichgültig mit den Schultern. »Ich habe kein Interesse an albernen jungen Mädchen, und es ist besser, wenn Ihre Schwester das von Anfang an begreift.«

Beth schaute anzüglich zu John und William hinüber, die Sophy völlig in Beschlag genommen hatten. »Wie Sie sehen, fehlt es meiner Schwester nicht an Verehrern, und Sie schmeicheln sich selbst, wenn Sie glauben, dass sie in Ihnen mehr sieht als einen älteren Herrn, mit dem man harmlos flirten kann.«

»Vielleicht täte es Miss Sophy ganz gut, sich etwas von der Reserviertheit ihrer Schwester abzuschauen.«

»Und Mr. Chiltern täte es vielleicht ganz gut, sich etwas höflichere Umgangsformen anzueignen!« Mit einem frostigen Lächeln ließ Beth ihn stehen und trat zu ihrer Mutter, hocherfreut, dass Augusta sich sofort wie ein Raubvogel auf ihn stürzte.

»Ich glaube, Augusta hat es auf Mr. Chiltern abgesehen«, flüsterte sie Mrs. Woodleigh zu. »Hoffentlich lässt sie den unangenehmen Kerl nicht mehr aus ihren

Krallen – dann tritt er bestimmt noch vor Ostern die Flucht an!«

»Ich befürchte, dass Sophy sich seine harten Worte sehr zu Herzen genommen hat«, erwiderte ihre Mutter seufzend.

»Ja, aber vielleicht ist es besser, wenn sie sich von vornherein keine Hoffnungen macht. Schau doch nur, wie Augusta ihn bedrängt – er sieht so aus, als würde er gleich explodieren!«

Doch Mr. Chiltern war seiner Gastgeberin mehr als gewachsen, und etwas, das er sagte, veranlasste sie, mit versteinerter Miene zurückzuweichen. Um ihrer Wut irgendwie Luft zu machen, blieb sie vor Sophy stehen, die gerade über irgendeine witzige Bemerkung von William lachte, und fauchte: »Mr. Chiltern hat die Wahrheit gesagt, als er dich töricht nannte! Du bist zweifellos das albernste und eingebildetste Mädchen von Yorkshire! Mrs. Cox und deine Schwester mögen vorgeben, dass er dich mit einer Lilie verglichen hat, aber ich weiß genau, was ich gehört habe!«

Junker Gorse machte entsetzt einen Schritt auf seine Tochter zu. »Augusta – du vergisst dich!«

Augusta verschränkte angriffslustig die Arme und wandte sich an Mr. Chiltern. »Sagen Sie uns die Wahrheit – wer von uns hat richtig gehört?«

Ein langes, beklommenes Schweigen senkte sich über den Raum, und unwillkürlich warf Beth ihrem Feind einen flehenden Blick zu, Sophy eine weitere Demütigung zu ersparen. Deren Wangen waren erbleicht, aber sie reckte ihr Kinn und starrte mit rührendem Stolz ins Leere.

Mr. Chilterns Augen funkelten amüsiert, während er sich in Sophys Richtung verbeugte. »Ich würde sagen, dass Miss Sophy in ihrem rosa Kleid eher einer Rosenknospe als einer Lilie gleicht.«

»So ist es!«, rief der Junker erleichtert. »Und wenn Mrs. Cox uns jetzt den Gefallen erweisen würde, Klavier zu spielen, könnten die jungen Leute vielleicht ein wenig tanzen.«

William sprang sofort auf und forderte Sophy auf, und John bat Beth um die Ehre des ersten Tanzes. Dankbar für den Vorschlag des Gastgebers, der seine Tochter auf diese Weise wirksam zum Schweigen brachte, tanzte Beth zuerst mit John, dann mit seinem Bruder, obwohl ihr nicht danach zumute war.

Auf der Heimfahrt war Sophy kaum ein Wort zu entlocken, und kaum zu Hause angelangt, erklärte sie, zu Bett gehen zu wollen.

»Hast du immer noch Kopfweh, Liebling?«, fragte Mrs. Woodleigh.

»Ja, es ist noch viel schlimmer geworden. Was für ein grässlich langweiliger Abend – wenn wir auch nur einen Augenblick länger geblieben wären, hätte ich einen Schreikrampf bekommen!« Mürrisch ließ Sophy ihr Cape einfach auf den Boden fallen und rannte die Treppe hinauf.

Auch Beth ging in ihr Zimmer und zog sich aus, obwohl sie eigentlich noch nicht müde war. Barfuß und im Nachthemd, ein Wolltuch um die Schultern geworfen, trat sie ans Fenster, schob die schweren Samtvorhänge beiseite und starrte auf den Garten hinab, der vom silbrigen Mondschein ein wenig erhellt wurde.

Sie war so dankbar gewesen, als Mr. Chiltern Sophy mit einer Rosenknospe verglichen hatte, dass sie jetzt fast geneigt war, ihm seine ursprüngliche unfreundliche Äußerung zu verzeihen. Was sie viel mehr beunruhigte, war die ungewöhnliche sinnliche Ausstrahlung dieses Mannes. Seine unverfrorenen Blicke würden nächste Woche beim Gemeindeball zweifellos vielen

Frauen Herzklopfen verursachen, und sie konnte von Glück sagen, dass sie ihn schon als arroganten Büffel durchschaut hatte!

Irgendwo in der Ferne schrie eine Eule, und Beth ließ schaudernd die Vorhänge wieder fallen und kroch ins Bett, wo sie ihre eisigen Füße im warmen Nachthemd und in der Decke verstecken konnte. Trotzdem dauerte es lange, bis sie einschlief, und dann wurde sie von einem erotischen Traum heimgesucht …

Sie stand in einem Ballsaal und trug ein hauchdünnes weißes Kleid mit passendem Schleier auf den Haaren. Ein chinesischer Fächer mit silbernem Griff baumelte an einer weißen Kordel von ihrem Handgelenk hinab, und sie hatte silberfarbene Glacéschuhe an den Füßen.

Langsam umrundete sie das Tanzparkett und hielt nach bekannten Gesichtern Ausschau, aber außer ihr waren alle maskiert, und diese fantasievollen Masken gaben ihr das Gefühl, sich in eine fremde Welt verirrt zu haben. Sie konnte ihre Mutter und Sophy nirgends entdecken und schien nur von wildfremden Menschen umgeben zu sein.

Ein Mann verbeugte sich vor ihr und forderte sie zum Tanzen auf. Er trug die Maske eines Kobolds oder Satans, doch wider besseres Wissen ließ sie sich von ihm aufs Tanzparkett führen.

Seine Kleidung war sehr elegant – schwarzer Rock, bestickte weiße Weste, gestärkter Kragen. Die langen, muskulösen Beine steckten in einer engen beigen Kniehose mit Seidenstrümpfen und schwarzen Abendschuhen. Seine Haare waren pechschwarz, er machte keinen Versuch, sich mit ihr zu unterhalten, starrte aber durch die Maskenschlitze auf ihr tiefes Dekolleté. Einen Arm um ihre Taille geschlungen, begann er zu ihrem Entsetzen, mit der anderen Hand ihre halb entblößten Brüste zu streicheln. Sie wollte sich losreißen, doch er hielt sie mit stählernem Griff so fest an sich gepresst, dass sie seine Erektion spürte.

Vor den Augen aller anderen Tanzpaare knöpfte er ihr Kleid auf. Sie konnte ihm nicht Einhalt gebieten, und er schob ihr den dünnen Stoff von den Schultern und über die Hüften. Ihre Wangen glühten vor Scham, als sie nur in hauteng geschnürtem Seidenmieder, Unterhose, Strümpfen und Glacéschuhen dastand, und es wurde noch schlimmer, denn er zwang sie, in dieser Aufmachung weiterzutanzen. Während sie die komplizierten Schritte ausführten, glitten seine Finger unverfroren über ihr Gesäß und ihre Oberschenkel.

Sämtliche Blicke waren auf sie gerichtet, doch obwohl Beth am liebsten im Erdboden versunken wäre, spürte sie wachsende Erregung, und ihre Unterhose wurde im Schritt feucht.

Der Mann wandte seine Aufmerksamkeit wieder ihren Brüsten zu, schnürte das Mieder auf und zog es weit auseinander, sodass die reifen Früchte ihrem Gefängnis entkommen konnten.

Er streichelte und knetete sie, und alle beobachteten interessiert, wie ihre Brustwarzen anschwollen. Doch damit immer noch nicht genug, schob der Mann seine Hand zwischen ihre Beine und berührte ihre Scham. Er rieb sie durch den dünnen Stoff hindurch, der an ihrer nassen Haut klebte, und ihre Schenkel spreizten sich wie von selbst, um ihm den Zugang zu erleichtern.

Der Tanz endete, und als ein Walzer angestimmt wurde, versuchte sie sich zu befreien, aber er drängte sie an eine Marmorsäule und fuhr mit den intimen Liebkosungen fort, bis heiße Schauer ihren ganzen Körper überliefen.

Beth war heilfroh, an der Säule zu lehnen, denn ihre weichen Knie vermochten sie kaum noch zu tragen. Als er die Bänder löste, die ihre Unterhose hielten, gab sie einen schwachen Protestlaut von sich, doch gleich darauf waren Schamhaare und wohlgeformtes Gesäß erbarmungslos enthüllt, und sie schloss die Augen, weil es unerträglich war, von den Tänzern lüstern angegafft zu werden.

Mit behandschuhten Fingern stimulierte der Mann ihr Lustzentrum, und allmählich vergaß sie die peinliche Situation und ließ sich von den Flutwellen davontragen. Ohne es zu wissen, presste sie ihren Unterleib immer fester gegen die reibende Hand, bis ihr Sonnengeflecht zu explodieren schien. Vom Höhepunkt erschöpft, sank sie kraftlos auf den Marmorboden.

Seltsamerweise war der Boden weich und warm, und als sie die Augen aufschlug, lag sie nicht nackt in einem vollen Ballsaal, sondern allein im Bett, mit hochgeschobenem Nachthemd, eine Hand zwischen den Schenkeln.

Noch halb benommen, aber zutiefst schockiert über ihren ausschweifenden Traum, drehte Beth sich auf den Bauch und schlief nach einer Weile wieder ein.

7

Am nächsten Tag verließ Sophy ihr Zimmer erst kurz vor Mittag und hüllte sich in ihr wärmstes Cape, während sie die Treppe hinabging. Auf der Schwelle zum Salon blieb sie kurz stehen und kündigte an, dass sie einen langen Spaziergang machen wolle.

»Bist du sicher, dass das eine gute Idee ist?«, fragte Mrs. Woodleigh. »Du siehst gar nicht gut aus. Warum setzt du dich nicht zu uns und trinkst eine Tasse heißer Schokolade?«

»Danke, Mama, aber ich brauche frische Luft. Vielleicht wird die Brise mein Kopfweh vertreiben.«

»Es sieht nach Regen aus.« Ihre Mutter warf einen besorgten Blick aus dem Fenster. »Geh nicht zu weit.«

»Nein, nein«, murmelte Sophy und verließ eilig das Haus. Mit gesenktem Kopf lief sie auf den Wald zu, tief in Gedanken. All ihre Hoffnungen, Mr. Chiltern zu faszinieren, waren zerronnen, und sie fühlte sich gedemütigt, weil ihr Charme zum ersten Mal in ihrem Leben keinerlei Wirkung gezeigt hatte. Junge Männer pflegten sich Hals über Kopf in sie zu verlieben, und die älteren behandelten sie mit schmeichelhafter Nachsicht. Beides war sehr angenehm, und umso mehr schmerzte die Erfahrung, wie ein ungezogenes Kind zurechtgewiesen worden zu sein.

Immerhin hatte der unhöfliche Mann seine Bemerkung nicht vor allen wiederholt, aber sein Kompliment war ein schwacher Trost, nachdem Augusta genau wusste, was er ursprünglich gesagt hatte.

Warum konnte sie nur nicht die Londoner Saison miterleben? Es war höchst ungerecht, dass sie ins ländliche Yorkshire verbannt wurde, anstatt in der Hauptstadt zu glänzen! Wie sollte sie eine gute Partie machen, wenn sie allenfalls einmal einen Baronet kennen lernte? Es war gemein von Mama, nicht an Tante Jane schreiben zu wollen, die ihnen bestimmt helfen würde.

Im Wald hatten manche Bäume die ersten grünen Knospen, und Narzissen streckten ihre gelben und weißen Köpfe unter dem welken Laub vom Vorjahr hervor, doch Sophy hatte kein Interesse an den Schönheiten des Frühlings, während sie sich den Kopf zermarterte. Wenn Beth sie doch nur unterstützen würde, aber ihre Schwester lehnte den Plan genauso kategorisch wie ihre Mutter ab, obwohl ja auch sie von der

Gelegenheit, die begehrtesten Männer Englands zu treffen, profitieren würde.

Sophy wollte ihrer Mutter keinen Kummer bereiten, konnte jedoch nicht begreifen, warum Mrs. Woodleigh keinen Kontakt mit den Verwandten ihres Mannes haben wollte. Sie mochten sie nach seinem Tod schäbig behandelt haben, aber jetzt hätten sie die Chance, das an ihren Nichten wieder gutzumachen.

Ob sie vielleicht Junker Gorse um Hilfe bitten sollte? Normalerweise konnte sie ihn um den kleinen Finger wickeln, doch gegen den Willen ihrer Mutter würde er mit Sicherheit nichts unternehmen.

Warum musste Augusta auch so unattraktiv sein, dass niemand um ihre Hand anhielt? Irgendwo gab es bestimmt einen Mann, den ihre Mitgift locken würde, und sobald sie aus dem Haus wäre, könnte Mama den Junker heiraten, und dann würde Sophy die beiden überreden, für die Saison ein Haus in London zu mieten.

Aber das alles müsste sehr schnell über die Bühne gehen, denn in ein, zwei Jahren würde sie sozusagen schon zum alten Eisen gehören und hätte nur noch die Wahl zwischen den Brüdern Cox und anderen ortsansässigen Verehrern ohne bemerkenswerte Titel. Das ließ ihr Stolz einfach nicht zu!

Der moosbewachsene Waldpfad führte sie zu einer Lichtung, wo der Fluss von einem umgestürzten Baum teilweise aufgestaut wurde, sodass ein kleiner Teich entstanden war. Sophy blieb erstaunt stehen, als sie sah, dass jemand dort mit kräftigen Stößen umherschwamm. Im Sommer suchten Kinder manchmal im Teich Erfrischung, aber wie konnte man an einem kalten Märztag ein Bad im Freien nehmen?

Hinter einer dicken Eiche versteckt, beobachtete sie den Mann, der lockiges dunkles Haar hatte und einige

Jahre älter als sie zu sein schien. Er schwamm ans Ufer, stemmte sich aus dem Wasser, hob ein dünnes Handtuch vom Boden auf und begann sich pfeifend abzutrocknen.

Sophy hatte noch nie einen splitternackten Mann gesehen. Sein Gesicht, Arme und Brustkorb waren immer noch leicht sonnengebräunt, was darauf hindeutete, dass er im Sommer irgendwo im Freien arbeitete. An Bauern und Landarbeitern hatte sie normalerweise nicht das geringste Interesse, doch dieser muskulöse Körper ließ ihren Puls unwillkürlich schneller schlagen, und sie überlegte, ob er wohl ein guter Liebhaber war. Ihre bisherigen sexuellen Erfahrungen beschränkten sich auf Gentlemen …

Der dunkelhaarige Mann schlüpfte in eine verblichene enge Hose, zog ein weißes Hemd an und sagte ruhig: »Warum kommen Sie nicht hinter dem Baum hervor, damit ich Sie genauso gut sehen kann wie Sie mich?«

Im ersten Augenblick erschrak Sophy, dass sie ertappt worden war, doch ihre Neugier trug den Sieg davon, sie trat näher an ihn heran und konnte jetzt auch sein Gesicht deutlich erkennen. Mit tiefblauen Augen, vollen Lippen und blendend weißen Zähnen war er äußerst attraktiv, und zudem strahlte er eine animalische Kraft aus, die sie noch bei keinem Mann wahrgenommen hatte. Bei der Vorstellung, von ihm in die Arme genommen und liebkost zu werden, bekam sie einen trockenen Mund und musste hart schlucken.

Er musterte sie völlig respektlos. »Wer sind Sie?«

Sophy reckte ihr Kinn und erwiderte kalt: »Ich glaube, diese Frage sollte *ich* Ihnen stellen. Ist Ihnen bewusst, dass Sie sich auf privatem Grund befinden?«

»Ja, aber ich habe Junker Gorses Erlaubnis, für einige Tage hier zu kampieren.«

Kampieren? Was meinte er damit? Plötzlich begriff

sie, dass er ein Zigeuner sein musste, und ihr fiel eine Unterhaltung des Junkers mit anderen Gutsbesitzern ein. Die meisten duldeten keine Zigeuner auf ihrem Land, aber Gorse war auch in dieser Hinsicht großzügig, solange sie nicht allzu lange blieben und nicht zu viel wilderten. Er behauptete, niemand könne so gut mit verletzten oder kranken Pferden umgehen wie Zigeuner.

»Warum sind Sie geschwommen?«, wollte Sophy wissen. »War das Wasser nicht furchtbar kalt?«

Er grinste. »Nicht jeder Mensch hat Dienstmädchen, die heißes Wasser für ein gemütliches Wannenbad herbeischleppen. Die meisten müssen mit dem vorlieb nehmen, was gerade zur Verfügung steht.« Der Zigeuner zog abgewetzte Stiefel und ein Lederwams an.

Ein heftiger Windstoß peitschte die Bäume, und Sophy fröstelte plötzlich trotz ihres warmen Capes. Dunkle Wolken bedeckten den Himmel und wurden für Sekunden von einem grellen Blitz zerfetzt, dem ein heftiger Donnerschlag folgte. Gleich darauf begann es in Strömen zu regnen.

Hastig zog Sophy sich die Kapuze über den Kopf und hielt verzweifelt nach irgendeinem Unterschlupf Ausschau. Sie fürchtete sich vor Gewittern, und jetzt war sie mindestens eine Meile von zu Hause entfernt. Sogar wenn sie nicht von einem Blitz erschlagen wurde, würde sie bis auf die Haut durchnässt werden.

Der Zigeuner griff nach ihrer Hand. »Kommen Sie mit!«

»Lassen Sie mich los!«, schrie Sophy und riss ihre Hand zurück.

»Wie Sie wollen … Ich dachte nur, dass Sie vielleicht in meinem Wagen Zuflucht suchen wollen, bis das Unwetter vorbei ist.«

Er deutete über die Lichtung hinweg, und erst jetzt

bemerkte sie hinter Büschen einen gelben Schornstein, aus dem Rauch aufstieg. Der Zigeuner ging darauf zu, und Blitz und Donner veranlassten Sophy, ihre Röcke hochzuraffen und ihm nachzueilen, bis sein gelb, rot und grün bemalter Wagen in Sicht kam. Er rannte die Stufen hinauf und verschwand im Inneren, ließ die Tür aber offen stehen. Zögernd folgte sie ihm, denn was auch immer sie dort erwarten mochte, konnte nicht schlimmer sein als das Gewitter.

8

Im Wagen sah es erstaunlich ordentlich aus. An einer Wand stand sein Bett mit einer alten, aber prächtig bestickten Decke. Die einzigen anderen Einrichtungsgegenstände waren zwei wackelige Stühle und ein Metallofen, der angenehme Wärme verbreitete.

»Ziehen Sie Ihren nassen Umhang aus, damit ich ihn am Feuer trocknen kann«, sagte der Zigeuner, während sie sich neugierig umschaute. Gehorsam überreichte sie ihm ihr Cape, und er breitete es über einem Stuhl aus, den er dicht an den Ofen schob.

»Sie sehen durchfroren aus.« Er zog die Decke vom Bett und drückte sie ihr in die Hand. »Wickeln Sie sich darin ein.«

Wieder tat Sophy, wie ihr geheißen, und setzte sich auf die Bettkante. »Leben Sie immer hier?«

Er warf ihr einen amüsierten Blick zu, während er Wasser in einen kleinen Topf goss. »Wo sollte ich denn sonst wohnen?«

»In einer Kate, wie die Landarbeiter.«

Er schüttelte den Kopf. »An einem Ort würde ich es nicht lange aushalten – ich muss umherreisen.«

Sophy wusste genau, dass sie nicht hier sein dürfte und dass es ihrem Ruf schaden würde, wenn jemand etwas davon erfuhr, aber sie liebte Risiken, und das ganze kam ihr plötzlich wie ein aufregendes Abenteuer vor – niemand von ihren Bekannten hatte jemals einen Zigeunerwagen betreten.

Dem Topf, den er auf den Ofen gestellt hatte, entstieg ein aromatischer Kaffeegeruch, und er füllte zwei Zinnbecher mit dem schwarzen Getränk und gab ihr einen davon. Sie trank einen Schluck und verzog das Gesicht bei dem bitteren Geschmack, war jedoch dankbar für die Wärme, die sich in ihrem Körper ausbreitete – nicht zuletzt wegen der breiten Schultern und muskulösen Schenkel, die sie so dicht vor Augen hatte.

Mit einem koketten Lächeln ließ sie die Decke von ihren Schultern gleiten, damit er die zarte Haut ihres Brustansatzes bewundern konnte. »Leben Sie hier allein?«

»Ganz allein.«

»Ist Ihnen das nicht zu einsam?«

»Es herrscht kein Mangel an Weibsbildern, die mir hin und wieder gern etwas Gesellschaft leisten.«

Sophy errötete über seine grobe Ausdrucksweise, wurde gleichzeitig aber auch davon erregt und überlegte, ob er versuchen würde, sie zu küssen, und ob sie es ihm erlauben sollte oder nicht.

»Möchten Sie mich küssen?«, hörte sie sich plötzlich selbst sagen und errötete noch stärker. Was sollte der Mann nur von ihr halten? Sie beruhigte sich rasch mit dem Argument, dass das gar keine Rolle spielte, weil er ja nur ein Zigeuner war.

»Nein.«

»Und warum nicht?«, rief Sophy gekränkt. »Finden Sie mich etwa nicht attraktiv? Ich werde allgemein als das hübscheste Mädchen weit und breit angesehen.«

»Mag sein, aber ein Kuss hat wenig Reiz für mich – ich habe Appetit auf viel mehr, und außerdem sind Sie fast noch ein Kind.«

»Ich bin siebzehn! Viele Mädchen meines Alters sind schon verheiratet …«

Seine Gelassenheit brachte sie in Rage. Er hielt sie also für ein Kind? Sie würde ihm das Gegenteil beweisen!

Die Bettdecke glitt zu Boden, als sie aufsprang, die Arme verführerisch um seinen Hals schlang und seinen Kopf zu sich herabzog. Sie küsste ihn zuerst sanft, dann immer leidenschaftlicher, ohne dass er darauf reagierte. Sie knabberte an seiner vollen Unterlippe und presste sich an ihn, wobei sie befriedigt feststellte, dass er eine Erektion hatte.

Plötzlich packte er sie bei den Armen und schob sie energisch zurück. »Sie spielen ein sehr gefährliches Spiel und sollten jetzt lieber gehen, trotz des Gewitters. Ich habe nicht die Absicht, im Gefängnis zu landen, weil ich die Tochter irgendeines hiesigen Adligen entjungfert habe.«

Doch Sophy war für Vernunftargumente nicht mehr empfänglich. Sie wollte diesen Mann haben! Demonstrativ begann sie ihr blaues Musselinkleid aufzuknöpfen, während sie ihm tief in die Augen schaute. Als die oberen Hälften ihrer üppigen Brüste zum Vorschein kamen, starrte er unwillkürlich darauf, und ein Muskel zuckte in seiner rechten Wange.

»Wie kommen Sie auf die Idee, dass Sie der Erste wären?«, forderte sie ihn weiter heraus und schnürte die hellblauen Bänder ihres Mieders auf, bis die rosigen Brustwarzen hervorsprangen. Sie streichelte diese Knospen, ein lockendes Lächeln auf den Lippen, und rechnete damit, dass er vor ihr auf die Knie fallen und ihren Rocksaum oder ihre Füße küssen würde, so wie Mr. Follet es tat.

Doch anstatt sie anzuflehen, ihre Brüste berühren zu dürfen, riss er sie ungestüm in seine Arme, warf sie grob auf das Bett und presste ihren Körper in die dünne Matratze.

Sein Kuss raubte ihr den Atem, sie spürte sein granithartes Glied an ihrer Hüfte und lechzte danach, es tief in sich zu spüren. Eine große Hand wölbte sich besitzergreifend um ihre linke Brust, und mit der anderen schob er ihre Röcke bis zur Taille hoch, spreizte ihre Schenkel mit seinem Bein und rieb ihre Schampartie durch die dünne Baumwollunterhose hindurch, während seine Zunge tief in ihren Mund eindrang und mit ihrer spielte.

Mit geschickten Fingern zog er die Bänder ihrer Unterhose auf, strich über den weichen Bauch und die krausen Haare und begann erstaunlich sanft mit der Erkundung ihrer Geschlechtsteile, fand mühelos den versteckten Kitzler und massierte dieses Lustzentrum. Mr. Follet hatte ausführliche Anweisungen benötigt, bis er endlich begriff, wie er sie befriedigen musste, doch der Zigeuner wusste genau, was zu tun war, um ihren ganzen Körper in einen Glutofen zu verwandeln.

Stöhnend spreizte Sophy die Beine noch weiter, und er schob zwei Finger in sie hinein, ohne seinen Daumen von der Klitoris zu nehmen. Sein Mund glitt von ihren Lippen zur linken Brustwarze hinab, er saugte daran und ließ seine Zunge kreisen, sodass sie sich keuchend auf dem schmalen Bett wand und die Erlösung von dieser schier unerträglichen Erregung herbeisehnte.

Endlich stieß sie einen gebrochenen Schrei aus und bäumte sich wild auf, überwältigt von Kräften, die denen der Naturgewalten außerhalb des Wohnwagens in nichts nachstanden.

Sie schrie wieder auf, als er seine Hose aufriss und

mit einem einzigen kraftvollen Stoß tief in sie eindrang. Jetzt war er nicht mehr sanft, sondern gab sich ungezügelter Leidenschaft hin, und Sophy grub ihre Fingernägel durch das raue Baumwollhemd in seinen Rücken.

Der Zigeuner packte sie jedoch bei den Handgelenken und drückte sie über ihrem Kopf in die Matratze, und nun war sie ihm wehrlos ausgeliefert. Das war für Sophy eine ganz neue Erfahrung, denn in ihren bisherigen beiden Affären hatte sie den Männern nur das gewährt, was ihr selbst behagte, und sie hatte nie völlig die Kontrolle über sich verloren.

Jetzt hingegen wurde sie von einem Strudel erfasst, der sie einfach mitriss und ihr die Beherrschung raubte. Immer wieder von dem harten Speer durchbohrt, verlor sie fast die Besinnung, als ihr Körper sich in Ekstase verkrampfte, und sie nahm nur vage wahr, dass eine heiße Flüssigkeit sich in ihre Höhle ergoss.

Obwohl er gleich darauf ihre Handgelenke losließ und zur Seite rollte, um sie von seinem Gewicht zu befreien, lag sie noch eine ganze Weile erschöpft mit geschlossenen Augen da, bis der Sinnenrausch endgültig verflog. Als ihr bewusst wurde, welch würdelosen Anblick sie mit hochgeschlagenen Röcken, nacktem Unterleib und entblößten Brüsten bieten musste, zog sie hastig die Unterhose hoch und setzte sich auf. Erst jetzt fiel ihr das Unwetter wieder ein. »Regnet es immer noch?«, murmelte sie.

Der Zigeuner erhob sich und knöpfte seine Hose zu. »Ja, aber das Gewitter ist abgezogen.«

»Ich muss gehen.« Sophy sprang auf und versuchte ihren zerknitterten Rock zu glätten, der sich hinten erschreckend feucht und klebrig anfühlte. Errötend hüllte sie sich in ihr nasses Cape. »Mama und Beth werden sich schreckliche Sorgen machen.«

Der Zigeuner lehnte mit verschränkten Armen an

der Wand und hinderte sie nicht daran, die Tür zu öffnen. »Wirst du wiederkommen?«, fragte er leise.

Weil Sophy darauf beim besten Willen keine Antwort wusste, lief sie die Stufen hinab, rannte über die Lichtung und tauchte im Wald unter. Am Waldrand hob sie ihr Cape an, setzte sich ins nasse Gras und rutschte im Morast herum, bis ihr Rock so verdreckt war, dass niemand die verräterischen Flecken ihrer Liebeslust bemerken würde.

Wie sie vermutet hatte, hielten ihre Mutter und Schwester am Fenster ängstlich nach ihr Ausschau und schleppten sie sofort in ihr Zimmer hinauf.

»Liebling, du bist ja völlig durchnässt«, jammerte Mrs. Woodleigh und rief dem Dienstmädchen zu: »Bring schnell heißes Wasser, damit Miss Sophy ein Bad nehmen kann.«

Die Wanne wurde direkt vor das prasselnde Kaminfeuer gestellt, und Sophy ließ sich von ihrer Mutter ausziehen und waschen, während Beth ihr eine Wärmflasche ins Bett legte und die Mittagssuppe aufwärmen ließ.

»Wo warst du nur?«, fragte Mrs. Woodleigh besorgt. »Bestimmt hast du dich erkältet! Welch ein Leichtsinn, bei diesem Wetter spazieren zu gehen!«

»Ich … ich war im Wald, als das Gewitter begann«, stammelte Sophy. »Ich habe in einer Forsthütte Unterschlupf gesucht, bis das Schlimmste vorbei war, aber auf dem Rückweg bin ich ausgerutscht und hingefallen, und ich befürchte, dass mein Kleid ruiniert ist.«

»Das ist nicht weiter tragisch … Hauptsache, dir ist nichts passiert! Beth, hast du ihr Nachthemd am Feuer gewärmt?«

Wenige Minuten später saß Sophy im Bett und löffelte die heiße Suppe. Danach behauptete sie, müde zu sein und schlafen zu wollen, weil sie das Bedürfnis hatte, allein zu sein. Bis zum Kinn in Decken gehüllt, starrte sie in die Flammen und wurde von heftigen Selbstvorwürfen gepeinigt.

Wie hatte sie sich nur dazu hinreißen lassen können, mit einem Zigeuner zu schlafen? Ihre bisherigen Affären waren riskant genug gewesen, doch diesmal hatte sie sich einfach unverzeihlich töricht benommen!

Sie war so stolz auf ihre sexuellen Erfahrungen gewesen, aber verglichen mit der rasenden Glut, die dieser unstandesgemäße Mann in ihr entfacht hatte, kamen die anderen Partner ihr wie unbeholfene Tölpel vor, die allenfalls einen flüchtigen Funkenschlag auslösen konnten …

Vor dem Einschlummern tröstete Sophy sich mit dem Gedanken, dass der Zigeuner bald weiterziehen würde. Ihr sehnlichster Wunsch war, den unverschämten Kerl nie wieder zu sehen – jedenfalls redete sie sich das erfolgreich ein!

9

Am Nachmittag des Gemeindeballs begann es leicht zu schneien, und Sophy beobachtete erbittert die zarten Flocken, die allmählich den Rasen verhüllten.

»Ich überlebe es nicht, wenn das Wetter uns einen Strich durch die Rechnung macht«, sagte sie zu Beth, die lesend am Kamin saß. »Sollte es weiterschneien, wird Junker Gorse bestimmt seine Kutschpferde schonen wollen.«

»Er setzt großes Vertrauen in seinen Kutscher«, wurde sie von ihrer Schwester beruhigt. »Mir tun nur die Narzissen leid … Hoffentlich erfrieren sie nicht.«

Mrs. Woodleigh betrat den Salon. »Ein letzter Wintereinbruch im März ist keine Seltenheit«, meinte sie, »aber das hält nicht lange an. Nächste Woche scheint bestimmt wieder die Sonne, und der Frühling hält endgültig Einzug.«

»Das hilft uns aber nichts, denn der Ball findet ja schon heute Abend statt«, quengelte ihre jüngere Tochter.

»Es wird noch viele andere Bälle geben«, tröstete Beth.

»Du hast leicht reden!«, fuhr Sophy auf. »Dir ist es ganz egal, ob du eine alte Jungfer wie Augusta wirst!«

Beth las ungerührt weiter, während Sophy ungeduldig aufsprang und im Zimmer hin und her lief. »*Sie* wird sicher auch heute Abend mitkommen, obwohl sie genauso gut zu Hause bleiben könnte. Kein Mensch legt Wert auf ihre Gesellschaft, und zum Tanzen wird sie nur aufgefordert, wenn jemand ihrem Vater einen Gefallen erweisen möchte! Dafür macht sie sich in der Kutsche so breit, dass wir uns zusammenquetschen müssen!«

»Immerhin gehört die Kutsche ihrem Vater«, rief Mrs. Woodleigh ihr sanft ins Gedächtnis.

»Trotzdem ist es rücksichtslos von ihr«, beharrte Sophy. »Aber vielleicht bekommt sie Fieber und muss im Bett bleiben.«

»So etwas sollte man niemandem wünschen«, mahnte ihre Mutter. »Wenn ihre Mutter nicht so früh gestorben wäre, hätte Augusta wahrscheinlich einen liebenswerteren Charakter.«

»Das wage ich zu bezweifeln«, murmelte Beth.

»Sie ist ein Scheusal, und von mir aus kann sie zur Hölle fahren!«, fauchte Sophy, deren Rachegelüste seit Augustas Gehässigkeit beim Abendessen im Herrenhaus ins Unermessliche gestiegen waren.

Gleichzeitig hatte sie sich geschworen, beim Ball

hemmungslos zu flirten und keinen Tanz auszulassen, um allen klarzumachen, dass Mr. Chilterns Mangel an Interesse sie völlig kalt ließ. Niemand durfte auf den Gedanken kommen, dass sie ursprünglich vorgehabt hatte, ihn zu umgarnen. Ihrer Mutter, Beth und Junker Gorse gegenüber hatte sie glaubhaft beteuert, der Mann sei viel zu alt für sie, und außerdem finde sie ihn nicht attraktiv – was halbwegs den Tatsachen entsprach.

Doch wie sollte sie allen beweisen, dass sie weit und breit das begehrteste Mädchen war, wenn der Schnee sie daran hinderte, am Ball teilzunehmen?

Glücklicherweise stattete der Junker ihnen am Spätnachmittag einen kurzen Besuch ab und beruhigte Sophy, dass der leichte Schneefall kein Hindernis darstellte. Daraufhin eilte sie in ihr Zimmer und begann sich schönzumachen, wobei es ihr besonders darauf ankam, ein Bild von Unschuld zu bieten.

In den Tagen seit ihrer Begegnung mit dem Zigeuner hatte sie oft an ihn gedacht, doch ein Dauerregen hatte ihr die Entscheidung abgenommen, ob sie ihn wiedersehen sollte oder nicht. Einerseits schämte sie sich für ihr liederliches Benehmen, aber andererseits genügte die bloße Erinnerung an seine animalische Kraft, um sie in Erregung zu versetzen, und einmal hatte sie sich selbst befriedigen müssen, weil die Hitze in ihrem Unterleib unerträglich geworden war.

Von all dem war ihr nichts anzumerken, als sie nach einem letzten zufriedenen Blick in den Spiegel die Treppe hinablief, weil die Kutsche des Junkers vorgefahren war. Sie hatte sich nach langem Zögern für ihr elfenbeinfarbenes Seidenkleid mit Perlenbesatz am Ausschnitt und Saum entschieden und dazu eine Perlenkette mit passendem Armband über den ellbogenlangen Handschuhen angelegt.

Junker Gorse begrüßte sie schmunzelnd. »Wie du siehst, habe ich mein Versprechen gehalten, junges Fräulein.«

Sophy stellte sich auf die Zehenspitzen und küsste ihn auf die Wange. »Sie sind immer so gut zu uns …« Er tätschelte errötend ihre Hand, und weil sie wusste, dass Augusta draußen in der Kutsche saß, rief sie den Diener zu Hilfe, um ihr Cape anzuziehen, und sorgte für eine weitere Verzögerung, indem sie behauptete, ihr Taschentuch vergessen zu haben.

Während der Diener nach oben eilte, um es zu holen, machte sie ihrer Mutter und Schwester Komplimente und stellte Vermutungen an, wer wohl am Ball teilnehmen würde. Als sie das Taschentuch dann endlich eingesteckt hatte, half der Junker den drei Damen beim Einsteigen in die Kutsche.

»Das hat ja eine Ewigkeit gedauert!«, schimpfte Augusta aufgebracht. »Wenn Papa schon so freundlich ist, euch in unserer Kutsche mitzunehmen, solltet ihr ihn wenigstens nicht warten lassen!«

»Auf ein paar Minuten kommt es doch nicht an«, sagte der Junker begütigend und erntete dafür einen wütenden Blick.

Die beiden Mädchen nahmen neben Augusta Platz, und Mrs. Woodleigh teilte sich den Sitz gegenüber mit Gorse. »Du musst in letzter Zeit gut gegessen haben, Augusta«, bemerkte Sophy honigsüß, »Beth und ich werden von dir ja fast zerquetscht … Vielleicht solltest du deiner Leidenschaft für Süßigkeiten nicht so ungehemmt frönen oder mehr Sport treiben, sonst siehst du bald wie Mrs. Granger aus, deren Figur nicht gerade bewundert wird.«

Nachdem Mrs. Granger mindestens 250 Pfund wog, war es ein wahrhaft grausamer Vergleich.

»Wenn Beth und ich nächstes Mal ausreiten, holen

wir dich ab, damit du ein wenig Bewegung bekommst«, fuhr Sophy scheinheilig fort. Sie wusste genau, dass Augusta Pferde verabscheute und deshalb nie auf ihren Vorschlag eingehen würde.

»Liebling, nicht jede Frau hat das Glück, so wohlgeformt wie du und Beth zu sein«, murmelte Mrs. Woodleigh beschwichtigend. Viel zu spät wurde ihr klar, dass ihre Bemerkung nicht viel taktvoller als die ihrer Tochter war.

»Du hast Recht, Mama«, stimmte Sophy eifrig zu. »Alle bewundern Beth' elegante Gestalt und ihre anmutigen Bewegungen. Deshalb reißen die Herren sich förmlich darum, mit ihr zu tanzen … Hast du auch deine Tanzkarte dabei, Augusta?«

Bevor seine Tochter etwas erwidern konnte, rief der Junker hastig: »Die Kutsche der Familie Cox ist direkt vor uns! Hast du William und John schon Tänze versprochen, Sophy?«

»Jedem einen«, antwortete Sophy, und Gorse verhinderte weitere Pfeile in Augustas Richtung durch nichtssagendes Geplauder mit Mrs. Woodleigh, bis die Kutsche vor dem Tanzsaal hielt.

Die vier Damen legten ihre Mäntel in einem kleinen Raum ab und begaben sich in den Ballsaal. »Ich bin heilfroh, eine so hübsche Schwester zu haben«, sagte Sophy so laut, dass Augusta es hören musste. »Es wäre mir peinlich, mich irgendwo mit jemandem sehen zu lassen, der unattraktiv ist oder einen schlechten Geschmack hat.«

»Und wie würde es dir gefallen, wenn deine Schwester hübscher oder beliebter wäre?«, neckte Beth sie.

»Gar nicht«, gab Sophy ehrlich zu. »Schau, dort drüben sind Catherine und Henrietta! Wollen wir nicht zu ihnen gehen? Was für eine komische Frisur Henrietta heute hat! Sie steht ihr gar nicht.«

Mit einem Unschuldslächeln zog sie Beth zu ihren Freundinnen und ließ Augusta allein stehen. Beth konnte dieses unkorrekte Benehmen ihrer Schwester ausnahmsweise gut verstehen, denn auch ihr ging die gönnerhafte Art der Tochter des Junkers seit Jahren auf die Nerven. Augusta betonte bei jeder Gelegenheit, dass die Woodleighs sich glücklich schätzen müssten, überhaupt ein Dach über dem Kopf zu haben, und erteilte ihnen Ratschläge, um die keiner sie gebeten hatte und die zu ihrem großen Ärger nie befolgt wurden.

Bei Bällen und sonstigen Veranstaltungen musste Augusta meistens mit der Gesellschaft von Helen Grey vorlieb nehmen, der Tochter einer verarmten Adligen, die im Dorf lebte. Helen war schüchtern und traute sich nie, gegen spitze Bemerkungen ihrer so genannten Freundin aufzubegehren.

»Warum hast du dich ausgerechnet in die zugigste Ecke des Saals gesetzt?«, tadelte Augusta auch jetzt, sobald sie sich einen Weg zu Helen gebahnt hatte. »Du weißt doch, dass ich Durchzug nicht vertrage.« Sie musterte das junge Mädchen abschätzig. »Dieses alte Kleid, das ich dir geschenkt habe, steht dir gar nicht – ich hätte es lieber der Zofe geben sollen. Warum hast du die roten und orangen Quasten und die bronzefarbenen Bänder entfernt? Jetzt sieht es ja wie ein Trauergewand aus!«

10

Obwohl Beth nicht so schamlos flirtete wie Sophy, war sie sehr beliebt und wurde von vielen jungen Männern bewundert, und nach einer knappen halben Stunde im Ballsaal war ihre Tanzkarte fast voll.

Ihre Stimmung sank, als sie sah, dass James Dutton energisch auf sie zusteuerte. »Da kommt James!«, flüsterte Sophy ihr kichernd zu. »Wie lange wird es wohl noch dauern, bis er dein ›Nein‹ akzeptiert?«

Beth hatte seinen Heiratsantrag höflich, aber entschieden abgelehnt, und es erbitterte sie, dass er zu glauben schien, sie würde ihm doch noch ihr Jawort geben, wenn er sie bedrängte.

James verbeugte sich, die Mädchen knicksten, und Sophy säuselte: »Erst vor wenigen Minuten sagte Beth, sie hoffe von ganzem Herzen, dass Sie kommen, und ihr Stoßgebet wurde prompt erhört. Wenn Sie sie immer noch heiraten wollen, sollten Sie meinen Rat befolgen und sie auf einem Schimmel nach Gretna Green entführen – das fände sie herrlich romantisch!« Sie ignorierte den wütenden Blick ihrer Schwester und hängte sich bei William Cox ein. »Die Tänzer formieren sich – komm!« Mit einem engelhaften Lächeln trippelte sie wie ein hübsches Porzellanpüppchen davon.

James blickte ihr mit gerunzelter Stirn nach. »Das unmögliche Benehmen Ihrer Schwester entsetzt mich stets aufs Neue, und ich kann nicht begreifen, dass Ihre Mutter ihr das durchgehen lässt.« In seinem Eifer bemerkte er weder Beth' leicht gehobene Brauen noch das eisige Funkeln ihrer Augen. »Sie braucht dringend eine feste Hand, um in die Schranken gewiesen zu werden, und sobald wir verheiratet sind, meine liebe Miss Woodleigh, werde ich mich dieser Aufgabe gern annehmen.«

»Verzeihen Sie mir, wenn ich Sie daran erinnere, dass ich Ihren Heiratsantrag abgelehnt habe!«

James ließ sich von ihrer Kälte nicht abschrecken, lächelte gönnerhaft und verschränkte die Hände auf dem Rücken. Mit seinen viel zu kurzen Beinen sah er im langen Rock mit Kniehose nicht gerade vorteilhaft aus, und es ließ sich auch nicht leugnen, dass er schielte.

»Ich schätze Sie sehr und habe großen Respekt vor Ihrer Intelligenz, aber ich weiß auch, dass junge Damen sich oft zieren, Heiratsanträge anzunehmen. Ich bin ganz sicher, dass Sie bald einsehen werden, welche Vorteile diese Ehe hätte, und bis dahin betrachte ich uns als inoffiziell verlobt.«

»Mr. Dutton, wir sind *nicht* verlobt und werden es nie sein! Deutlicher kann ich mich wohl kaum ausdrücken.«

Er räusperte sich kräftig, was Beth auf die Nerven ging. »Sie sind schön und kultiviert, aber ich bezweifle, dass Sie eine bessere Partie machen können. Ihre Mitgift dürfte äußerst bescheiden sein, und hinzu kommt noch Ihre Schwester, die offenbar um jeden Preis Aufsehen erregen möchte.«

Ausgerechnet in diesem Augenblick wirbelte Sophy in Williams Armen lachend an ihnen vorbei und rief ausgelassen: »Vergessen Sie nicht – Gretna Green!«

James öffnete den Mund zu einer Erwiderung, besann sich jedoch in letzter Sekunde eines Besseren und stieß nur einen schweren Seufzer aus. »Ich möchte um die Ehre des nächsten Walzers bitten«, sagte er, so als gewährte er Beth eine große Gunst.

Als er gerade seinen Namen in ihre Tanzkarte schreiben wollte, trat unvermutet Mr. Chiltern dazwischen, den Beth bis dahin nicht im Saal gesehen hatte. »Ich muss Ihnen leider mitteilen, dass Miss Woodleigh diesen Walzer mir versprochen hat.«

»Ich kenne Sie nicht, Sir, aber auf der Tanzkarte der Dame sehe ich für diesen Walzer keinen Namen«, protestierte James.

»Dann hat sie wohl vergessen, ihn zu notieren«, entgegnete Mr. Chiltern lässig, verbeugte sich vor Beth und tanzte mit ihr davon, während Dutton ihnen mit offenem Mund nachstarrte.

»Es war vernünftig von Ihnen, seinen Antrag nicht anzunehmen«, sagte Mr. Chiltern. »Er passt nicht zu Ihnen!«

Beth begriff erschrocken, dass er die Unterhaltung mit angehört haben musste. Seine Nähe und seine Hand auf ihrem Rücken verwirrten sie zusätzlich, und als sie zu ihm aufschaute, sah sie, dass die graugrünen Augen belustigt funkelten.

»Hat man Ihnen nicht beigebracht, dass ein Gentleman keine Privatgespräche belauscht?«, fragte sie kühl, obwohl ihr in seinen Armen heiß wurde.

»Es lag nicht in meiner Absicht zu lauschen. Ich wartete nur auf eine Gelegenheit, Sie zum Tanzen aufzufordern.«

»Ich fühle mich sehr geehrt, aber finden Sie Tanzen nicht töricht?«, warf Beth honigsüß ein.

»Das kommt ganz darauf an ... Jedenfalls hat man dabei Gelegenheit, sich ungestört zu unterhalten.« Seine Hand glitt etwas tiefer, und Beth konnte einen lustvollen Schauer nicht ganz unterdrücken. Unwillkürlich malte sie sich aus, wie es wohl wäre, von diesen sinnlichen Lippen geküsst zu werden.

»Ist Ihnen kalt?«, erkundigte er sich.

»Ein wenig«, schwindelte sie, bereute es aber sofort, weil Mr. Chiltern sie so eng an sich zog, dass sie durch die Kleidung hindurch seine Körperwärme spürte.

»Warum haben Sie seinen Antrag abgelehnt?«

»Ihre Frage ist unverschämt!«, betonte Beth.

»Ich möchte mehr über Sie erfahren, und das kann ich nur, wenn ich Fragen stelle.«

»Warum beschränken Sie Ihre Fragen nicht auf Themen wie Musik oder Literatur?«

Beth war eine ausgezeichnete Tänzerin, und obwohl sie Mr. Chiltern nicht ausstehen konnte, musste sie zugeben, dass er ein perfekter Partner war, der kraftvoll führte, ohne ihr auf die Zehen zu treten oder falsche Schritte zu machen. Ihre Bewegungen harmonierten vollkommen, und Beth musste ihre ganze Willenskraft aufbieten, um sich nicht schamlos an diesen muskulösen Brustkorb zu schmiegen.

»Darf ich wenigstens fragen, wie Ihr hartnäckiger Verehrer heißt?«

»Mr. Dutton.«

»Mr. Dutton glaubt offenbar, dass Sie ihn doch noch erhören werden.«

»Das ist kein Thema, über das ich sprechen möchte.«

»Ich habe Mr. Dutton heute zum ersten Mal gesehen und weiß nichts über ihn, aber ich bin mir ganz sicher, dass er ein sehr unbeholfener und einfallsloser Liebhaber ist.«

Beth errötete heftig und wollte sich von ihm lösen, doch sein Arm lag wie ein Stahlring um ihre Taille, und sie wollte keine unnötige Aufmerksamkeit erregen. »Ich möchte den Tanz abbrechen«, zischte sie deshalb leise.

»Warum? Weil ich offen meine Meinung gesagt habe?«

»Nein, weil es höchst unschicklich ist, solche Dinge gegenüber einer Dame zu erwähnen.«

Glücklicherweise verklang die Musik in diesem Augenblick, und nach dem obligatorischen Knicks konnte Beth zu ihrer Mutter eilen, die sich mit Mrs. Cox unterhielt.

»Amüsierst du dich, Liebling?«, fragte Mrs. Woodleigh lächelnd. »Es hat mich ein wenig gewundert, dass du mit Mr. Chiltern getanzt hast.«

»Mich selbst hat es auch gewundert«, murmelte Beth. »Ein unangenehmer Mann – arrogant und selbstgefällig.«

»Aber sehr reich«, merkte Mrs. Cox an. »Du scheinst

ihm zu gefallen, meine Liebe, und ihr wart ein ideales Tanzpaar.«

Mrs. Woodleigh rieb sich die nackten Oberarme, und Beth stellte besorgt fest, dass ihre Mutter eine Gänsehaut hatte. »Wo ist denn deine Stola? Du siehst ja halb erfroren aus.«

»Ich habe sie mit dem Cape in der Garderobe gelassen, weil ich dachte, hier wäre es sehr warm, aber irgendwie muss ich wohl in einen Durchzug geraten sein, und jetzt ist mir wirklich kalt.«

»Ich hole dir die Stola.« Beth eilte mit wehenden Röcken in den kleinen Raum, suchte im flackernden Kerzenschein zwischen den Mänteln herum, fand das warme Umhängetuch und legte es sich über den Arm, als Mr. Chiltern plötzlich hereinkam und sie wortlos in die Arme nahm.

Seine Lippen pressten sich auf ihren Mund, und sie war so überrascht, dass sie ihm keine Ohrfeige gab, was die gebührende Reaktion gewesen wäre.

Ihr war zumute, als hätte sich das Tor zu einem herrlichen Garten fleischlicher Lüste aufgetan. Ein Schwindel erfasste sie, ihre Haut prickelte, und Schmetterlinge flatterten in ihrem Bauch herum.

Er roch angenehm nach einem teuren Eau de Cologne, ihre Brüste waren an seinen harten Brustkorb gepresst, und seine Hände glitten liebkosend über ihren Rücken und wölbten sich besitzergreifend um ihr Gesäß. Beth spürte, dass ihre Unterhose im Schritt feucht wurde, und ihre Arme legten sich wie von selbst um seinen Nacken.

Seine Lippen gaben ihren Mund frei, hinterließen eine heiße Spur auf ihrem Hals und versengten die zarte Haut zwischen den Brüsten, während er eine der reifen Früchte aus dem Mieder befreite.

»Wunderschön!«, flüsterte Mr. Chiltern und saugte

begierig an der rosigen Spitze, die anschwoll und erwartungsvolle Signale ans Sonnengeflecht weitergab.

Beth verlor jede Kontrolle über ihren Körper und schob ihre Hüften schamlos den Fingern entgegen, die kühn zwischen ihre Schenkel vordrangen. An die Wand gelehnt, spreizte sie stöhnend die Beine und schloss die Augen, um die schier unerträgliche Glut in ihrem Unterleib stillen zu lassen.

In diesem Moment hörte sie Frauenstimmen auf dem Korridor. Jäh in die Wirklichkeit zurückgerissen, stieß sie Mr. Chiltern von sich, so als hätte er sich von einer Sekunde zur anderen in einen giftigen Skorpion verwandelt. Wenn die Frauen – wer auch immer sie sein mochten – die Garderobe betraten und sie hier allein mit einem Mann ertappten, würde ihr Ruf ruiniert sein.

Hastig versteckte sie ihre nackte Brust wieder im Mieder und hielt verzweifelt Ausschau nach irgendeinem Versteck. Ein eisiger Windstoß machte sie darauf aufmerksam, dass Mr. Chiltern das Fenster geöffnet hatte und soeben ein langes Bein über das Sims schwang. »Schließen Sie das Fenster hinter mir«, flüsterte er, bevor er draußen im Dunkeln verschwand.

Beth gehorchte aufatmend, und gleich darauf wurde die Tür aufgerissen, und zwei Damen kamen plaudernd herein. »Hallo, Beth! Brrr, hier herrschen ja fast sibirische Temperaturen! Sehnst du dich auch so nach warmem Frühlingswetter?«

»Ja«, stammelte Beth. »O ja … ich habe Mamas Stola geholt …« Sie warf einen Blick in den Spiegel. Ihre blauen Augen waren weit aufgerissen, die Lippen gerötet, doch ansonsten deutete glücklicherweise nichts darauf hin, dass sie noch vor wenigen Minuten einen bis dahin nie gekannten Sinnenrausch erlebt hatte.

Fröstelnd verließ sie den Raum.

11

Am nächsten Tag war Sophy in bester Stimmung, denn auf dem Ball hatten die Männer sich um jeden Tanz mit ihr gerissen und sie mit Komplimenten überhäuft. Dieser Erfolg war ihr so zu Kopf gestiegen, dass sie Augusta während der Rückfahrt in der Kutsche besonders gnadenlos gehänselt hatte, weil diese nur zweimal getanzt hatte – mit Partnern, die sie auffordern mussten, weil sie ihrem Vater zu Dank verpflichtet waren.

Mrs. Woodleigh sah sich genötigt, Sophy nach dem Frühstück im sonnigen Salon sanft zurechtzuweisen. »Liebling, ich weiß, dass Augusta sehr unsympathisch ist, aber musst du sie unbedingt so quälen? Für ihren Vater ist das sehr unangenehm, und nachdem er so gut zu uns ist, solltest du etwas Rücksicht auf seine Gefühle nehmen.«

»Nur Junker Gorse zuliebe verzichte ich darauf, ihr büschelweise die Haare auszureißen«, erwiderte Sophy ungerührt. »Mir ist einfach unbegreiflich, wie Helen Grey ihre Gesellschaft ertragen kann. Ist euch aufgefallen, dass das arme Mädchen eines von Augustas abgelegten Kleidern anhatte? Helen hat es zwar für sich viel enger gemacht und die meisten Quasten und Bänder entfernt, aber hässlich ist es immer noch!«

Kurz nach ihrem Einzug im Vale Cottage war Augusta eines Tages aufgetaucht und hatte Mrs. Woodleigh einige ihrer abgelegten Kleider angeboten. Marianne Woodleigh hatte einen einzigen Blick darauf geworfen und energisch erklärt, die Farben seien für eine Witwe völlig ungeeignet.

Weil Beth viel zu groß war, hatte Augusta daraufhin versucht, die Sachen Sophy aufzudrängen, die jedoch unumwunden sagte, sie würde lieber sterben, als diese geschmacklosen Kleider anzuziehen. Augusta hatte erwidert, Bettler könnten es sich nicht leisten, wählerisch zu sein, was in Sophys Augen einer Kriegserklärung gleichkam. Seitdem musste Mrs. Woodleigh ihre jüngere Tochter immer wieder ermahnen, nicht beleidigend zu werden.

Beth, die Narzissen in einer blauen Vase arrangierte, warf nachdenklich ein: »Sophy, wie wär's, wenn du sie nur hänseln würdest, wenn ihr Vater außer Hörweite ist?«

Sophy legte den Kopf zur Seite und wickelte sich eine Locke um den Zeigefinger. »Hmmm ... das wäre vielleicht möglich – aber nur, wenn sie meine Geduld nicht allzu sehr strapaziert. Sollte sie Mama wieder vorwerfen, wir würden zu viel Geld für Fleisch ausgeben und könnten uns ein Kaminfeuer im Salon tagsüber nicht leisten, werde ich bestimmt nicht den Mund halten.«

»Ihr wäre es am liebsten, wenn wir völlig verarmt wären.« Beth schnitt einen Blumenstängel zurecht und begutachtete ihr Werk. »Dann würde sie uns hin und wieder gönnerhaft ein Stück Brot zukommen lassen.«

»Ich werde noch dieses Frühjahr nach einem Mann für sie suchen«, beschloss Sophy. »Am besten wäre jemand, der unserer Gegend nur einen kurzen Besuch abstattet und sie nach der Hochzeit in seine möglichst weit entfernte Heimat mitnimmt.«

Beth stellte die Blumenvase auf einen kleinen Ecktisch. »Das dürftest nicht einmal du zustande bringen.«

»Warum nicht?«, meinte Sophy unbekümmert. »Wir müssen nur einen Junggesellen finden, mit ihr bekannt machen, ihre Tugenden in höchsten Tönen rühmen und dezent auf ihre Mitgift hinweisen ... Vielleicht ist sie dann schon im Sommer unter der Haube!«

Mrs. Woodleigh schüttelte ungläubig den Kopf. »Ich befürchte, dass Augusta immer unter dem Dach ihres Vaters leben wird.«

»Unsinn, wenn wir drei Hand in Hand arbeiten, müssten wir unser Ziel erreichen.« Neugierig fügte Sophy hinzu: »Beth, warum hast du eigentlich mit Mr. Chiltern getanzt? Ich dachte, du könntest den Mann nicht leiden.«

»Das stimmt, aber James ließ sich ausführlich über dein schamloses Benehmen aus, und als Mr. Chiltern mich zum Tanzen aufforderte, schien er mir das kleinere Übel zu sein.« Beth hoffte, dass weder ihre Schwester noch ihre Mutter ihr leichtes Erröten bemerken würde.

»Tut mir Leid, dass du meinetwegen seine Gesellschaft ertragen musstest«, kicherte Sophy. »Ich wollte James nicht aufziehen, aber als er so blasiert anstolziert kam, konnte ich einfach nicht anders ... Mama, du hättest sein Gesicht sehen sollen, als ich vorschlug, dass er Beth nach Gretna Green entführen sollte!«

»Sophy, das geht wirklich zu weit! Du solltest endlich lernen, deine Zunge im Zaume zu halten.«

Draußen schien die Sonne, der Schnee war geschmolzen, und Sophy hatte plötzlich Lust zu einem Spaziergang. Sie sprang auf, kündigte ihre Absicht an und fügte fröhlich hinzu: »Ich bin heilfroh, dass du nicht die Absicht hast, James zu heiraten, Beth – er wäre ein unausstehlicher Schwager!«

Sophy hatte eigentlich nicht vorgehabt, in den Wald zu gehen, doch ihre Füße machten sich selbstständig und führten sie zu der Lichtung, wo sie kurz stehen blieb und den Rauch betrachtete, der aus dem Schornstein des Wohnwagens aufstieg. Sie hatte gehofft, dem Zigeuner unterwegs zu begegnen, und nachdem das nicht der Fall gewesen war, gab es natürlich keinen Vorwand, an seine Tür zu klopfen.

»Suchen Sie nach mir?«

Beim Klang der tiefen Männerstimme wirbelte sie auf dem Absatz herum. Er kam mit einem Wassereimer in der Hand auf sie zu, und der bloße Anblick seines muskulösen Körpers und des sonnengebräunten Gesichts versetzte sie in heftige Erregung. Um sich nichts davon anmerken zu lassen, setzte sie eine hochmütige Miene auf und schüttelte den Kopf. »Warum sollte ich das tun?«

Er grinste unverschämt und entblößte dabei seine strahlend weißen Zähne. »Vielleicht haben Sie Gefallen daran gefunden, von jemandem gefickt zu werden, der sich von Ihrem vornehmen Getue nicht beeindrucken lässt.«

Sophy errötete vor Empörung. »Sie sind widerlich!«, zischte sie und wollte sich hoheitsvoll entfernen, aber er packte sie am Arm und zog sie zu sich heran.

»Widerlich? Als Sie mit geschürzten Röcken auf meinem Bett lagen, waren Sie offenbar ganz anderer Meinung.«

Sie hob die Hand, um ihm ins Gesicht zu schlagen, doch er nahm ihr Handgelenk gefangen und drängte sie an einen alten Kastanienbaum, wo er sie mit den Hüften mühelos gegen den rauen Stamm presste, obwohl sie ihm einige Tritte gegen das Schienbein versetzte. Ihr Cape landete auf dem Waldboden, und ihre Brüste wurden aus dem Mieder gezerrt und der kühlen Brise ausgesetzt.

Er betrachtete interessiert die steifen Brustwarzen, senkte den Kopf und nahm eine der rosigen Knospen in den Mund. Sobald er daran zu saugen begann, gab Sophy den Kampf auf, lehnte ihren Kopf an die raue Rinde und konzentrierte sich auf die köstlichen Empfindungen, die der Zigeuner ihr mit Lippen und Zunge bescherte. Dass sie jederzeit von einem Waldarbeiter überrascht werden konnten, war ein Gedanke, der dieser Situation einen besonderen prickelnden Reiz verlieh.

Sie rieb ihren Bauch einladend an seinem steifen Glied, und er riss sich von ihrer Brustwarze los und hob sie auf die dicken Wurzeln, damit ihre Genitalien sich auf gleicher Höhe befanden. Während er ihr Gesäß knetete, flüsterte er ihr ins Ohr: »Unter deinen feinen Kleidern bist du nichts weiter als eine Nutte, die scharf auf jeden Mann ist!«

Wütend gab sie ihm eine Ohrfeige, aber er küsste sie lachend, bis sie weiche Knie hatte und sich kaum noch auf den Beinen halten konnte.

Langsam schob er ihre Röcke bis zur Taille hoch, öffnete die Bänder ihrer Unterhose und schob eine Hand zwischen ihre Schenkel. »Herrlich nass!«, stellte er zufrieden fest und drang mit zwei Fingern in ihre Scheide ein, während sein Daumen den Kitzler rieb, bis ihr Körper sich auf dem Gipfel der Lust verkrampfte.

Sie keuchte immer noch, als er seine Hose öffnete und sie mit seinem Speer durchbohrte. Ohne ihr eine Verschnaufpause zu gönnen, trieb er sie mit kraftvollen Stößen der nächsten Ekstase entgegen, und sie krallte sich an seinen Schultern fest und grub ihre Zähne in seine Haut, um einen Schrei zu ersticken.

Sein Samen schoss in einem heißen Strahl in ihren Leib, und gleich darauf zog er sich aus ihr zurück und überließ es ihr, mit zittrigen Fingern die Unterhose aufzuheben und um die Taille zu binden.

Um Fassung bemüht, murmelte sie: »Ich dachte eigentlich, Sie würden gar nicht mehr hier sein.«

Er beobachtete, wie sie ihre Röcke glättete und das Cape über die Schultern warf. »Der Junker hat ein Pferd mit einem verletzten Fesselgelenk und wollte, dass ich ihm bei der Behandlung helfe. Falls auch Sie meine Dienste noch einmal benötigen sollten – morgen und übermorgen dürfte ich noch hier anzutreffen sein!«

Es ärgerte Sophy maßlos, dass seine Augen triumphierend funkelten. Hocherhobenen Hauptes schritt sie über die Lichtung und rief über die Schulter hinweg: »Für einen gewöhnlichen Zigeuner sind Sie ganz schön eingebildet!«

»Und Sie sind viel zu stolz für eine lüsterne kleine Hure!«, tönte es ihr hinterher.

12

Beth beschäftigte sich mit ihrer Stickerei, nachdem Sophy spazieren gegangen war, doch ihre Gedanken kreisten unablässig um den vergangenen Abend. Rückblickend konnte sie beim besten Willen nicht begreifen, warum sie Mr. Chiltern nicht durch eine schallende Ohrfeige an seinen unerhörten Zudringlichkeiten gehindert hatte. Allerdings musste sie sich eingestehen, dass sie nie zuvor – auch nicht während ihrer kurzen Affäre mit Hauptmann Mauldeth – einen solchen Sinnenrausch erlebt hatte. Dieser Mann, den sie so unsympathisch fand, übte eine gefährliche Anziehungskraft auf sie aus, und sie durfte nie mehr riskieren, irgendwo mit ihm allein zu sein. Wenn sie ihn bei irgendeinem gesellschaftlichen Anlass wieder sah, was sich leider nicht vermeiden ließ, würde sie eisige Ablehnung demonstrieren.

Als sie Pferdehufe auf der Einfahrt hörte, warf sie einen Blick aus dem Fenster und stellte entsetzt fest, dass Junker Gorse und Mr. Chiltern soeben vor der Haustür abstiegen. Beth sprang auf und wollte in ihr Zimmer flüchten, doch es war schon zu spät – der Diener führte die beiden Herren in den Salon. Irgendwie gelang es ihr, Gorse so herzlich wie immer zu begrüßen und vor Chiltern einen Knicks zu machen, ohne die Lider zu heben.

»Eine kleine Erfrischung?«, fragte sie die Besucher höflich.

»Ein Glas Wein wäre nicht schlecht, stimmt's, Chiltern?«, erwiderte der Junker.

»So ist es.«

Beth klingelte nach dem Diener und beauftragte ihn, den Herren Wein zu bringen und dann die Hausherrin zu suchen.

»Wo ist denn deine Mama?«, wollte der Junker wissen.

»Sie wollte den Frühjahrsputz überwachen.«

»Dann finde ich sie sicher oben, und sie kann mir gleich das undichte Fenster zeigen, damit ich weiß, welche Reparaturen notwendig sind …«

Er verließ den Salon, und Beth wäre ihm am liebsten gefolgt, sah sich aber stattdessen gezwungen, Mr. Chiltern ein Glas Wein einzuschenken.

»Wie geht es Ihnen heute, Miss Woodleigh?«, erkundigte er sich höflich, nachdem der Diener sich entfernt hatte.

»Danke, ausgezeichnet«, murmelte Beth, über den Stickrahmen gebeugt. Trotzdem sah sie, wie er seine Reithandschuhe auszog, bevor er nach dem Weinglas griff, und die bloße Erinnerung, dass diese kräftigen Finger sie intim berührt hatten, jagte ihr heiße Schauer über den Rücken.

»Sie gehen mir seit gestern Abend nicht mehr aus dem Sinn«, fuhr er fort. »Ich habe unseren … unseren Tanz sehr genossen und hoffe sehr, dass es bald zu einer Wiederholung kommt.«

Mit hochroten Wangen warf Beth ihm einen indignierten Blick zu. »Im Gegensatz zu Ihnen habe ich jenen Tanz *nicht* genossen, und eine Wiederholung wird es mit Sicherheit nicht geben.«

Mr. Chiltern schlug lässig die langen Beine übereinander, und seine muskulösen Schenkel zeichneten sich verführerisch unter der engen Reithose ab. »Sollen wir morgen zusammen ausreiten?«, schlug er mit amüsiert funkelnden Augen vor. »Junker Gorse hat mir erzählt, dass Sie eine ausgezeichnete Reiterin sind.«

»Er übertreibt ... Danke für die Einladung, aber ich möchte nicht mit Ihnen ausreiten.«

»Warum nicht? Ich dachte, wir hätten gestern Abend ein gemeinsames Interesse entdeckt.«

»Ein Gentleman würde Rücksicht auf meine Gefühle nehmen und jenen ... jenen Zwischenfall mit keinem Wort erwähnen«, murmelte Beth mit belegter Stimme.

»Habe ich nicht Rücksicht auf Ihre Gefühle genommen, indem ich aus dem Fenster geklettert bin?«, erwiderte er lächelnd. »Können Sie sich vorstellen, was passiert wäre, wenn jemand mich gesehen hätte? Unser guter Ruf wäre für alle Zeit dahin gewesen ...«

»Sie haben sehr schnell reagiert«, gab Beth gerechterweise zu, »aber es hätte gar nicht zu dieser Situation kommen dürfen.«

»Vielleicht haben Sie Recht.«

Beth sah erleichtert, dass Sophy den Rasen überquerte, und eilte zur Salontür, um sie in der Eingangshalle abzufangen. »Komm herein, Sophy, wir haben Gäste«, rief sie mit flehender Miene, die ihre Schwester jedoch gar nicht bemerkte, weil sie sich nach dem Intermezzo im Wald möglichst schnell waschen und umziehen wollte.

Sie senkte nicht einmal die Stimme, als sie Mr. Chiltern im Salon sitzen sah. »Was hat dieser abscheuliche

Mensch denn hier zu suchen? Hat er immer noch nicht begriffen, dass er in diesem Haus unerwünscht ist?«

Ihr Cape eng um sich geschlungen, eilte Sophy die Treppe hinauf, und Beth blieb nichts anderes übrig, als allein zu Mr. Chiltern zurückzukehren, dessen Gesichtsausdruck verriet, dass er die unhöfliche Bemerkung gehört hatte.

»Gehe ich recht in der Annahme, dass Ihre Schwester mich nicht gerade ins Herz geschlossen hat?«, stellte er trocken fest.

»Können Sie etwas anderes erwarten, nachdem Sie sie so bloßgestellt haben?«

»Ich dachte, das wieder gutgemacht zu haben, indem ich sie mit einer Rosenknospe verglich.« Mr. Chiltern lehnte sich gemütlich im Sessel zurück. »Ihre Schwester ist noch viel zu jung, um in der Gesellschaft von Erwachsenen einen guten Eindruck machen zu können. Vorher müsste sie lernen, ihr Temperament zu zügeln.«

Obwohl Beth ihm insgeheim Recht gab, war sie empört über seine Anmaßung. »Es steht nur meiner Mutter zu, Sophys Benehmen zu kritisieren!«

»Gewiss … aber Ihre Frau Mutter sollte Miss Sophy etwas strenger beaufsichtigen.«

»Um zu verhindern, dass irgendein skrupelloser Mann die Unerfahrenheit meiner Schwester ausnützt?«, forderte Beth ihn heraus.

Mr. Chiltern lachte und trank einen Schluck Wein. »Was für eine scharfe Zunge Sie haben!« Er stand vom Sessel auf und nahm dicht neben ihr auf dem Sofa Platz. Als er dann auch noch eine Hand auf ihren Schenkel legte, hatte sie das Gefühl, als würde ein Loch in ihren rosa Musselinrock gebrannt.

»Nehmen Sie sofort Ihre Hand weg!«, zischte sie.

»Warum? Schmeichelt es Ihnen nicht, dass ich Sie begehrenswerter finde als jede andere Frau, die ich je gekannt habe?«

»Das wage ich zu bezweifeln, doch selbst wenn es stimmen sollte, möchte ich Sie bitten, die elementarsten Anstandsregeln zu wahren.«

In der Halle waren die Stimmen von Mrs. Woodleigh und Junker Gorse zu hören, und als sie den Salon betraten, saß Mr. Chiltern in geziemendem Abstand zu Beth, die sich über den Stickrahmen beugte. Er stand auf und machte eine Verbeugung. »Die Stickkunst Ihrer Tochter ist wirklich bewundernswert, gnädige Frau!«

Der Junker strahlte übers ganze Gesicht. »Miss Woodleigh ist vielseitig begabt. Sie versteht sich nicht nur auf Nadelarbeiten, sie spielt auch ausgezeichnet Klavier, singt mit glockenreiner Stimme, ist die anmutigste Tänzerin der ganzen Grafschaft und gleichzeitig eine furchtlose Reiterin.«

»Ich habe sie soeben eingeladen, morgen mit mir auszureiten«, sagte Mr. Chiltern.

»Eine großartige Idee!«, meinte Gorse händereibend.

»Bedauerlicherweise habe ich morgen anderweitige Verpflichtungen«, warf Beth hastig ein.

»Tatsächlich?«, fragte Mrs. Woodleigh sichtlich enttäuscht.

»Ja, ich muss Mrs. Grey besuchen, der es gar nicht gut geht.«

»Sophy könnte an deiner Stelle hingehen«, entschied Mrs. Woodleigh. »Wegen des schlechten Wetters bist du in letzter Zeit viel zu selten an die frische Luft gekommen.«

»Dann darf ich Sie vielleicht um elf abholen, Miss Woodleigh?«

»Ja«, murmelte Beth, fest entschlossen, am nächsten Morgen unter dem Vorwand von Kopfschmerzen abzusagen.

Als die Herren sich kurze Zeit später verabschiedeten, küsste Mr. Chiltern der Gastgeberin und ihrer Tochter formvollendet die Hand, nutzte dann allerdings einen unbeobachteten Augenblick aus, um seine heißen Lippen auch auf Beth' Handfläche zu pressen.

13

Sobald Beth am nächsten Morgen aufwachte, klingelte sie nach ihrer heißen Schokolade, doch zusammen mit dem Dienstmädchen betrat unerwartet ihre Mutter das Zimmer und holte Beth' bestes Reitkostüm aus braunem Samt aus dem Kleiderschrank. »Bürste es aus und bügle es«, befahl sie dem Mädchen und drückte ihm auch die Reitstiefel in die Hand. »Tom soll sie auf Hochglanz polieren.«

Beth wartete ungeduldig, bis sie mit ihrer Mutter allein war. »Ich glaube nicht, dass ich mit Mr. Chiltern ausreiten werde.«

»Und warum nicht?«

»Ich … ich mag den Mann nicht.«

»Weil er Sophy zurechtgewiesen hat?« fragte Mrs. Woodleigh. »Wahrscheinlich hat er seine harten Worte selbst bedauert, kaum dass er sie ausgesprochen hatte, und du musst doch zugeben, dass er ihr später ein hübsches Kompliment gemacht hat.«

»Aber ich fühle mich in seiner Gesellschaft unbehaglich.«

»Das legt sich bestimmt, wenn du ihn besser kennen lernst.« Mrs. Woodleigh suchte Beths eleganteste weiße Bluse aus. »Junker Gorse hat mir erzählt, dass es Mr. Chilterns Vorschlag war, uns gestern zu besuchen. Er glaubt, dass unser neuer Nachbar von dir sehr angetan ist, und es wäre doch herrlich, wenn er dir einen Heiratsantrag machen würde.«

»Mama, schlag dir solche Ideen aus dem Kopf!«, rief Beth erschrocken. »Dass er einmal mit mir getanzt hat und mich jetzt zum Reiten einlädt, bedeutet noch lange nicht, dass er ernste Absichten hat.«

Mrs. Woodleigh setzte sich auf die Bettkante. »Immerhin warst du die Einzige, mit der er getanzt hat, und er würde dich nicht zum Reiten einladen, wenn er kein Interesse an dir hätte. Jetzt liegt es an dir, dieses Interesse wach zu halten.«

»Ich bin aber nicht darauf erpicht, Mr. Chilterns Frau zu werden!«, protestierte Beth.

»Liebling, hör mir gut zu.« Mrs. Woodleigh griff nach der Hand ihrer Tochter. »Weil dein Vater so früh gestorben ist, musstest du auf deinen rechtmäßigen Platz in der Gesellschaft verzichten. Du solltest die Vorteile einer Ehe mit Mr. Chiltern überdenken, denn eine bessere Partie wirst du kaum machen können.« Nach kurzem Schweigen fügte sie hinzu: »Wir wissen beide, wie sehr Sophy unter den beschränkten Möglichkeiten des ländlichen Lebens leidet. Als Ehefrau eines so wohlhabenden Mannes könntest du deiner Schwester viele Türen öffnen.«

Beth wollte etwas entgegnen, doch ihre Mutter ließ sie nicht zu Wort kommen. »Bitte versteh mich nicht falsch, Liebling – solltest du nach näherer Bekanntschaft mit Mr. Chiltern immer noch die Ansicht vertreten, dass er für dich als Ehemann nicht in Frage kommt, werde ich dich zu nichts drängen, das weißt du genau. Aber es kann doch nichts schaden, wenn ihr euch – salopp ausgedrückt – ein bisschen beschnuppert.«

Nachdem ihre Mutter Sophy ins Spiel gebracht hatte, konnte Beth sich nicht mehr weigern, mit Mr. Chiltern auszureiten, ohne egoistisch zu erscheinen. Die einzige Alternative wäre zu beichten, dass der Mann zudringlich geworden war, doch wie sollte sie erklären, warum sie bis jetzt geschwiegen hatte?

Wohl oder übel würde sie einige Stunden mit Mr. Chiltern verbringen müssen, aber niemand konnte sie daran hindern, so abweisend zu sein, dass er garantiert keinen Wert auf weitere gemeinsame Unternehmungen legen würde.

»Also gut.« Beth schwang ihre Beine aus dem Bett. »Welche Weste soll ich zu dem braunen Reitkostüm anziehen?«

Eigene Pferde konnte Mrs. Woodleigh sich nicht leisten, doch der Junker stellte ihr und ihren Töchtern jederzeit beste Reitpferde aus seinen riesigen Stallungen zur Verfügung.

Ein Stallknecht brachte Beth' Lieblingsstute rechtzeitig zum Vale Cottage, und offenbar hatte Mrs. Woodleigh mit ihrer jüngeren Tochter über Mr. Chiltern gesprochen, denn Sophy verzichtete auf jede abfällige Äußerung und wünschte Beth sogar viel Spaß bei dem Ausritt an diesem warmen und sonnigen Tag.

Mr. Chiltern kam auf einem großen Rappen angeritten und sah in einem flaschengrünen Rock, beiger Hose und schwarzen Stiefeln so attraktiv aus, dass Beth sofort ein Prickeln im Bauch verspürte, das sich verstärkte, sobald sie im Sattel saß und die Bewegungen der Stute Reizsignale in ihren Unterleib aussandten.

»Wohin sollen wir reiten?«, fragte er. »Sie kennen sich in dieser Gegend viel besser aus als ich.«

»Dann schlage ich vor, dass wir am Rand von Junker Gorses Ländereien in Richtung der Wälder traben.«

Diese Strecke hatte den Vorteil vieler schmaler Pfade, auf denen man nur hintereinander reiten konnte, was Unterhaltungen sehr erschweren würde. Beth befürchtete, dass er Anspielungen auf die Intimitäten in der Garderobe machen könnte. Ein Gentleman würde so etwas natürlich niemals tun, aber Mr. Chiltern hatte ja schon bewiesen, dass er sich rücksichtslos über sämtliche Anstandsregeln hinwegsetzte.

Sie warf einen verstohlenen Seitenblick auf sein Profil und erschauerte unwillkürlich. Die harten Gesichtszüge verrieten, dass er daran gewöhnt war, seinen Willen durchzusetzen. Nun, bei ihr würde er ausnahmsweise auf Granit stoßen!

»Diese Landschaft ist sehr kontrastreich«, stellte ihr Begleiter fest und deutete auf die Hügel und Täler, wo die tristen Winterfarben allmählich frischem Grün Platz machten.

»Ja, sie wird allgemein bewundert«, erwiderte Beth.

»Auch das Hochmoor hat durchaus seine Reize – diese unberührte, wilde Natur!«

»Trotzdem hat das Moor wenig Freunde«, lautete die einsilbige Antwort.

Mr. Chiltern warf ihr einen ironischen Blick zu. »Jetzt sind Sie an der Reihe, etwas zu sagen. Sie könnten mich beispielsweise fragen, ob die Landschaft von Northamptonshire sich sehr von dieser hier unterscheidet, oder ob ich schon Gelegenheit hatte, York zu besichtigen.«

»Beides würde mich in der Tat sehr interessieren.« Beth' gelangweilter Ton strafte ihre Worte Lügen.

In den nächsten Minuten ritten sie schweigend nebeneinander her, dann wurde der Weg glücklicherweise schmäler, und sie konnte die Führung übernehmen. Doch auf einer Anhöhe überholte er sie und rief: »Steigen wir ab und bewundern die Aussicht!«

Beth zügelte notgedrungen ihre Stute. »Ich bleibe lieber im Sattel, aber Sie können natürlich tun, was Sie wollen.«

Mr. Chiltern schwang sich behände vom Pferd und band es an einem Baumstamm an. Wortlos griff er nach Beth' Zügeln und band ihre Stute neben seinem Hengst an.

»Ich will nicht absteigen!«, protestierte sie wütend, aber er hob sie mühelos aus dem Sattel und ließ sie an seinem Körper entlang zu Boden gleiten. Bevor sie ihrer Entrüstung Luft machen konnte, presste er seine Lippen auf ihren Mund und entfachte damit sofort eine Leidenschaft, die Beth vergessen ließ, wie sehr sie diesen Mann verabscheute.

Als seine Zunge von ihrem Mund Besitz ergriff, schlang sie ihre Arme um seinen Hals und schmiegte sich schamlos an ihn. Er streichelte ihr Gesäß, worauf sie lüstern ihren Bauch an seinem harten Glied rieb und befriedigt registrierte, dass er scharf die Luft einzog.

Er knöpfte ihre Weste und Bluse auf, zerrte an den Schnüren des Mieders und wölbte seine behandschuhten Finger um eine apfelförmige Brust. Es war erregend, das Ziegenleder auf ihrer zarten Haut zu spüren, und ihr Atem ging immer schneller, als er an der himbeerfarbenen Brustwarze zu saugen und zu knabbern begann, während er ungeduldig ihren weiten Rock hochzerrte, seine Hand unter die Unterhose schob und ihre Scham streichelte.

Stöhnend spreizte sie die Beine, um ihm den Zugang zu ihrem Lustzentrum zu erleichtern. Ein selbstgefälliges Lächeln huschte über sein Gesicht, doch in ihrem Sinnestaumel nahm Beth das kaum wahr. Zwei Finger drangen kühn in ihre nasse Höhle ein, ein Daumen rieb ihren Kitzler, und sie hatte das Gefühl, als würde ihr ganzer Körper von lodernden Flammen verzehrt. Nur der stählerne Arm, der ihre Taille umfasste, hielt sie aufrecht, während sie hilflos in der Flut ungezügelter

Lust trieb, von einer Welle hochgeschleudert wurde und einen gebrochenen Schrei ausstieß. Erst nachdem die letzten krampfhaften Zuckungen verebbt waren, kehrte sie widerwillig in die brutale Realität zurück und fühlte sich gedemütigt, weil ein Mann, der ihr so zuwider war, diese unwiderstehliche Macht über sie hatte. Sie musste gänzlich verrucht sein, dass sie sich trotz allem wünschte, er würde sie jetzt auch noch mit seinem harten Speer durchbohren …

Mit hochroten Wangen und gesenkten Lidern wollte sie sich von ihm lösen, aber er hielt sie fest und hob ihr Kinn an, sodass sie in die spöttischen graugrünen Augen schauen musste. »Wir sind noch nicht fertig«, murmelte er und machte sich demonstrativ an seinem Hosenschlitz zu schaffen. Mit letzter Willenskraft riss sie sich los, schnürte ihr Mieder mit zittrigen Fingern und knöpfte Bluse und Weste zu. Ihr Mund wurde trocken, und sie begriff zum ersten Mal, wie es einem Fuchs bei einer Hetzjagd zumute sein musste, als Mr. Chiltern sein steifes Glied entblößte.

Der Lärm von Pferdehufen brachte sie wieder zur Besinnung, sie wandte ihren Blick hastig von dem Phallus ab und entdeckte die Cox-Brüder, die in einiger Entfernung einen Hügel hinabgaloppierten und ihr zuwinkten.

Mr. Chiltern knöpfte seine Hose zu, band Beth' Stute los und half ihr in den Sattel. »Bedauerlicherweise müssen wir den Genuss, den ich mir erhofft hatte, auf einen späteren Zeitpunkt verschieben«, murmelte er.

Viel zu bestürzt, um auch nur ein Wort hervorbringen zu können, ritt Beth den Brüdern entgegen, die ihr wie Retter in höchster Not erschienen. Nach dem üblichen Austausch von Höflichkeitsfloskeln besaß sie die Geistesgegenwart, John und William zu einem kleinen

Imbiss im Vale Cottage einzuladen. Ihr war jedes Mittel recht, um nicht mehr mit Mr. Chiltern allein sein zu müssen …

14

Für Ende April schien die Sonne erstaunlich kräftig, und Sophy zog ihren breitkrempigen Strohhut tief ins Gesicht, um keine Sommersprossen zu bekommen. Leichtfüßig stieg sie den steilsten Hügel im Umkreis von Meilen hinauf, die apfelgrünen Musselinröcke ein wenig hochgerafft. Ein dunkelgrünes Jäckchen betonte die üppigen Kurven ihres Busens, und ihr Hut hatte apfelgrüne Bänder, die unter dem Kinn zur Schleife gebunden waren.

Mehrere Meter hinter ihr keuchte Mr. Follet unter dem Gewicht eines Picknickkorbs, einer Decke, eines Hockers und Sophys Zeichenbretts.

»Beeilen Sie sich!«, rief sie ungeduldig über die Schulter hinweg, als er immer weiter zurückblieb. Der Zeichenlehrer stellte sein Gepäck ab und wischte sich mit einem Taschentuch den Schweiß von der Stirn. Seine blonden Haare klebten schon feucht am Kopf. »Sind wir nicht hoch genug?«, flehte er. »Die Aussicht ist doch herrlich.«

»Von ganz oben wird sie noch besser sein«, erwiderte Sophy unerbittlich. Sie erreichte den Gipfel vor ihm, setzte sich auf einen großen Stein und beobachtete spöttisch, wie der junge Mann schwerfällig die letzten Schritte zurücklegte und fast in die Knie brach. Ohne ihm eine Verschnaufpause zu gönnen, sprang sie auf und befahl: »Breiten Sie die Decke aus! Und stellen Sie das Zeichenbrett auf! So wie Sie sich anstellen, könnte man ja meinen, Sie wären fünfundfünfzig und nicht fünfundzwanzig!«

Mr. Follet gehorchte und streckte sich sodann erschöpft neben ihr auf der Decke aus. Während Sophy ihn beobachtete, dachte sie, dass der Zigeuner bestimmt ein Dutzend Hügel erklimmen könnte, ohne zu ermüden, und sie wünschte sich, *er* würde jetzt in dieser ländlichen Idylle neben ihr liegen.

Etwa eine Woche nach ihrem zweiten Treffen hatte sie wieder einen Waldspaziergang gemacht, aber der fröhlich bemalte Wagen war verschwunden gewesen. Sie hatte sich eingeredet, heilfroh darüber zu sein, doch sie dachte oft an ihn und fragte sich, ob sie ihn jemals wieder sehen würde. Jetzt konnte sie körperliche Befriedigung nur noch in Mr. Follets Armen suchen, der ein jämmerlicher Ersatz für den Zigeuner war. Sophy wollte ihre ehrgeizigen Zukunftspläne aber auf gar keinen Fall durch eine leichtsinnige Affäre mit einem standesgemäßen Mann aufs Spiel setzen. Es gehörte nicht viel dazu, den Ruf eines jungen Mädchens zu ruinieren, und deshalb flirtete sie zwar schamlos mit ihren Verehrern, erlaubte ihnen aber allenfalls einen geraubten Kuss.

Ihr Vorhaben, einen Mann für Augusta zu finden, hatte bisher keine Früchte getragen. Mr. Chiltern wäre ein geeigneter Kandidat gewesen, aber er war viel zu reich, um sich durch eine Mitgift ködern zu lassen, und außerdem schien er ein Auge auf Beth geworfen zu haben.

Obwohl Sophy ihm jene Zurechtweisung nie verzeihen würde, wäre sie entzückt gewesen, wenn er ihrer Schwester einen Heiratsantrag gemacht hätte. Als Schwägerin eines wohlhabenden Mannes mit vielen Beziehungen könnte sie bestimmt eine ausgezeichnete Partie machen. Völlig ichbezogen, kam es ihr überhaupt nicht in den Sinn, dass Mr. Chiltern möglicherweise keinen Wert darauf legen würde, ihretwegen nach London umzuziehen und sie zu beherbergen.

Leider hatten dringende Geschäfte ihn vor einigen Wochen veranlasst, Highcrest Hall zu verlassen, und Sophy konnte nur hoffen, dass er nach der Rückkehr noch an Beth interessiert sein würde. Ach ja, das Leben war wirklich schwer …

Sie hatte plötzlich Durst und stieß Mr. Follet mit dem Fuß an. »Öffnen Sie die Weinflasche und hören Sie endlich auf, wie ein Fisch auf dem Trockenen zu japsen!«

Er setzte sich widerwillig auf und wühlte im Picknickkorb nach dem Flaschenöffner herum. Zu Beginn ihrer Bekanntschaft hatte Sophy den Zeichenlehrer als romantischen Helden angehimmelt. Es gefiel ihr, dass er ihr Gedichte vorlas, während sie zeichnete, und es schmeichelte ihrer Eitelkeit, dass er sie mit antiken Göttinnen oder mit Romanheldinnen verglich. Trotz ihrer geringen Erfahrung wurde ihr aber sehr schnell klar, dass er als Liebhaber sehr viel zu wünschen übrig ließ. Im Augenblick musste sie aber wohl oder übel mit ihm vorlieb nehmen …

Sie leerte ihr Weinglas, streckte sich auf der Decke aus und murmelte: »Befriedigen Sie mich!«

Das ließ Mr. Follet sich nicht zweimal sagen. Ungeschickt fummelte er an ihrem Mieder herum, entblößte die vollen weißen Brüste und knetete sie gierig, bis die rosigen Brustwarzen prallen Knospen glichen.

Schüchtern schob er ihre Röcke bis zur Taille hoch, ständig in der Furcht, einen Fehler zu machen und als Tölpel beschimpft zu werden. Die dunklen Schamhaare, die durch ihre dünne Unterhose schimmerten, raubten ihm fast den Verstand, und am liebsten hätte er sie sofort in Besitz genommen, aber seine Gebieterin bestand darauf, dass er ihr einen Orgasmus bescherte, bevor er seine eigene Befriedigung suchen durfte.

Notgedrungen streichelte er ihre wohlgeformten Beine und arbeitete sich mit zittrigen Fingern von den Seidenstrümpfen zu den Oberschenkeln vor, die vom Musselin der Unterhose verhüllt wurden. Sobald der Stoff im Schritt feucht wurde, traute er sich, die Taillenbänder zu lösen und ihre intimsten Körperteile zu entblößen. Sie winkelte ein Knie an, und Mr. Follet schluckte beim Anblick der weichen Hügel und Täler.

»Setzen Sie Ihre Lippen und Ihre Zunge ein!«, befahl Sophy mit geschlossenen Augen, ein verträumtes Lächeln auf den Lippen, und er kniete zwischen ihren gespreizten Beinen nieder und begann sie abzulecken. Seine Zunge fand nicht immer ihr Lustzentrum, und es kam ihm wie eine Ewigkeit vor, bis sie sich endlich aufbäumte und verkrampfte. Auf dem Höhepunkt der Lust packte sie ihn bei den Haaren und drückte sein Gesicht an ihre Scheide, wo er an ihren Honigsäften fast erstickte.

Der Zeichenlehrer riss seine Hose auf und drang mit seinem langen, dünnen Penis tief in sie ein, während seine Hände ihre Brüste zusammenpressten. Seinen Stößen fehlte es an der Kraft, die der Zigeuner im Übermaß besessen hatte, und sie war froh, dass Mr. Follet seinen Samen schon nach wenigen Sekunden in sie ergoss und keuchend auf sie sank. Als sie ihm einen Ellbogen in den Rücken grub, rollte er stöhnend zur Seite und blieb mit geschlossenen Augen liegen.

Ohne ihn zu beachten, richtete Sophy ihre Kleidung, schenkte sich ein Glas Wein ein und setzte sich ans Zeichenbrett.

15

»Ein Hauptmann Mauldeth wünscht Sie zu sprechen, Miss Woodleigh«, sagte das Dienstmädchen.

»Bitten Sie ihn herein.« Beth legte den Federhalter hin und stand von dem kleinen Schreibtisch auf. »Hauptmann Mauldeth!«, begrüßte sie den Besucher mit einem anmutigen Knicks. »Ich freue mich, Sie wieder zu sehen.«

»Ihr ergebener Diener, gnädiges Fräulein ...« Er machte eine tiefe Verbeugung, doch gleich darauf glitten seine Augen bewundernd über ihren schlanken Körper.

Beth beauftragte das Mädchen, Wein zu holen, lud den Hauptmann ein, Platz zu nehmen, und setzte sich ihm gegenüber in einen Sessel.

»Ich wollte Ihnen seit unserer zufälligen Begegnung in York einen Besuch abstatten«, berichtete Mauldeth, »aber bis heute hat der Dienst mir bedauerlicherweise keine Zeit dazu gelassen. Ich hoffe, dass Sie und Ihre Familie sich bester Gesundheit erfreuen.«

»Danke, es geht uns allen gut.« Beth war froh, eines ihrer hübschesten Tageskleider zu tragen – weiß mit himbeerfarbenen Streifen, halb langen Ärmeln und Rüschen am Saum. Passend zu den kleinen Granatohrringen schmückte eine Granatkette ihren schmalen Hals.

Hauptmann Mauldeth trug seinen scharlachraten Rock mit enger weißer Hose und hohen Stiefeln, und sie dachte, dass er mit den dunkelbraunen Haaren, grauen Augen und dem schelmischen Grinsen wirklich ein sehr attraktiver junger Mann war, aber trotzdem bekam sie kein Herzklopfen mehr, wenn sie ihn ansah.

Nachdem das Mädchen ihm ein Glas Wein gebracht und den Salon wieder verlassen hatte, plauderten sie über Belanglosigkeiten, bis er plötzlich sagte: »Als ich mit meinem Regiment im Ausland weilte, habe ich sehr oft an unsere gemeinsame Zeit gedacht. Ein Jammer, dass die Umstände so widrig waren!«

Beth lächelte. »Es ist sinnlos, darüber zu grübeln, was gewesen wäre, wenn … Wir waren beide jung und vielleicht sehr töricht, aber wir sind nicht an gebrochenen Herzen gestorben.«

Zu ihrer Überraschung stand er auf, griff nach ihrer Hand und führte sie an seine Lippen. »Ich bin seitdem nie einer Frau begegnet, die mich so fasziniert hat wie Sie.« Er schaute ihr tief in die Augen, während er einen heißen Kuss auf die Innenseite ihres Handgelenks drückte.

Beth begriff sofort, dass er auf eine Wiederaufnahme ihrer Affäre hoffte. In diesem Augenblick wurde die Tür geöffnet, und das Dienstmädchen verkündete: »Mr. Dutton ist hier, Miss Woodleigh.«

James betrat den Salon, blieb wie angewurzelt stehen, runzelte die Stirn und warf sich in die Brust. »Was hat das zu bedeuten?«

Erstaunt über den aggressiven Ton, ließ Hauptmann Mauldeth Beth' Hand los, und sie stand auf, um den neuen Besucher zu begrüßen. Als hätte sie gewittert, dass etwas Aufregendes in der Luft lag, kam auch Sophy gerade mit rosigen Wangen von einem Spaziergang ins Dorf zurück und blieb fasziniert stehen.

»Hauptmann Mauldeth – Mr. Dutton«, übernahm Beth die Vorstellung. Der Hauptmann verbeugte sich höflich, doch James starrte ihn nur wütend an. »Es interessiert mich nicht, wer der Kerl ist – ich will wissen, warum Sie ihm erlauben, Ihre Hand zu küssen!«

Beth errötete ein wenig, erwiderte jedoch ruhig: »Hauptmann Mauldeth ist ein alter Freund von mir, der erst vor kurzem nach England zurückgekehrt ist, und es steht Ihnen nicht zu, sein Benehmen zu kritisieren.«

Kichernd ließ Sophy sich auf ein Sofa fallen. »Wie geht es Ihnen, Hauptmann? Ich freue mich, Sie wieder zu sehen!« An Mr. Dutton gewandt, fuhr sie fort: »Armer James, zuerst wurde Beth Ihnen bei dem Ball von Mr. Chiltern weggeschnappt, und jetzt ertappen Sie sie mit einem anderen Mann. Aber es ist wahrscheinlich besser, wenn Sie rechtzeitig bemerken, dass meine Schwester für ihr Leben gern flirtet.«

»Sophy!« Beth war heftig versucht, Sophy eine kräftige Ohrfeige zu verabreichen.

Völlig unbeeindruckt fuhr Sophy fort: »Erst gestern hatte sie gleich *drei* männliche Besucher. Mama sagt schon, der Teppich in der Halle würde von Beth' Verehrern abgetreten.«

Mauldeth lachte schallend, während James vor Zorn einen hochroten Kopf bekam. Beth überlegte, ob sie erwähnen sollte, dass es sich bei den drei Herren um den Junker, Mr. Cox und den Vikar gehandelt hatte, entschied dann aber, dass das James nichts anging.

In der Halle war wieder eine Männerstimme zu hören, und als das Mädchen Mr. Chiltern ankündigte, fehlte nicht viel, und Sophy hätte sich vor Lachen gekugelt. »Schwesterherz, Männer umschwirren dich wirklich wie Motten das Licht! Bitte verrate mir dein Geheimnis!«

»Sophy, verlass bitte das Zimmer, wenn du dich nicht halbwegs anständig benehmen kannst!«, sagte Beth streng. »Mr. Chiltern, bitte verzeihen Sie meiner Schwester – sie scheint heute besonders übermütig zu sein.« Sie war bestürzt über sein plötzliches Auftauchen, weil sie nicht gewusst hatte, dass er nach Highcrest Hall zurückgekehrt war, doch irgendwie brachte sie ein kühles Lächeln zustande, obwohl eine Hitzewelle ihren Körper überflutete, als sie an den Reitausflug vor seiner Abreise zurückdachte.

Wenn er verärgert war, dass sie zwei andere Besucher hatte, so ließ er sich nichts davon anmerken. Nach höflichen Verbeugungen bei den Vorstellungen nahm er Platz und schlug die Beine übereinander. »Ich bin hergekommen, um Sie zu einem Ball in Highcrest Hall einzuladen.« An die beiden Herren gewandt, fügte er höflich hinzu: »Ich würde mich freuen, auch Sie begrüßen zu dürfen.« Sein gelangweilter Ton ließ jedoch deutlich erkennen, dass es ihm völlig gleichgültig war, ob sie seine Einladung annahmen oder ablehnten.

Sophy klatschte begeistert in die Hände. »Ein Ball! Das ist eine herrliche Neuigkeit! James, Sie sollten sich sofort alle Tänze mit Beth sichern, denn spätestens morgen wird sie völlig vergeben sein!«

James warf ihr einen wütenden Blick zu, bevor er sich an Beth wandte. »Ich muss Sie um ein kurzes Gespräch unter vier Augen bitten.«

»Jetzt? Wie Sie sehen, habe ich Gäste«, protestierte sie.

»Sie werden uns bestimmt für einige Minuten entschuldigen, falls sie nicht sowieso aufbrechen wollten, weil sie dringende Angelegenheiten zu erledigen haben.«

Seine deutliche Aufforderung verfehlte ihre Wirkung. Mr. Chiltern tat so, als würden diese Worte ihn nichts angehen, und Hauptmann Mauldeth sagte fröhlich: »Ich habe es nicht eilig – bis zum Einbruch der Dunkelheit habe ich dienstfrei!«

Widerwillig stand Beth auf, murmelte »Entschuldigen Sie mich bitte« und führte James in den kleinen Empfangssalon. »Hoffentlich haben Sie etwas wirklich Wichtiges auf dem Herzen! Es ist höchst ungehörig, mich aufzufordern, meine Gäste allein zu lassen.«

»Ihre naseweise Schwester wird diese Besucher bestimmt gern unterhalten«, erwiderte Dutton. »Ich möchte wissen, was dieses Benehmen zu bedeuten hat.

Wenn ich meiner Verlobten einen Besuch abstatte, rechne ich nicht damit, dass andere Männer ihr den Hof machen.«

»James, machen Sie sich doch nicht lächerlich! Sie sind nicht mein Verlobter, und Ihre Anmaßung ist unerträglich!«

»Ich dulde so etwas nicht ... Allmählich glaube ich fast, dass Sie genauso hemmungslos wie Ihre Schwester sind ...«

»Dann werden Sie bestimmt froh sein, Ihren Ruf zu retten, indem Sie nicht in diese Familie einheiraten«, sagte Beth eisig. »Und jetzt möchte ich Sie bitten zu gehen.« Sie öffnete die Tür und ging an ihm vorbei. »Leben Sie wohl!«

Ohne zu warten, bis er das Haus verließ, kehrte sie in den Salon zurück, wo Sophy mit Hauptmann Mauldeth flirtete, während Mr. Chiltern ihnen teilnahmslos zuschaute.

Höflichkeitshalber musste Beth sich mit ihm unterhalten. »Haben Sie Ihre Geschäfte in London zu einem erfolgreichen Abschluss gebracht?«

»Ja.«

Sie suchte verzweifelt nach einem anderen Gesprächsthema. »Laden Sie auch unsere Nachbarn zu Ihrem Ball ein?«

»Ja, aber hauptsächlich erwarte ich Freunde aus London, die eine Zeit lang bei mir bleiben werden.«

Das erregte Sophys Aufmerksamkeit, und sie unterbrach die Schilderungen des Hauptmanns von Bällen in Spanien. »Aus London! Wie aufregend! Wir müssen unbedingt ein Picknick zu irgendeinem Schloss oder einer Ruine veranstalten!« Ihre Miene verdüsterte sich. »Aber vielleicht machen Ihre Freunde sich nichts aus solchen ländlichen Vergnügungen.«

»Ich möchte, dass meine Freunde sich während ihres Aufenthalts amüsieren. Vielleicht kann Ihre Schwester interessante Vorschläge machen.«

»Oh, Beth kennt sich in dieser Gegend bestens aus!«, rief Sophy und warf Hauptmann Mauldeth einen schmachtenden Seitenblick zu. »Möchten Sie nicht auch daran teilnehmen?«

»Ich wüsste nicht, was ich lieber täte«, versicherte er.

Sophy klatschte wieder in die Hände. »Wunderbar! Und jetzt müssen Sie mir mehr über die Damenmode in Spanien erzählen, Hauptmann!«

16

In der Nachmittagsstille führte Junker Gorse Mrs. Woodleigh die Treppe zu seinem Schlafzimmer hinauf. Er traute sich nicht oft, seine Geliebte allein in seinem Haus zu empfangen, aber heute war Augusta mit Helen Grey nach York gefahren, und er hatte den meisten Dienstboten den Nachmittag freigegeben und die restlichen mit irgendwelchen Aufträgen weggeschickt, um nicht gestört zu werden.

»Marianne, du siehst wie immer bezaubernd aus«, sagte er auf dem Treppenabsatz bewundernd.

Sie trug ein maulbeerfarbenes Seidenkleid mit Stehkragen, der den Blick auf ihren zarten Hals lenkte. Der weite Rock war seitlich gerafft, sodass der hellgraue Taftunterrock zu sehen war, und die Halbschleppe hatte sie sich anmutig über den Arm gelegt. Normalerweise zog sie diese elegante Robe nur zu Abendgesellschaften und Bällen an, aber für ihren Liebsten wollte sie möglichst schön sein. Ihr dunkles Haar war hochgesteckt, mit einzelnen Locken, die das herzförmige Gesicht umrahmten.

Der Junker konnte der Versuchung nicht widerstehen, sie in die Arme zu nehmen und leidenschaftlich zu küssen. Sie schmiegte sich begierig an seinen muskulösen Körper und bekam vor Begierde weiche Knie, brachte aber noch die Willenskraft auf, ihn ins Schlafzimmer zu ziehen.

Es war ein geräumiger Raum mit antiken Eichenmöbeln und königsblauen Samtvorhängen am Fenster und am breiten Bett, auf das er sie sofort tragen wollte. Marianne wich ihm geschickt aus und deutete auf einen Lehnstuhl am Kamin. »Setz dich!«

Er gehorchte, und sie stellte sich vor das Bett und knöpfte langsam ihr Kleid auf. Der Junker schluckte hart, als ihre üppigen Brüste allmählich zum Vorschein kamen, und lockerte seinen steifen Kragen.

Raschelnd glitt die Seidenrobe zu Boden, und Mrs. Woodleigh hob sie auf und hängte sie sorgfältig über einen Stuhl. Beim Anblick ihrer wohlgeformten Beine, die vom dünnen Unterrock kaum verhüllt wurden, hatte Gorse das Gefühl, als würde seine Erektion die Hose platzen lassen.

Marianne schob eine Hand unter ihr eng geschnürtes Mieder, zog eine Brust heraus und spielte mit der bräunlichen Brustwarze, bevor sie das Mieder weit öffnete. Die zweite Brust sprang wie eine reife Frucht hervor, und das Blut des Junkers schien sich in glühende Lava zu verwandeln. Er stemmte sich vom Stuhl hoch und machte einen Schritt auf sie zu, doch sie hob gebieterisch die Hand. »Bleib, wo du bist!«

Obwohl ihm danach zumute war, sie auf das Bett zu werfen und wild in Besitz zu nehmen, bis sie befriedigt unter ihm liegen würde, setzte er sich wieder hin und beobachtete fasziniert, wie sie ihre Brüste streichelte und aufreizend langsam den Unterrock und das Mieder auszog. Dann zupfte sie an den lila Bändern ihrer

Unterhose, entledigte sich auch dieser Hülle und warf sie dem Junker zu, der das weiße Musselin auffing und sein Gesicht darin vergrub, um den Moschusduft zu genießen.

Seine Geliebte legte es weiter darauf an, ihn auf die Folter zu spannen. Sie setzte sich auf das Bett, spreizte weit die Schenkel und stellte ungeniert ihre Schamlippen zur Schau, erkundete alle Furchen und führte zwei Finger in ihre Scheide ein.

Mit zurückgeworfenem Kopf und entrückter Miene verweilte sie lange in dieser Grotte, und als sie ihre Finger endlich herauszog, waren sie tropfnass. Sie begann, ihren Kitzler zu reiben, anfangs langsam, dann immer intensiver, bis die kleine Knospe zur prächtigen Blüte anschwoll, die mit üppig fließenden Säften genährt wurde. Mariannes Atem ging immer schneller, und schließlich bäumte sie sich in Ekstase auf und stieß einen leisen Schrei aus.

Mit seiner Selbstbeherrschung am Ende, knöpfte der Junker hastig seine Hose auf, und sie gewährte seinem zuckenden Speer jetzt willig Einlass, schlang ihre Beine um seine Hüften und ging auf den Rhythmus seiner kraftvollen Stöße ein, die ihr rasch einen zweiten Orgasmus bescherten. An seine Schultern geklammert, hörte sie ihn laut aufstöhnen, und dann spürte sie, wie sein Samen sich in ihren Leib ergoss.

Erschöpft blieb er auf ihr liegen, bis sie murmelte: »Du wirst mir zu schwer.« Widerwillig rollte er zur Seite, stand auf, um sich auszuziehen, und schlüpfte unter die Decke. Mrs. Woodleigh legte sich zu ihm und gab ihm einen zärtlichen Kuss, der Junker schenkte ihnen beiden Wein ein, und sie nippten genüsslich daran. Viel zu selten war ihnen eine solche Stunde vergönnt …

»Glaubst du, dass Beth und Mr. Chiltern ein Paar werden?«, fragte Marianne nach einer Weile.

Er überlegte kurz. »Durchaus möglich, aber er könnte das Interesse verlieren, wenn sie ihn nicht ein bisschen ermutigt.«

»Ja, es ist ein Jammer, dass Beth' erster Eindruck von ihm so negativ war. Sophys überschäumendes Temperament ist zwar auch ihr selbst ein Dorn im Auge, aber die scharfe Zurechtweisung hat sie Mr. Chiltern trotzdem sehr übel genommen.«

»Völlig zu Recht, denn er hat sich wirklich sehr taktlos benommen.« Gegenüber Sophys Schwächen war der Junker immer sehr nachsichtig. »Schade, dass Sophy ihm nicht gefällt, aber Beth dürfte in der Tat besser zu ihm passen.«

Mrs. Woodleigh seufzte. »Reiche Männer wie er sind daran gewöhnt, dass man ihnen schmeichelt, aber meine ältere Tochter tut nichts dergleichen. Sie scheint es darauf anzulegen, Mr. Chiltern durch ihre Kälte abzuschrecken, obwohl er die beste Partie weit und breit ist.«

Gorse trank nachdenklich einen Schluck Wein und streichelte ihre Brüste, während sie fortfuhr: »Er bekommt demnächst Besuch von Freunden aus London, und wenn wir dafür sorgen, dass sie bei Ausflügen und Abendgesellschaften möglichst viel Zeit miteinander verbringen, findet Beth ja vielleicht doch noch Gefallen an ihm.«

»Ich werde hier eine Party veranstalten«, schlug der Junker sofort vor. »Und wenn wir Mrs. Cox und andere Freunde informieren, werden auch sie bestimmt dafür sorgen, dass Mr. Chilterns Freunde sich hier nicht langweilen.«

»Sophy erhofft sich sehr viel von einer Heirat ihrer Schwester, aber sie kann es trotz meiner Ermahnungen nicht lassen, Beth mit Mr. Chiltern aufzuziehen, was Beth natürlich zum Widerspruch reizt.«

»Ich glaube, Sophy hofft, unter seinen Gästen einen

geeigneten Heiratskandidaten für sich zu finden«, bemerkte Gorse. »Wenn sich doch nur auch für Augusta jemand fände!« Er küsste Mariannes Hand. »Du weißt ja, wie sehr ich mir wünsche, dass du endlich meine Frau wirst und hier bei mir lebst.«

»Ich weiß …«

»Ich werde Augusta empfehlen, einige neue Kleider zu kaufen. Könntest du sie nicht begleiten und beraten? Du hast einen exquisiten Geschmack … deine Töchter und du sind immer eine Augenweide, während Augusta sogar in den teuersten Roben unvorteilhaft aussieht.«

»Ich befürchte, dass sie meine Hilfe energisch ablehnen würde«, erwiderte Mrs. Woodleigh diplomatisch. »Augusta hat eine besondere Vorliebe für ausgefallene Modelle und ist überzeugt davon, dass sie ihr gut stehen.« Ein Einkaufsbummel mit der Tochter ihres Geliebten wäre für sie eine schlimmere Strafe als ein Zahnarztbesuch, weil Augusta nicht nur die schrecklichsten Kleider aussuchte, sondern auch die Verkäuferinnen wie niedere Dienstboten behandelte.

»Das dürfte ihre letzte Chance sein, einen Ehemann abzubekommen«, sagte der Junker niedergeschlagen. »Wie du weißt, habe ich mit ihr einige Wochen in Harrogate verbracht, und in Lancashire hat meine Schwester sie zu allen gesellschaftlichen Veranstaltungen mitgenommen, aber niemand hat ihr einen Antrag gemacht.«

Marianne drückte ihm ermutigend die Hand. »Vielleicht klappt es diesmal«, murmelte sie wider besseres Wissen.

Gorse füllte ihre Weingläser. »Könntest du sie nicht dezent darauf hinweisen, dass sie etwas liebenswürdiger sein sollte?«

»Eine solche Ermahnung wird sie allenfalls von ihrem Vater akzeptieren«, entgegnete Mrs. Woodleigh, die Augustas scharfe Zunge fürchten gelernt hatte. Um ihren Geliebten auf andere Gedanken zu bringen, nahm sie sein Glied in die Hand und begann es sanft zu streicheln …

17

Am Tag von Mr. Chilterns Ball konnte Mrs. Woodleigh ihre jüngere Tochter nur mit Mühe überreden, sich nachmittags einige Stunden hinzulegen und auszuruhen, nachdem Sophy zuvor ständig die Treppe auf und ab gerannt war, um ihre Mutter und Schwester zu fragen, was sie anziehen, welchen Schmuck sie anlegen und wie sie sich frisieren solle.

Beth war hingegen wie immer die Ruhe in Person und verbrachte den Tag damit, Kochrezepte von Mrs. Cox abzuschreiben und den Frühjahrsputz zu überwachen.

Der Junker hatte beiden Mädchen neue Kleider gekauft, und Sophy hatte sich für ein duftiges blaues Chiffongewand entschieden, das mit Silberfäden bestickt war und einen tiefen V-Ausschnitt hatte. Ein silberner Filigrankamm zierte ihre kunstvoll arrangierten Locken, an ihrem Handgelenk baumelte ein Silbertäschchen, und natürlich durfte auch ein zierlicher Fächer mit Silbergriff nicht fehlen.

Beth' Kleid war aus strohfarbener Seide und hatte einen breiten Gürtel, der ihre Wespentaille betonte, und sie hatte sich von Sophy eine Bernsteinkette geliehen, die farblich genau zum Spitzenunterrock passte, der – mit Schleifen verziert – unter dem seitlich gerafften Rock hervorkam.

Als der Junker sie abholte, war die Kutsche zu ihrer großen Überraschung leer. »Wo ist denn Augusta?«, fragte Sophy verwirrt und leicht enttäuscht, weil sie gehofft hatte, ihre Feindin an diesem Abend mit einem von Mr. Chilterns Freunden verkuppeln zu können.

Gorse räusperte sich verlegen. »Sie … sie war vorhin noch nicht fertig. Wir müssen leider noch einmal zu mir fahren.«

Entgegen ihrer sonstigen Gewohnheit verzichtete Sophy auf bissige Kommentare, obwohl ihr klar war, dass Augusta sich auf diese Weise für die Wartezeit in der Kutsche vor dem letzten Ball rächen wollte.

Im Schein der Abendsonne betrachtete der Junker wohlgefällig die beiden jungen Mädchen, die ihm und Mrs. Woodleigh gegenübersaßen. »Ihr macht eurer Mutter alle Ehre und werdet zweifellos alle anderen jungen Damen in den Schatten stellen. Ein Jammer, dass ich nicht euer Vater bin!«

»Es ist nicht zuletzt Ihr Verdienst, wenn wir hübsch aussehen«, säuselte Sophy. »Vielen Dank für die neuen Kleider.«

Er tätschelte ihre Hand, bevor er seiner Geliebten zulächelte. »Die Mutter ist allerdings noch schöner als ihre Töchter.«

»Sie schmeicheln uns, Sir«, neckte Marianne Woodleigh ihn. »Die Damen aus London werden bestimmt wesentlich eleganter als wir sein.«

Sophy hoffte inbrünstig, dass ihre Mutter sich irrte. Sie hatte die neuesten Modezeitschriften gelesen, um zu verhindern, dass sie und Beth wie Mädchen vom Lande aussehen würden, aber York war nun einmal nicht London …

Vor dem Herrenhaus ließ Augusta sie noch eine Viertelstunde warten, und der Junker wischte sich mehrmals den Schweiß von der Stirn, weil er befürchtete, dass Sophy seine Tochter aus Wut noch schlimmer als sonst hänseln würde.

Doch Sophy hatte sich für die nahe Zukunft eine Strategie zurechtgelegt, die eines Generals würdig gewesen wäre. Wenn sie großes Glück hatte, würde einer von Mr. Chilterns Gästen – natürlich ein sehr reicher Mann mit bedeutendem Adelstitel – sich heute Abend in sie verlieben und ihr bald einen Heiratsantrag machen. Falls das jedoch nicht klappen sollte, musste sie unbedingt einen Mann für Augusta finden, damit sie Junker Gorse nach seiner Hochzeit mit ihrer Mutter überreden konnte, ein Haus in London zu mieten. Zu diesem Zweck war sie sogar bereit, freundlich zu ihrer Feindin zu sein.

Als Augusta endlich ungeschickt in die Kutsche stieg, lächelte Sophy ihr freundlich zu: »Ist das ein neues Kleid? Die Farbe steht dir ausgezeichnet.«

Augusta warf ihr einen misstrauischen Blick zu, prahlte dann aber: »Es war das teuerste in Madame Lucilles Salon, und sie meinte auch, es wäre wie für mich gemacht.«

»Es sieht wirklich sehr teuer aus, findest du nicht auch, Beth?«

»O ja«, bestätigte Beth, die nur mühsam ein Lächeln über die plötzliche Sanftmut ihrer Schwester unterdrücken konnte.

Die Robe war pfauenblau – eine viel zu kräftige Farbe für Augusta – und mit unglaublich vielen Schleifen, Bändern und Quasten verziert. Damit sie es nicht überall herumposaunen konnte, hatte ihr Vater ihr wohlweislich verschwiegen, dass er auch Beth' und Sophys Kleider bezahlt hatte.

Nach der Ankunft in Highcrest Hall zogen die vier Damen sich in den Raum zurück, wo die weiblichen Gäste ihre Mäntel ablegen und letzte Korrekturen an

Frisuren und Make-up vornehmen konnten. »Dein Kopfputz sitzt etwas schief, Augusta«, sagte Sophy höflich. »Warte, ich stecke ihn wieder fest.« Sie schob das hässliche Gebilde mit drei langen Federn zurecht, und Augusta war so erstaunt über diese ungewohnte Hilfsbereitschaft, dass sie sich sogar zu bedanken vergaß.

Fest entschlossen, einen guten Eindruck auf die Londoner zu machen, verzichtete Sophy im Ballsaal darauf, ausgelassen mit ihren Bekannten zu flirten, wie sie es sonst immer tat. Stattdessen nahm sie artig neben ihrer Mutter Platz und musterte die Gäste verstohlen unter langen Wimpern hervor.

Beth war bei der Begrüßung den Blicken ihres Gastgebers ausgewichen, hatte seinen Namen aber auf ihre Tanzkarte gekritzelt, als er um einen Walzer bat. Sie wollte nicht mit ihm tanzen, aber es wäre unmöglich gewesen, Mr. Chiltern auf einem Ball, den er selbst veranstaltete, diesen Wunsch abzuschlagen.

Es war nicht zu übersehen, dass er für diesen Abend keine Kosten gescheut hatte. Der prächtige Blumenschmuck stammte aus Treibhäusern, und Kellner eilten mit Tabletts zwischen den Gästen umher und boten besten Champagner an.

Sophy nippte an ihrem Glas und beobachtete Mr. Chilterns Freunde, eine Gruppe von etwa zwölf Personen, die miteinander plauderten und lachten. Alle waren sehr elegant gekleidet, und drei Herren kamen vom Äußeren her als Verehrer in Frage, doch sie musste leider abwarten, ob sie von ihnen zum Tanzen aufgefordert wurde. Vorsichtshalber ließ sie auf ihrer Tanzkarte, die sich rasch mit den Namen ihrer bisherigen Verehrer füllte, etwas Platz für diese eventuellen Heiratskandidaten – allerdings nur zwei Tänze, denn schließlich sollten ja auch alle sehen, wie begehrt sie war!

Der Ball begann, und nach dem zweiten Tanz, als sie einige Worte mit Mrs. Cox wechselte, begann ihr Herz höher zu schlagen, denn Mr. Chiltern kam mit einem seiner Freunde auf sie zu.

Der Mann musste etwa fünfunddreißig sein und sah ziemlich arrogant aus. Er wurde ihr als Lord Anstey vorgestellt, und sie machte ihren tiefsten, anmutigsten Knicks, bevor er seinen Namen auf ihre Tanzkarte schrieb und sich mit einer Verbeugung entfernte.

Der nächste Tanz gehörte Hauptmann Mauldeth. Sie wusste, dass er mittellos war und deshalb als Ehemann nicht in Frage kam, aber sie fand ihn amüsant und sehr attraktiv.

»Sie sind das bezauberndste Wesen auf diesem Ball«, schmeichelte er gleich bei den ersten Schritten. »Nie habe ich schönere blaue Augen und ein so reizendes Gesicht gesehen. In diesem Kleid sehen Sie wie eine Märchenkönigin aus.« Sophy lächelte schelmisch. »Und Sie, Sir, sind ein unverbesserlicher Charmeur. Wahrscheinlich sagen Sie solche Worte zu jeder Frau, mit der Sie tanzen.«

»Zugegeben, manchmal muss man ein bisschen schwindeln, aber nicht bei Ihnen und Ihrer schönen Schwester, die mir später die Ehre eines Tanzes gewährt.«

»Ich glaube, Sie haben eine Schwäche für Beth«, neckte Sophy ihn. »Sie wird wirklich allgemein bewundert, aber ich muss Sie warnen, dass unser Gastgeber sie umwirbt.«

»Das dachte ich mir fast, nachdem ich bei meinem Besuch letzte Woche beobachtet habe, wie seine Blicke ständig auf ihr ruhten. Er scheint sehr reich zu sein, und das bedeutet wohl, dass ich alle Hoffnungen begraben muss.«

»So ist es, denn es wäre einfach herrlich, wenn Mr. Chiltern Beth heiraten würde.«

»Hat er vielleicht eine Schwester?«

»Nicht dass ich wüsste. Warum fragen Sie?«

»In der Armee wird ein Mann nicht reich, und ich frage mich oft, wovon ich leben soll.«

Sophy bekam Herzklopfen, und ihr Blut pulsierte schneller in den Adern. Sie betrachtete den Hauptmann aufmerksam. Könnte er Augusta gefallen? Die meisten Frauen würden seinem Charme erliegen, aber Augusta war extrem schwierig.

»Welche Eigenschaften sollte Ihre zukünftige Frau denn haben?«, fragte sie betont leichthin.

»Schönheit, Anmut, ein liebenswertes Wesen – und natürlich eine ansehnliche Mitgift!«

Augusta erfüllte nur eine dieser Voraussetzungen. Würde ihm das genügen? »Hmmm«, murmelte sie nachdenklich. »Wir müssen sehen, was sich tun lässt. Leider kenne ich keine reichen Erbinnen, die über alle von Ihnen gewünschten Eigenschaften verfügen, aber ich kenne eine junge Dame, deren Mitgift sehr beachtlich ist.«

»Ist sie hier?«, fragte er eifrig.

»Ja, aber ich befürchte, dass sie Ihren sonstigen Ansprüchen nicht gerecht wird.«

»Bitte zeigen Sie sie mir!« Sophy deutete unauffällig auf Augusta, die neben Helen Grey saß, und Mauldeths Miene verdüsterte sich. »Sie haben nicht erwähnt, dass es sich um eine Person mittleren Alters handelt.«

»Sie sieht älter aus, als sie ist«, stellte Sophy hastig richtig. »Aber sie besitzt viele gute Eigenschaften, die auf den ersten Blick nicht zu erkennen sind.«

»Welche? Guter Geschmack gehört offensichtlich nicht dazu – ich habe noch nie im Leben ein so hässliches Kleid gesehen. Es erinnert mich an einen Lampenschirm.«

»Großzügigkeit.« Sie verschwieg, dass Augustas Großzügigkeit sich meistens auf unerwünschte Ratschläge beschränkte. »Außerdem ist sie eine ausgezeichnete Hausfrau, und ihr Esstisch biegt sich immer unter erlesenen Speisen und Getränken.« Sie hielt es nicht für notwendig zu erwähnen, dass es der Junker war, der auf diesen üppigen Mahlzeiten bestand. »Und sie setzt sich bewundernswert für alle möglichen Wohltätigkeitsbelange ein.« Weitere positive Eigenschaften fielen Sophy beim besten Willen nicht ein.

Hauptmann Mauldeth traf seufzend eine Entscheidung. »Vielleicht könnten Sie mich ihr nach diesem Tanz vorstellen …«

18

Während Beth mit Mr. Chiltern tanzte, stand James mit verschränkten Armen da und ließ sie nicht aus den Augen. Er hatte sie um einen Walzer gebeten, und sie hatte ihm unumwunden erklärt, dass sie nicht mit ihm tanzen wolle, und ihn dann einfach stehen gelassen.

Um Mr. Chiltern davon abzuhalten, irgendwelche Anspielungen auf ihre Intimitäten beim Ausritt zu machen, plauderte sie über Belanglosigkeiten, und zu ihrer großen Erleichterung ging er darauf ein und fragte sie um Rat, welche Ausflüge er mit seinen Freunden unternehmen könnte. Trotzdem löste seine körperliche Nähe die übliche heftige Erregung bei Beth aus, und sie bemerkte, dass ihre Brustwarzen steif wurden und dass sie ein peinliches Prickeln zwischen den Beinen verspürte.

Erst gegen Ende des Tanzes zog er sie etwas fester an sich und schaute ihr so tief in die Augen, dass sie errötete. »Wann können wir allein sein?«, fragte er leise.

»Überhaupt nicht«, erwiderte sie hastig.

»Warum nicht? Ihnen muss doch bewusst sein, dass eine Vereinigung uns beiden immensen Genuss bescheren würde.«

»Ihnen vielleicht!«

»Dann habe ich mir Ihre Reaktionen auf meine … meine Aufmerksamkeiten wohl nur eingebildet?«, spottete Mr. Chiltern, während die Musik verklang.

»Sie sind unerträglich eingebildet! Wenn Sie mich jetzt bitte entschuldigen würden … ich möchte zu meiner Mutter.«

»Dann darf ich Sie dorthin begleiten.«

Mrs. Woodleigh unterhielt sich mit dem Junker, während sie beobachteten, wie Augusta mit Hauptmann Mauldeth tanzte. Leider bewegte sie sich alles andere als anmutig und trat ihrem geplagten Partner ständig auf die Zehen.

»Ein herrlicher Ball!«, versicherte Mrs. Woodleigh, als Mr. Chiltern mit Beth herankam.

»Ja, wirklich«, bestätigte der Junker. »Sie werden eine Einladung zu einer Abendgesellschaft erhalten, die ich nächste Woche veranstalte. Ich hoffe, dass Sie und Ihre Freunde teilnehmen werden.«

Mr. Chiltern verbeugte sich. »Sehr gern.«

»Und ich plane ein Picknick in einer verfallenen Abtei unweit von hier«, berichtete Mrs. Woodleigh. »Hoffentlich werden Sie und Ihre Freunde auch daran teilnehmen.«

»Mit Freuden.«

Beth ertrug es einfach nicht mehr, neben ihm zu stehen, während er mit ihrer Mutter und Junker Gorse plauderte. »Ich habe versprochen, Karten zu spielen: Entschuldigen Sie mich bitte …«

Sie suchte Zuflucht in der Bibliothek, wo Kartentische aufgestellt worden waren, und setzte sich zu Mrs. Cox. Kurze Zeit später wurde das Abendessen angekündigt, und die meisten Spieler verließen den Raum. Bevor Beth sich entscheiden konnte, ob sie ihnen folgen oder einfach hier sitzen bleiben sollte, kam Mr. Chiltern herein und nahm an dem verlassenen Kartentisch Platz. »Sieht ganz so aus, als müssten wir nur zu zweit spielen.« Er mischte die Karten. »Welches Spiel bevorzugen Sie?«

»Ich überlasse Ihnen die Entscheidung«, murmelte sie geistesabwesend, mit dem festen Vorsatz, das Spiel nach der ersten Runde abzubrechen.

Während er die Karten austeilte, erkundigte er sich, um welche Einsätze sie spielen wollten. Die Etikette verlangte, dass solche Einsätze immer niedrig waren, und Beth sagte gleichgültig: »Was immer Sie wollen.«

»Ausgezeichnet … Wenn ich gewinne, erlauben Sie mir innerhalb einer Woche, mit Ihnen zu schlafen.«

Heiße Röte schoss Beth in die Wangen, und sie wollte aufspringen, aber er hielt sie am Arm fest. »Lassen Sie mich sofort los!«, zischte sie.

»Was haben Sie denn? Sie haben mir doch selbst erlaubt, den Einsatz festzulegen.«

»Sie wissen genau, dass ich nicht an *so* etwas dachte!«

Er legte unter dem Tisch eine Hand auf ihr Knie und streichelte es durch das dünne Seidenkleid hindurch. Es juckte ihr in den Fingern, ihm eine schallende Ohrfeige zu verabreichen, doch zugleich jagten Hitzewellen durch ihren ganzen Körper.

»Was wünschen *Sie* für den Fall, dass Sie gewinnen sollten?« Seine Hand glitt über ihren Oberschenkel, und sie musste die Lippen zusammenpressen, um ein leises Stöhnen zu unterdrücken.

Später dachte sie immer, dass sie vorübergehend

den Verstand verloren haben musste, denn sie hörte sich selbst zähneknirschend sagen: »Also gut, wenn ich gewinne, wünsche ich, dass Sie nie wieder irgendwelche Annäherungsversuche machen.«

»Einverstanden.«

Sie nahmen ihre Karten zur Hand, und das Spiel begann.

Sophy hoffte, dass ihre Freundinnen vor Neid platzen würden, weil Lord Anstey mit ihr tanzte, obwohl sie insgeheim etwas enttäuscht von ihrem Partner war. Sie hatte erwartet, dass er ihr Komplimente machen und mit ihr flirten würde, wie ihre sonstigen Verehrer es taten, aber er war sehr einsilbig, und ihre Versuche, Konversation zu treiben, scheiterten kläglich. Allmählich fragte sie sich, warum er sie überhaupt aufgefordert hatte, denn er würdigte sie kaum eines Blickes. Trotzdem stellte sie ein strahlendes Lächeln zur Schau, besonders wenn sie an Augusta vorbeiwirbelten, die sich mit Essen tröstete. Hauptmann Mauldeth harrte geduldig an ihrer Seite aus, ein Glas Rotwein in der Hand, mit dem er Sophy unauffällig zuprostete.

»Bleiben Sie lange in dieser Gegend?«, fragte sie ihren schweigsamen Partner.

»Nur einige Tage.«

»Haben Sie schon etwas von der Umgebung gesehen?«

»Was ich auf der Fahrt hierher gesehen habe, genügt mir für mindestens ein Jahr. Weiß der Himmel, was an diesen endlosen Feldern und Wäldern reizvoll sein soll! Ich verstehe nicht, wie Chiltern sich in dieser Einöde niederlassen konnte.«

Das verstand auch Sophy nicht. Ermutigt durch Lord Ansteys relativ lange Antwort, wagte sie eine weitere Frage. »Leben Sie immer in London?«

»Meistens … Gelegentlich besuche ich mein Landgut in Kent.«

»Ich plane für nächstes Jahr einen längeren Aufenthalt in London«, versicherte Sophy optimistisch.

»In welchem Stadtteil befindet sich Ihr Haus?«

»Wir … wir haben keines. Wahrscheinlich werden wir etwas mieten.«

Lord Anstey versank wieder in Schweigen.

Beth starrte die Karten an, die Mr. Chiltern auf den Tisch gelegt hatte, und wurde leichenblass. Sie mied ängstlich seinen Blick, weil sie wusste, dass seine Augen triumphierend funkeln würden.

»Wo und wann?«, fragte er sanft.

»Ich … ich weiß nicht«, stammelte sie und sprang hastig auf. Er erhob sich ebenfalls, griff nach ihrer Hand und küsste sie auf eine Art und Weise, die ihr das Gefühl gab, als hätte er seinen Besitz mit einem Brandzeichen versehen.

»Ich stehe jederzeit zu Ihrer Verfügung. Lassen Sie mir eine Nachricht zukommen.«

Beth flüchtete aus der Bibliothek.

19

Mrs. Woodleigh gab sich größte Mühe, das Picknick in den Abteiruinen perfekt zu organisieren, und der Junker stellte großzügig viele Lebensmittel, mehrere Diener und drei Kutschen zur Verfügung. Zu Mariannes Überraschung half Sophy tatkräftig bei den Vorbereitungen, während Beth zerstreute Antworten gab, wenn sie um Rat gefragt wurde.

Beth konnte ihre eigene Torheit kaum fassen. Was

hatte sie nur dazu getrieben, Mr. Chilterns Herausforderung anzunehmen anstatt unverzüglich hoheitsvoll den Raum zu verlassen? Seitdem waren sechs Tage vergangen, und ihr blieben nur noch vierundzwanzig Stunden Zeit, um ihr Wettversprechen zu halten.

Doch, wie könnte sie das?

Es war schlimm genug gewesen, dass sie sich vor über zwei Jahren auf eine Affäre mit Hauptmann Mauldeth eingelassen hatte, aber damals war sie sehr jung gewesen und hatte geglaubt, er sei ihre große Liebe. Diese Entschuldigungen konnte sie jetzt nicht vorbringen – sie war inzwischen neunzehn, und sie war nicht in Mr. Chiltern verliebt, obwohl sie zugeben musste, dass sie ihn leidenschaftlich begehrte. Eine Vereinigung mit ihm würde ihr zweifellos höchste Lust bescheren, aber sie konnte es sich einfach nicht leisten, ihren Ruf derart aufs Spiel zu setzen.

Unter dem Vorwand starker Kopfschmerzen war sie aus Feigheit der Abendgesellschaft des Junkers ferngeblieben, und als Mr. Chiltern ihr zwei Tage später einen Besuch abstattete, ließ sie ihm durch das Dienstmädchen ausrichten, sie sei immer noch unpässlich und könne niemanden empfangen.

Sie wusste jedoch, dass ihre Mutter sich große Sorgen um ihre Gesundheit machte und darauf bestehen würde, einen Arzt zu rufen, wenn sie jetzt auch ihre Teilnahme am Picknick absagen würde.

Zu Sophys Überraschung hatte Lord Anstey bei der Abendgesellschaft ihre Nähe gesucht und war ein aufmerksamer, wenngleich immer noch schweigsamer Tischherr gewesen. Ihre Mutter und Junker Gorse fanden das durchaus viel versprechend, aber Sophy war an mehr Bewunderung gewöhnt und wusste nicht, wie sie diesen Mann einschätzen sollte. Trotzdem beschloss sie, ihm in den offenen Kutschen einen Platz an ihrer

Seite einzuräumen. Lord Anstey mochte arrogant und einsilbig sein, aber angeblich hatte er ein Jahreseinkommen von fünfzehntausend Pfund!

Die Gäste sollten sich im Vale Cottage treffen und nach leichten Erfrischungen zu den Abteiruinen fahren. Hauptmann Mauldeth würde in der Kutsche neben Augusta sitzen, beschloss Sophy, die jede Einzelheit des Picknicks plante. »Möchtest du lieber neben Mr. Chiltern oder gegenüber von ihm sitzen?«, fragte sie ihre Schwester, die am Fenster stand.

»Ich möchte nicht einmal in derselben Kutsche wie er sein!«, knurrte Beth. »Lass mich bitte mit Mama und dem Junker fahren – oder mit Mr. und Mrs. Cox.«

Erstaunt über die heftige Reaktion ihrer sonst so gefassten Schwester, trat Sophy zu ihr hin und legte eine Hand auf ihre Stirn. »Hast du immer noch Kopfschmerzen? Warum legst du dich nicht ein bisschen hin? Ich bringe dir eine Tasse Tee, oder möchtest du lieber einen Heiltrank?«

»Danke, mir geht es ausgezeichnet. Ich möchte nur die Gesellschaft jenes grässlichen Mannes meiden.«

»Habt ihr euch gestritten?«, fragte Sophy ängstlich. Es würde ihre Zukunftspläne beeinträchtigen, wenn Beth diesen reichen Mann verschmähte.

»Nein, aber wir werden uns zweifellos streiten, wenn wir in derselben Kutsche sitzen müssen!« Um weitere Fragen ihrer neugierigen Schwester zu vermeiden, verließ Beth rasch das Zimmer.

Sophy hatte um gutes Wetter für das Picknick gebetet, während Beth ihre ganze Hoffnung auf wolkenbruchartigen Regen setzte. Das Glück war der jüngeren Schwester hold: Ein warmer, sonniger Tag kündigte sich an, und es wehte nur eine schwache Brise. In einem Musselinkleid mit rosa und grünen Blümchen auf weißem Untergrund, einen Strohhut mit rosa Bändern auf den Locken, bot Sophy ein Bild unbekümmerter Jugend. Sie freute sich über die Abwechslung, wollte versuchen, Lord Anstey etwas besser kennen zu lernen, und hatte die Absicht, mit ihren anderen Verehrern zu flirten.

Beth war hingegen sehr blass und ließ sich nicht einmal aufmuntern, als Sophy ihr beim Frühstück Komplimente über das neue cremefarbene Musselinkleid mit elegantem grünem Jäckchen machte. Ohne sich von der schlechten Laune ihrer Schwester anstecken zu lassen, nahm Sophy etwas später in einer der Kutschen Platz, spannte ihren Sonnenschirm auf und bedachte Lord Anstey mit einem strahlenden Lächeln.

»Wie gefällt Ihnen unser Frühlingswetter?«, fragte sie. »Wie Sie sehen, scheint sogar hier im Norden gelegentlich die Sonne.«

»Ich bleibe lieber im Schatten … Hitze ist nicht nach meinem Geschmack.«

»Dann werden Sie es umso mehr genießen, in den schattigen Kreuzgängen spazieren zu gehen.«

»Gibt es diese Kreuzgänge denn noch? Ich dachte, von der Abtei seien nur noch Ruinen übrig.«

»Na ja, das stimmt«, musste Sophy zugeben, »aber man kann sich leicht vorstellen, wie sie ausgesehen haben müssen. Stellen Sie sich nur einmal vor – wir werden ein Picknick an jenem Ort abhalten, wo früher Mönche ein asketisches Leben führten!«

»Papistischer Blödsinn!«, knurrte Lord Anstey.

Sophy war leicht entmutigt, gab aber noch nicht auf. »Finden Sie eine solche Umgebung nicht sehr romantisch? Man sagt, dass dort nachts Gespenster umherhuschen. Würden Sie die nicht auch gern sehen?«

»Falls irgendein Gespenst auf mich zukäme, würde ich nicht lange zögern, sondern es mit meinem Säbel durchbohren.«

Trotz dieser enttäuschend prosaischen Antwort versuchte Sophy weiter ihr Glück. »Ich habe meiner Mutter ein Picknick im Mondschein vorgeschlagen, aber sie wollte nichts davon wissen.«

»Ihre Mutter scheint eine vernünftige Frau zu sein.«

Seufzend sah Sophy ein, dass es unmöglich war, unbefangen mit Lord Anstey zu plaudern. Ihr Herz begann schneller zu schlagen, als sie einen bunt bemalten Wohnwagen sah, der den Kutschen auf der Straße entgegenkam. Es war der Zigeuner!

Er sprang vom Kutschbock und führte sein Pferd ins Gras, um die eleganten Gefährte nicht zu behindern. Der Junker nickte ihm freundlich zu, und er verbeugte sich höflich.

Als die Kutsche, in der Sophy saß, an dem Zigeuner vorbeifuhr, trafen sich ihre Blicke, und ihr war klar, dass er auch von ihr mindestens ein Kopfnicken erwartete, doch aus Angst, Lord Anstey zu verärgern, reckte sie hochmütig das Kinn und ignorierte ihn.

Trotzdem hatte diese unerwartete Begegnung sie verstört, und am Zielort angelangt, sonderte sie sich unter dem Vorwand, die Aussicht bewundern zu wollen, von den anderen ab.

Nach einigen Minuten bekam sie Gesellschaft von Hauptmann Mauldeth. »Es ist Schwerstarbeit, mit der Gorse-Tochter Konversation zu treiben«, jammerte er. »Diese Nuss ist wirklich schwer zu knacken!«

»Aber sie ist wohlhabend«, rief Sophy ihm ins Gedächtnis.

»Sie weist mich ständig zurecht … Ist sie wirklich das einzige Kind des Junkers?«

»Ja, und ihr Vater ist überaus großzügig.«

»Ich gebe mir alle Mühe, charmant zu sein, aber sie starrt mich an, als wäre ich ein Vollidiot.«

»Das macht sie bei jedem – Sie dürfen es nicht persönlich nehmen.«

»Warum sind Sie keine reiche Erbin?«, fragte Hauptmann Mauldeth niedergeschlagen. »Wie soll ich das Leben genießen, wenn ich jeden Tag dieser Person bei Tisch gegenübersitzen muss?«

»Augusta ist meistens damit beschäftigt, die Dienstboten herumzukommandieren oder Arme zu besuchen, und wenn sie Kinder hätte, wäre sie bestimmt eine hingebungsvolle Mutter. Sie könnten jederzeit irgendwelche Verpflichtungen vortäuschen, um nicht oft mit ihr allein zu sein.«

»Vielleicht … Aber ich bezweifle, dass sie mich haben will! Normalerweise habe ich bei Frauen viel Erfolg, aber bei ihr scheine ich auf Granit zu beißen.«

»Sie dürfen die Flinte nicht so schnell ins Korn werfen«, riet Sophy ihm weise.

Sie kehrten zu den anderen zurück, nahmen von den Dienern Champagnergläser entgegen. Alle Gäste schlenderten zwischen den Ruinen umher, nur Augusta saß im Schatten eines großen Baumes. Sophy gesellte sich zu ihr, so als wären sie die besten Freundinnen. »Was für einen herrlichen Tag wir für unser Picknick erwischt haben! Hast du die Fahrt hierher auch so genossen?«

»Nein, die Kutsche hat schrecklich gerüttelt.«

»Aber du hattest doch angenehme Gesellschaft?«

»Wenn du Hauptmann Mauldeth meinst, so habe ich selten so viel dummes Geschwätz auf einmal gehört! Der Mann scheint ein völliger Schwachkopf zu sein.«

»Tatsächlich?«, fragte Sophy unschuldig. »Schade … er hat von dir eine sehr hohe Meinung. Im Gegensatz zu den meisten Frauen würdest du keinen Unsinn daherreden, meinte er vorhin bewundernd.«

Augusta errötete und wandte ihren Blick ab. Zufrieden mit ihren bisherigen Bemühungen, konnte Sophy nun unbekümmert mit allen Männern flirten.

20

»Man könnte fast glauben, Sie wollten mir aus dem Wege gehen!«

Beth zuckte zusammen und verschüttete ihren Wein, als sie die tiefe Männerstimme hinter sich hörte. Mit gespielter Ruhe drehte sie sich nach Mr. Chiltern um. »Wie kommen Sie dazu, so etwas zu sagen?«

»Nun, Sie waren nicht auf der Party des Junkers, und als ich mich nach Ihrem Befinden erkundigen wollte, hieß es, Sie würden keine Besucher empfangen.«

»Ich fragte, warum Sie so etwas *sagen*, nicht, warum Sie es *denken*.« Beth wusste natürlich, dass das Wortklauberei war, fügte aber trotzdem hinzu: »Ein Gentleman hätte niemals eine solche Bemerkung gemacht.«

»Ich dachte, wir seien uns schon darüber einig, dass ich kein Gentleman bin. Aber darum geht es jetzt nicht ... Sie haben nur noch bis morgen Zeit, um sich mir hinzugeben, und Sie haben mir keine Nachricht zukommen lassen, wann mir diese Ehre zuteil wird. Ich habe fast den Eindruck, als liege Ihnen nichts an dieser Erfahrung.«

»Sie haben völlig Recht«, zischte Beth, »und wenn Sie auch nur einen Funken Anstand oder ... Zartgefühl hätten, würden Sie mich von dieser geschmacklosen Verpflichtung befreien.« Sie zwang sich, ihn anzusehen, und erschauerte, denn seine lüsternen Blicke waren unmissverständlich, und sein spöttisches Lächeln weckte in ihr den Wunsch, ihm ins Gesicht zu schlagen.

»Ich bedaure, Ihnen mitteilen zu müssen, dass Anstand und Zartgefühl nicht zu meinen Tugenden gehören. Ich schlage vor, dass wir uns morgen am Waldrand treffen. Ich hole Sie in einer geschlossenen Kutsche ab, wir betreten mein Haus durch eine Seitentür, sodass niemand uns sehen wird … und später bringe ich Sie zum Waldrand zurück.«

Seine Sachlichkeit brachte sie noch mehr in Wut. »Und wenn ich mich weigere?«

Die graugrünen Augen waren stahlhart. »Das wäre sehr unklug von Ihnen.«

»Ich habe morgen schon etwas vor …«

»Dann treffen wir uns eben nach Einbruch der Dunkelheit. Eigentlich ist mir das sogar lieber, denn dann können wir den größten Teil der Nacht miteinander verbringen, und ich bringe Sie kurz vor Tagesanbruch zurück.«

»Nein.« Später war Beth sich nie sicher, ob sie wirklich wortbrüchig werden wollte oder nur eine Hinhaltetaktik anzuwenden versuchte.

Sie standen im Schatten des ehemaligen Pförtnerhauses der Abtei, und Mr. Chiltern zog sie auf die andere Seite der verfallenen Mauer, wo niemand sie sehen konnte.

»Lassen Sie mich sofort los!«, keuchte Beth, aber er drückte sie gegen die alten Steine und knöpfte seelenruhig ihr Kleid auf. Sobald sie begriff, was er im Schilde führte, versuchte sie, sich zu befreien, doch er hielt sie fest und schnürte ihr Mieder auf, bis die kleinen runden Brüste hervorsprangen.

»Sie … Sie müssen völlig den Verstand verloren haben, wenn Sie sich hier mit mir vergnügen wollen«, stammelte Beth entsetzt, denn jederzeit konnte jemand um die Ecke biegen.

»Ich habe Sie gewarnt!«, knurrte Mr. Chiltern, und

dann küsste er sie. Seine Zunge drang in ihren Mund ein, sie spürte sein hartes Glied an ihrem Bauch – und war verloren …

Seine Lippen schmeckten nach Champagner, er roch nach dem teuren Eau de Cologne, das er bevorzugte, und während er ihre nackten Brüste streichelte, hatte sie das Gefühl, von den Geistern längst verstorbener Mönche missbilligend beobachtet zu werden.

Sie überlegte, ob sie um Hilfe schreien sollte, doch der Gedanke an einen Skandal war ihr unerträglich. Ihre Unterhose war schon feucht, und ihr ganzer Unterleib schien lichterloh zu brennen.

Seine Lippen gaben endlich ihren Mund frei, aber nur, um über ihren Hals zu gleiten und an einer prallen Brustwarze zu saugen. Unter Aufbietung ihrer letzten Willenskraft flüsterte Beth: »Schrecken Sie nicht einmal vor einer Vergewaltigung zurück?«

Mr. Chiltern schaute flüchtig auf. »Von einer Vergewaltigung kann keine Rede sein, weil Sie mich genauso begehren wie umgekehrt.«

Sie stöhnte, als seine Zunge wieder gegen ihre Brustwarzen schnippte, und ihr Widerstand erlahmte endgültig, als er ihren dünnen Rock hochschob und eine Hand zwischen ihre Beine zwängte. Unwillkürlich spreizte sie die Schenkel und wölbte sich den kundigen Fingern entgegen, und sie wehrte sich auch nicht, als er ihr die Unterhose abstreifte.

Er packte sie bei den Hüften, drehte sie herum und drückte ihren Oberkörper auf ein taillenhohes Mauerstück. Das war eine höchst würdelose Lage, und sie versuchte sich aufzurichten, doch er hielt sie mit einer Hand fest, während er mit der anderen ihr nacktes Gesäß streichelte und entlang der Furche zur Scham vordrang.

Seine Finger fanden ihren Kitzler und ließen sie vor Lust vergessen, dass sie sich ihm schamlos wie eine läufige Hündin darbot. Ihr Blut verwandelte sich in glühende Lava, und sie glaubte, in den hohen Wellen der Ekstase zu ertrinken …

Noch ganz benommen von diesem herrlichen Orgasmus, nahm sie kaum wahr, dass er seine Hand zurückzog und seinen harten Speer an den Eingang ihrer Grotte führte. Das Glied war warm und glatt, und trotz seiner Größe fand es erstaunlicherweise mühelos in ihr Platz.

Sie schob ihm ihr Gesäß entgegen, und er packte sie bei den Hüften, während der Rhythmus seiner kraftvollen Stöße immer schneller wurde, bis sie gleichzeitig zum Höhepunkt kamen. Sein heißer Samen ergoss sich in ihre Höhle, und gleich darauf zog er sich aus ihr zurück und lehnte sich keuchend an die Mauer.

Aus der Ferne war Gelächter zu hören, und dieses Geräusch brachte Beth jäh in die Realität zurück. Sie wandte Mr. Chiltern den Rücken zu und zog hastig ihre Unterhose hoch. Er knöpfte seine Hose zu, und sie strich ihren Rock glatt, kam aber nicht mehr dazu, das Mieder zu schnüren.

Ganz in der Nähe knackte ein Ast, und es war der schrecklichste Moment in Beths Leben, als ihre Mutter, Junker Gorse und Augusta um die Ecke bogen.

Sie sah die schreckensweit aufgerissenen Augen ihrer Mutter, den offenen Mund des Junkers und Augustas boshaftes Grinsen, und am liebsten wäre sie im Erdboden versunken. Stattdessen zog sie mit zittrigen Fingern ihr Mieder hoch und knöpfte ihr Kleid zu.

»O Beth …«, flüsterte Mrs. Woodleigh kraftlos. Der Junker ging mit grimmiger Miene auf Mr. Chiltern zu. »Haben Sie uns etwas zu sagen, Sir?«

Mr. Chiltern deutete eine Verbeugung an. »Zu meiner großen Freude darf ich Ihnen mitteilen, dass Miss Woodleigh bald meine Frau sein wird.«

Sofort strahlte Mrs. Woodleigh übers ganze Gesicht und umarmte ihre Tochter, und der Junker schüttelte Mr. Chiltern die Hand. »Diese freudige Nachricht müssen wir sofort unseren Freunden bekannt geben! Ist das nicht herrlich, Augusta?«

Augusta gab keine Antwort, aber ihre gehässig funkelnden Augen ließen Beth das Schlimmste befürchten.

Nachdem der Junker die Neuigkeit verkündet hatte, wurden die Verlobten natürlich von allen umringt. Beth nahm die Glückwünsche äußerlich gelassen entgegen, und Mr. Chiltern lächelte und küsste ihr galant die Hand. Außer ihr bemerkte niemand, dass seine Augen vor kaltem Zorn funkelten – aber ihr wurde in diesem Moment klar, dass sie in dieser Ehe nicht auf Rosen gebettet sein würde.

21

»Ich werde ihn nicht heiraten! Ich kann es nicht!«, rief Beth, die aufgeregt im Zimmer auf und ab lief, sodass der strohfarbene Rock sich um ihre Knöchel bauschte.

»Liebling, dir bleibt jetzt nichts anderes übrig«, sagte Mrs. Woodleigh besorgt.

»Nein! Es war typisch für die Arroganz dieses Mannes, unsere Heirat anzukündigen, ohne mich vorher gefragt zu haben!«

»Unter den gegebenen Umständen konnte er dir kaum einen formvollendeten Antrag machen«, betonte ihre Mutter.

»Nun, ich habe nicht vor, ihn zu heiraten, und das werde ich ihm sofort schreiben!«

»Sophy, schenk deiner Schwester ein Glas Wein ein!«

Die Abendsonne schien in den Salon von Vale Cottage, das Picknick war ein großer Erfolg gewesen, nicht zuletzt wegen der Bekanntgabe der Verlobung, und Sophy sprang eifrig auf, um den Wunsch ihrer Mutter zu erfüllen.

»Denk doch nur an all die schönen Kleider und den Schmuck, den du bald haben wirst!« Sie drückte Beth ein Glas in die Hand. »An die Bälle, ans Theater, an das viele Geld …«

Sophy war begeistert über die Aussicht, schon bald auf Kosten ihres Schwagers in London leben zu können, und verstand nicht, warum ihre Schwester sich so gegen diese Heirat sträubte. Schließlich war Mr. Chiltern weder altersschwach noch grässlich verunstaltet …

»Sein Geld kann mir gestohlen bleiben! Ich lasse mich nicht zwingen, einen Mann zu heiraten, den ich verabscheue. Ich werde ihm unverzüglich schreiben.«

Als sie zum Schreibtisch eilen wollte, stand Mrs. Woodleigh entschlossen auf. »Beth, du solltest dir gut überlegen, welche Folgen das hätte. Wenn nur Junker Gorse und ich euch zusammen gesehen hätten, wäre es nicht so schlimm gewesen, aber nicht einmal ihr Vater wird Augusta dazu bringen können, Stillschweigen zu wahren. Wenn du Mr. Chiltern heiratest, wird niemand etwas auf ihr boshaftes Gerede geben, doch wenn du es nicht tust, gibt es zweifellos einen Riesenskandal, und du wirst nie mehr eine gute Partie machen können.«

»Augusta wird die Sache überall herumposaunen«, bestätigte Sophy. »Du weißt doch, wie sie ist … Innerhalb einer Woche wird es heißen, sie hätte euch ertappt, als ihr euch splitternackt im Gras gewälzt habt.«

»Sophy!«, rief Mrs. Woodleigh entsetzt. »Deine Ausdrucksweise lässt sehr zu wünschen übrig. Geh bitte auf dein Zimmer, nachdem du offensichtlich nichts Vernünftiges zu sagen hast!«

Sophy reckte eigensinnig das Kinn und wollte protestieren, besann sich aber in letzter Sekunde eines Besseren und ließ ihre Mutter und Schwester allein.

Mrs. Woodleigh griff beschwörend nach Beths Händen. »Liebling, du kannst im Augenblick keinen klaren Gedanken fassen. Eigentlich solltest du heilfroh sein, dass Mr. Chiltern sofort von Heirat gesprochen hat, denn andernfalls wäre dein Name überall in den Schmutz gezogen worden. Als Ehefrau eines so reichen Mannes wirst du über allen Gerüchten stehen, falls welche in Umlauf kommen sollten, und sie werden sehr schnell verstummen.«

»Ich verabscheue ihn!«

Ihre Mutter hob die Brauen und nahm wieder auf dem Sofa Platz. »Diesen Eindruck hatte ich nicht, als wir euch bei eurer … eurer Liebelei überraschten!«, stellte Mrs. Woodleigh trocken fest.

»Er … er übt eine seltsame körperliche Anziehungskraft auf mich aus«, gab Beth leise zu. »Ich hasse ihn, doch sobald er mich berührt, stehe ich lichterloh in Flammen.«

»Das ist viel besser, als wenn du einen Mann heiraten würdest, dessen Zärtlichkeiten dir zuwider sind. Ich kann dir nur raten, dich möglichst rasch mit dieser Heirat abzufinden. Die Trauung sollte spätestens in einem Monat stattfinden, und bis dahin werden wir viel zu tun haben.«

Beth starrte ihre Mutter entsetzt an. »In einem Monat? Warum? Warum nicht erst nächstes Frühjahr?«

»Eure Liebelei könnte Folgen haben, die es wünschenswert erscheinen lassen, dass du möglichst schnell einen Ehering am Finger hast. Oder kannst du mir versichern, dass das völlig ausgeschlossen ist?«

Beth wandte verlegen den Blick ab, und nach kurzem Schweigen seufzte Mrs. Woodleigh: »Dann gibt es kein Zurück für dich, und du solltest an die Vorteile dieser Ehe denken.« Sie stand auf und umarmte ihre Tochter. »Mach dir keine Sorgen, ihr werdet bestimmt gut miteinander auskommen. Komm, trink deinen Wein aus.«

»Entschuldige mich bitte, Mama, aber ich brauche dringend frische Luft und möchte einen kleinen Spaziergang machen.«

»Gut, aber nimm eine Stola mit, denn die Sonne geht bald unter, und dann wird es kühl.«

Außer Sicht des Hauses ließ Beth sich auf eine Gartenbank fallen und starrte die zarten rosa Knospen eines Rhododendrons an, während sie über ihre Zukunft nachdachte.

Es war eine beängstigende Vorstellung, diesen unheimlichen Mann heiraten zu müssen, den sie kaum kannte, aber sie musste sich zugleich eingestehen, dass ihr Körper es kaum erwarten konnte, wieder von ihm in Besitz genommen zu werden.

Sophy lag im Bett und starrte an die Decke, erfüllt von einer Rastlosigkeit, die sie am Einschlafen hinderte. Ihre Haut prickelte, und sie versuchte sich einzureden, dass die warme Frühlingssonne, in der sie den ganzen Tag verbracht hatte, schuld daran war.

Im tiefsten Innern wusste sie jedoch, dass ihre Unruhe von der flüchtigen Begegnung mit dem Zigeuner herrührte. Er musste also wieder irgendwo in der Nähe kampieren, wahrscheinlich im Wald. Die bloße Erinnerung an seine Liebeskünste genügte, um ihr Blut schneller pulsieren zu lassen.

Sie sprang aus dem Bett, trat ans Fenster und schob die Vorhänge zurück. Der Garten war in Mondlicht getaucht, und als sie das Fenster öffnete, hörte sich das Rauschen der Bäume in der schwachen Brise wie lockender Sirenengesang an.

Eine Mischung aus kühler Luft und lüsternen Gedanken sorgte dafür, dass ihre Brustwarzen sich unter dem dünnen weißen Nachthemd aufrichteten. Sie rieb die harten Knospen, bis sie noch größer wurden, und hatte das Gefühl, als loderte in ihrem Unterleib ein Feuer, das nur durch einen mächtigen Phallus gelöscht werden konnte.

Es war nach Mitternacht, und das Haus war dunkel und still. Sie hatte gehört, wie ihre Mutter und Schwester vor über einer Stunde zu Bett gegangen waren. Niemand würde es bemerken, wenn sie leise hinausschlich …

Impulsiv schob sie ihre nackten Füße in Lederstiefeletten, holte ein schwarzes Cape mit Kapuze aus dem Schrank, hüllte sich darin ein und verließ lautlos ihr Zimmer. Auf der Treppe mied sie die beiden knarrenden Stufen, entriegelte die Hintertür und lief schnell den Pfad entlang.

Erst am Waldrand blieb sie zögernd stehen. In der Dunkelheit sahen die Bäume bedrohlich aus, und sie fragte sich, ob es klug gewesen war, ihr warmes und sicheres Bett zu verlassen. Doch ihr Drang nach körperlicher Befriedigung war stärker als die Furcht, und so setzte sie ihren Weg fort, langsamer als zuvor, um nicht über eine Wurzel zu stolpern.

Es roch nach Moos, Rinde und Frühlingsblumen, und sie atmete die frische Luft begierig ein. Ihr Herz begann schneller zu schlagen, als sie die Lichtung am Fluss erreichte und die Umrisse des Wohnwagens sah, durch dessen einziges Fenster weiches gelbes Licht ins Freie fiel.

Sophy malte sich aus, wie überrascht der Zigeuner sein würde, und beim Gedanken an die bevorstehenden Sinnesfreuden lief ihr ein heißer Schauer über den Rücken. Sie hatte den Wagen fast erreicht, als sie plötzlich von hinten grob bei den Armen gepackt und festgehalten wurde.

22

Ihr Angreifer schleppte sie zum Wagen, trug sie die Stufen hinauf und warf sie drinnen wie einen Mehlsack auf das Bett. Sophy atmete erleichtert auf, als sie im Schein der Öllampe den Zigeuner erkannte.

»Sie haben mich fast zu Tode erschreckt!«, jammerte sie, rieb sich die schmerzenden Arme und streifte ihre Kapuze ab. Er beobachtete sie mit verschränkten Armen und funkelnden Augen. »Freuen Sie sich denn nicht, mich zu sehen?«, fuhr sie leicht verunsichert fort.

»Was wollen Sie hier?«, knurrte der Zigeuner.

»Ich ... ich wollte Sie sehen«, stammelte Sophy.

»Diesen Eindruck hatte ich heute Morgen nicht, als Sie mich keines Blickes würdigten!«

»Was hätte ich denn in Gegenwart meiner Freunde und meiner Familie tun sollen?«, entgegnete sie wütend.« Sollte ich Ihrer Ansicht nach die Kutsche anhalten lassen, um mich zu erkundigen, wo Sie kampieren würden, und um ein Rendezvous zu vereinbaren? Machen Sie sich doch nicht lächerlich!«

Sie kniete sich auf das Bett, zog das Cape aus, glättete ihr dunkles Haar und lächelte verführerisch. »Ich dachte, Sie würden sich freuen, mich wieder zu sehen!«

»Warum sollte ich?«

»Weil ... weil ... Sie wissen schon ...« Sophy legte den Kopf zurück und streichelte ihre Brüste und Hüften. »Ich weiß genau, dass Sie mich begehren. Warum kommen Sie nicht zu mir?«

»Sie schmeicheln sich gewaltig, wenn Sie glauben,

mir etwas bieten zu können, das ich nicht an jeder Straßenecke haben kann!«

Sein barscher Ton brachte sie in Rage. Wie konnte er es wagen, so mit ihr zu reden? Sie war das begehrteste Mädchen der ganzen Umgebung, und er war nur ein Zigeuner! Empört sprang sie vom Bett und griff nach ihrem Cape. »Sie bevorzugen offenbar die Umarmungen von Mägden und Zigeunerhuren, was bei einem so primitiven Kerl ja auch nicht verwunderlich ist! Ich muss verrückt gewesen sein, herzukommen.«

Sophy warf ihr Cape über den Arm und marschierte hocherhobenen Hauptes auf die Tür zu, aber er versperrte ihr den Weg. »Wo wollen Sie hin?«

»Nach Hause – wohin denn sonst? Lassen Sie mich vorbei!«

Er streckte eine Hand aus und streichelte ihre Brust über dem dünnen Nachthemd. »Es wäre nicht sehr gastfreundlich von mir, Sie gehen zu lassen, ohne Ihnen gegeben zu haben, was Sie wollten.«

Außer sich vor Wut, stieß sie seine Hand beiseite. »Rühren Sie mich nicht an, Sie … Sie Flegel!«

Grinsend schob er seine Hand zwischen ihre Beine. Sie schlug ihm ins Gesicht, was nur dazu führte, dass er mit einem einzigen kräftigen Ruck ihr Nachthemd zerriss, sodass sie nackt vor ihm stand.

»Wie können Sie es wagen!« Sophy wollte wieder nach ihm schlagen, aber er packte ihr Handgelenk und zog sie an seinen muskulösen Körper. Sie versetzte ihm einen harten Tritt gegen das Schienbein. Fluchend schleuderte er sie aufs Bett, riss ihr die Schuhe von den Füßen, hielt ihre Hände über dem Kopf gefangen, drückte sie mit seinem Gewicht in die Matratze und betastete grob ihre Brüste.

Obwohl ihr sofort heiß wurde, zappelte sie wild und versuchte ihn abzuschütteln. Es gelang ihr, eine

Hand freizubekommen und seine Wange blutig zu kratzen.

Der Zigeuner sprang geschmeidig auf, griff nach ihrem zerrissenen Nachthemd, riss mehrere Streifen davon ab und fesselte ihre Hände, bevor sie überhaupt begriffen hatte, was er vorhatte.

»Lassen Sie mich los!«, kreischte sie und wollte wieder nach ihm treten, doch er band ihre gefesselten Hände seelenruhig am Kopfteil des Bettes fest.

»Wenn Sie mich nicht sofort gehen lassen, zeige ich Sie morgen an, und dann vermodern Sie im Gefängnis!«

»Und wie wollen Sie jemandem erklären, was Sie nachts in einem Zigeunerwagen zu suchen hatten, noch dazu im Nachthemd?«, spottete er. »Anständige Frauen liegen um diese Zeit in ihren eigenen Betten und unternehmen keine Waldspaziergänge bei Mondschein. Ein seltsames Benehmen für eine Tochter aus gutem Hause!«

Keuchend zerrte sie an den Fesseln, während er ein Kissen unter ihre Hüften schob, ihre Schenkel spreizte und seine Zunge gegen den Kitzler schnellen ließ.

Vom Mund eines Mannes stimuliert zu werden war für Sophy der höchste Genuss, den sie sich vorstellen konnte, und sie gab innerhalb von Sekunden den Kampf auf und seufzte zufrieden, als er ihren Saft von den Schamlippen ableckte, mit der Zungenspitze in ihre Grotte vordrang und immer wieder den Kitzler streifte. Ihr sehnlichster Wunsch war, dass er an diesem Lustzentrum verweilen möge, bis sie zum Höhepunkt kam, doch kurz vorher hob er plötzlich den Kopf und wischte sich mit dem Handrücken die nassen Lippen ab. Dann stand er auf und zog sich langsam aus. Sein Speer ragte angriffslustig zwischen den Beinen hervor, aber er blieb neben dem Bett stehen und blickte fast gelangweilt auf Sophy hinab. »Es gehört nicht viel dazu, Sie in eine läufige Hündin zu verwandeln«, kommentierte er, aber sie war jetzt so erregt, dass es ihr ganz egal war, was er von ihr dachte. Sie wollte nur, dass er die unerträgliche Glut in ihrem Leib stillte.

»Nehmen Sie mich!«

Er kniete sich zwischen ihre Schenkel, legte ihre Beine über seine Schultern und führte sein Glied tief in sie ein. Die ungewohnte Stellung steigerte ihre Lust, und sie wölbte sich seinen Stößen stöhnend entgegen. Er presste ihre üppigen Brüste zusammen und saugte an den geschwollenen Brustwarzen, während sein Spieß immer schneller und kräftiger zustieß. Als sie endlich kam, stieß sie einen heiseren Schrei aus, aber er presste ihr eine Hand auf den Mund und zischte: »Wenn Sie nicht sofort still sind, kneble ich Sie!«

Sein Samen ergoss sich heiß in ihren Leib, und gleich darauf zog er sich zurück und rollte zur Seite. Sophy presste die Schenkel zusammen, die sich klebrig anfühlten, und murmelte: »Lösen Sie meine Fesseln.«

Der Zigeuner öffnete die Augen, betrachtete ausgiebig ihren nackten Körper und legte besitzergreifend eine Hand auf ihren Bauch. »O nein, ich bin noch lange nicht mit Ihnen fertig!«

Er erhob sich, ging zum Tisch, trank einen Schluck aus einer braunen Flasche, setzte sich auf die Bettkante und schob ihre Beine auseinander. In neu erwachtem Schamgefühl wollte Sophy sie wieder zusammenpressen, aber er hinderte sie daran. »Spreizen!«, befahl er barsch. »Trotz Ihres Hochmuts sind Sie nichts weiter als eine kleine Nutte, und ich möchte dasitzen und Sie nach Herzenslust betrachten. Es ist angenehm zu wissen, dass ich Sie berühren kann, wo und wie ich es will – ob es Ihnen gefällt oder nicht!«

»Wagen Sie es nicht, so mit mir zu reden!«, fauchte

sie. »Sie sind nicht einmal gut genug, um meinen Saum zu küssen!«

Er hob die Reste ihres Nachthemds vom Boden auf und führte sie an seine Lippen. »So etwa?«, fragte er sanft, bevor er den Stoff in zwei Teile riss. Dann drehte er sie grob auf den Bauch und fesselte ihre Knöchel an die unteren Ecken des Bettes, sodass sie mit weit gespreizten Beinen daliegen musste, seinen Blicken völlig preisgegeben. Nachdem er ihr das Kissen wieder untergeschoben hatte, damit ihr Gesäß noch mehr emporragte, holte er seine Pferdepeitsche und ließ sie durch die Luft sausen. Das pfeifende Geräusch verursachte Sophy eine Gänsehaut, und sie bekam es mit der Angst zu tun.

»An Ihrer Stelle würde ich nicht in diesem Ton mit mir sprechen«, warnte er. »Sonst könnte es mir in den Sinn kommen, Ihren hübschen Arsch anzuwärmen, bis Sie höflicher werden.«

»Das würden Sie nicht wagen!«, kreischte Sophy.

Seine Augen hatten einen gefährlichen Glanz. »Nein?« Er trat näher ans Bett heran und ließ die Peitschenschnur über ihre Pobacken gleiten. Lachend nahm er zur Kenntnis, dass sie sich ängstlich verkrampfte. Anstatt zuzuschlagen, benutzte er den Stiel, um gegen das kleine runde Loch des Afters zu pochen. Wehrlos musste Sophy diese äußerste Demütigung ertragen.

»Bitten Sie mich um Verzeihung!«, verlangte der Zigeuner.

Sie schwieg eigensinnig, und er schlug ganz leicht zu.

Mit zusammengebissenen Zähnen wartete sie auf härtere Hiebe, die jedoch ausblieben.

»Nein, es wäre eine Schande, diese lilienweiße Haut mit Striemen zu bedecken«, entschied er. »Ich werde Sie auf andere Weise bestrafen.«

Mit dem Peitschenstiel begann er ihren Kitzler zu stimulieren, und trotz ihrer Furcht und ihres Zorns versetzte er sie sehr schnell in unerträgliche Erregung, doch anstatt ihr einen Orgasmus zu gewähren, führte er das harte Leder plötzlich an die Scheide heran. Sie wünschte sich, dass er es tief in sie hineinstieß, doch er reizte sie nur, wandte seine Aufmerksamkeit wieder ihrem Kitzler zu, zog die Peitsche aber erneut zurück, bevor sie zum Höhepunkt kommen konnte.

Nie zuvor hatte sie eine solche Qual erlebt. Jeder Nerv ihres Körpers lechzte nach Befriedigung, die ihr versagt wurde. Wenn ihre Hände nicht gefesselt gewesen wären, hätte sie ohne Zögern mit ihren eigenen Fingern Abhilfe geschaffen, doch so war sie auf Gnade und Ungnade dem Zigeuner ausgeliefert, der sie auf eine Weise bestrafte, die sie nie für möglich gehalten hätte.

Tränen liefen ihr über die Wangen, und sie hörte sich flüstern: »Bitte …«

»Was?«

»Bitte lassen Sie mich endlich kommen!«

»Sie haben mich noch nicht um Verzeihung gebeten.«

Er schlug mit der Peitschenschnur leicht gegen ihre Schamlippen, bückte sich und rieb den geschwollenen Kitzler mit dem Zeigefinger, bis sie stöhnend an ihren Fesseln zerrte. Dann führte er den Finger in ihre Höhle ein und übte leichten Druck auf die Innenwände aus. Sophy glaubte, die sengende Glut keine Sekunde länger ertragen zu können, und keuchte: »Ich bitte Sie um Verzeihung!«

»Aaaaah!«, stöhnte sie im nächsten Moment, als die erlösende Flut endlich über sie hereinbrach. In Schweiß gebadet, wurde sie von Krämpfen geschüttelt, und bevor dieser atemberaubende Orgasmus ganz vorbei

war, drang der Zigeuner in sie ein und trieb sie in einen neuen Höhenrausch, der noch länger dauerte und sie völlig erschöpfte.

Als er sie schließlich losband, blieb sie regungslos neben ihm liegen, viel zu schwach, um aufzustehen und nach Hause zu gehen. Sie döste ein, fuhr nach einer Weile hoch und betrachtete den Zigeuner. Er schlief fest und rührte sich nicht, während sie aufstand, das Cape um ihren nackten Körper wickelte und leise hinausschlich. Der Morgen graute schon, und sie schickte ein Stoßgebet zum Himmel, dass niemand sie auf dem Nachhauseweg sehen würde.

23

Sophy war empört und fühlte sich gedemütigt, dass ein Zigeuner so mit ihr umgesprungen war, aber sie musste sich eingestehen, nie zuvor einen solchen Sinnenrausch erlebt zu haben. Sie hätte nicht einmal in ihren kühnsten Träumen zu hoffen gewagt, dass man so viel Orgasmen hintereinander haben konnte.

Zum Glück gelang es ihr, ungesehen ins Haus zu schleichen, kurz bevor die Sonne aufging. Als sie endlich in ihrem warmen Bett lag, wurde sie von heftigen Selbstvorwürfen gepeinigt. Wie hatte sie nur so töricht sein können, nachts zu diesem Mann zu gehen? Wenn er sie nun erst viel später losgebunden hätte? Sie hätte nie erklären können, was sie am frühen Morgen im Wald zu suchen hatte – noch dazu splitternackt unter dem Cape! Wenn jemand sie gesehen hätte, wäre ihr Ruf ruiniert gewesen. Sie fasste den festen Vorsatz, nie wieder so leichtsinnig zu sein – jedenfalls nicht, bis sie verheiratet sein würde …

Ihr sonniges Gemüt ermöglichte es ihr, den peinlichen Vorfall nach wenigen Tagen zu verdrängen und sich wieder auf ihre Zukunftspläne zu konzentrieren. Noch vor kurzem war sie verzweifelt über ihr tristes Leben gewesen, doch nun schien sich alles zum Besseren zu wenden.

Sie nahm eine Einladung von Hauptmann Mauldeth an, mit ihm auszureiten, und er machte ihr die üblichen Komplimente, wirkte jedoch nicht so sorglos wie sonst. Sophy fand ihn nach wie vor sehr attraktiv und bedauerte sehr, dass er kein Vermögen besaß. Es widerstrebte ihr, einen wesentlich älteren Mann zu heiraten – sie liebte fesche junge Burschen, lebensfroh und kraftstrotzend.

»Haben Sie Kummer?«, fragte sie, als die Pferde nach einem wilden Galopp im Schritt gingen.

»Meine Taschen sind noch leerer als sonst«, antwortete Mauldeth niedergeschlagen. »Ich hatte Pech beim Pferderennen und beim Kartenspielen, und jetzt stecke ich bis zum Hals in Schulden.«

»Das tut mir Leid«, beteuerte Sophy, aber ihr Herz klopfte schneller. »Wollen Sie Ihr Glück nicht doch bei Augusta versuchen? Ich weiß natürlich, dass Sie von ihr nicht sehr angetan sind, aber dafür wären Sie Ihre finanziellen Probleme ein für alle Mal los.«

»Ich bezweifle, dass ihr Vater einen Schwiegersohn akzeptieren würde, der keinen Penny besitzt – sogar mein Sold ist für die nächsten ein, zwei Jahre verpfändet.«

»Junker Gorse möchte meine Mutter heiraten, aber solange Augusta unter seinem Dach lebt, ist Mama nicht dazu bereit«, berichtete Sophy. »Ich glaube nicht, dass er Ihnen Steine in den Weg legen würde, wenn Sie um Augustas Hand anhalten.«

»Mag sein, aber ich scheine ihr nicht zu gefallen.

Gestern habe ich sie besucht, und sie hat mir einen langen Vortrag über die Untugenden von Männern im Allgemeinen und Offizieren im Besonderen gehalten. Und sie reagiert auch nicht auf Komplimente.«

»Vielleicht sieht sie Sie noch nicht im richtigen Licht. Wir müssen uns etwas einfallen lassen, damit sie ihre Einstellung überdenkt. Wie wär's, wenn Sie sie kompromittieren würden?«

Er lachte. »Sie reden nicht um den Brei herum, Miss Sophy! Ich bin mir nicht sicher, ob ich das über mich bringe, und selbst wenn, schlägt sie mich vermutlich mit ihrem Sonnenschirm zu Boden!«

»Hmmm, dann heben wir uns das als letzte Reserve auf. Aber Sie könnten sie vielleicht aus irgendeiner gefährlichen Situation retten.«

»Es ist unwahrscheinlich, dass sie in eine gefährliche Lage gerät.«

»Vielleicht könnte man etwas arrangieren. Lassen Sie mich darüber nachdenken ...«

Diese Unterhaltung führte dazu, dass sie Augusta auf dem Nachhauseweg besuchte. Scheinheilig fragte sie um Rat, welche Farbe sie ihr für das Kleid empfehlen würde, das sie bei Beth' Hochzeit tragen wollte. Sie hörte sich geduldig an, dass schlichtes Musselin für junge Mädchen viel schicklicher als Seide sei, und sie muckte auch nicht auf, als Augusta alles Mögliche an Mrs. Woodleighs Hochzeitsvorbereitungen zu kritisieren hatte.

Erst nach geraumer Zeit kam Sophy auf den eigentlichen Zweck ihres Besuchs zu sprechen. »Wir wollen morgen nach Malton Folly reiten und hoffen, dass du mitkommst.«

Malton Folly war eine Turmruine im Hochmoor. Von dort hatte man eine unvergleichliche Aussicht, aber der Weg war für Kutschen nicht geeignet.

Wie Sophy vorhergesehen hatte, versteifte Augusta sich merklich. Sie hatte Angst vor Pferden und war eine miserable Reiterin, aber das hätte sie natürlich niemals zugegeben. »Tut mir Leid, aber ich habe morgen schon etwas vor.«

Sophy setzte eine enttäuschte Miene auf. »Wie schade! Dann fällt der Ausflug wohl ins Wasser, denn Lord Anstey und Hauptmann Mauldeth interessieren sich sehr für die Geschichte des Turms, und du bist die Einzige, die ihnen genaue Auskünfte geben könnte.«

Augusta hielt sich für eine große Kennerin der Geschichte von Yorkshire und ließ sich gern stundenlang darüber aus, wodurch sie ihre Zuhörer auf eine harte Geduldsprobe stellte.

»Du könntest uns alles darüber erzählen, während wir im Schatten des Turms ein Picknick abhalten«, lockte Sophy. »Und deine Stute Molly ist ja beneidenswert ruhig, während mein Liebling Misty leider beim geringsten Anlass scheut. Wenn nicht so viele Herren dabei wären, hätte ich etwas Angst, mit ihr durchs Moor zu reiten …«

In diesem Augenblick betrat der Junker das Zimmer und strahlte, als er Sophy sah. Sie zog ihn neben sich auf das Sofa. »Lieber Junker Gorse, helfen Sie mir, Augusta zu überreden, morgen mit uns nach Malton Folly zu reiten.«

Der Junker griff die Idee begeistert auf, weil er dann Gelegenheit hätte, einige ungestörte Stunden mit seiner geliebten Marianne zu verbringen. »Du solltest unbedingt mitreiten«, riet er seiner Tochter. »Die frische Luft wird dir gut tun, und wenn dein Stallknecht dich begleitet, brauchst du keine Angst vor einem Sturz zu haben. Notfalls führt er dein Pferd am Zügel.«

»Das wird nicht erforderlich sein«, erwiderte Augusta entrüstet. »Ich komme ausgezeichnet allein zurecht.«

»Dann kommst du also mit?«, rief Sophy entzückt. »Danke, Augusta, wir holen dich um elf ab.« Sie sprang auf, küsste den Junker auf die Wange und eilte hinaus, bevor Augusta es sich anders überlegen konnte.

»Mr. Chiltern möchte Miss Woodleigh besuchen«, meldete der Diener. Beth saß mit ihrer Mutter in bequemen Flechtstühlen unter einer Kastanie hinter dem Haus. Sie stand sofort auf, um ihren Verlobten zu begrüßen, heilfroh über die Anwesenheit der Mutter, denn obwohl sie sich nach außen hin gefasst gab, flatterten die üblichen Schmetterlinge in ihrem Bauch herum, sobald die hohe, breitschultrige Gestalt in makellosem Reitanzug über den Rasen auf sie zukam.

Seit dem verhängnisvollen Ausflug zur Abtei waren drei Tage vergangen, und sie hatte ihn seitdem nicht gesehen. Auf Mrs. Woodleighs Bitte hin hatte der Junker erste Abmachungen mit ihm getroffen. Den genauen Ehevertrag würden Anwälte aufsetzen.

Mr. Chiltern verbeugte sich, nahm Platz und akzeptierte Mrs. Woodleighs Angebot einer kleinen Erfrischung. »Ich bin hergekommen, um Ihnen mitzuteilen, dass ich übermorgen nach London abreise und erst kurz vor der Hochzeit zurückkehren werde«, berichtete er kühl. »Wie Sie sich vorstellen können, habe ich dort sehr viel zu erledigen.« Er holte ein kleines Lederetui aus der Tasche und überreichte es Beth. »Ich hoffe, Sie nehmen diesen Ring als Unterpfand unserer Verlobung an.«

Sein gelangweilter Ton ärgerte Beth, und sie legte das Etui auf den Tisch, ohne es zu öffnen. »Danke«, murmelte sie distanziert.

Mrs. Woodleigh, die trotz verschiedener harter

Schicksalsschläge tief im Herzen immer eine Romantikerin geblieben war, konnte ihre Tochter nicht verstehen. »Willst du es denn nicht aufmachen?«, drängte sie. »Ich bin sicher, dass Mr. Chiltern den Ring an deinem Finger sehen möchte.«

»Wie du meinst, Mama.« Beth nahm einen herrlichen Smaragdring mit Diamanten aus dem Etui.

»Er gehört zum Familienschmuck«, erklärte Mr. Chiltern gleichgültig. »Alle anderen Stücke werde ich aus dem Banksafe holen und reinigen lassen, damit Sie sie nach der Hochzeit tragen können.«

»Ein wundervoller Ring!«, flüsterte Mrs. Woodleigh fasziniert. »Nicht wahr, Liebling?«

Beth streifte ihn über ihren schmalen Finger. »Ja, sehr schön. Vielen Dank, Sir.«

Sophy trat aus dem Haus, und Mrs. Woodleigh rief eifrig: »Komm zu uns und schau dir Beth' Verlobungsring an!«

Sie war erleichtert, dass ihre jüngere Tochter wieder rosige Wangen hatte. In den letzten Tagen war sie so blass gewesen und hatte so lustlos gewirkt, dass die besorgte Mutter befürchtet hatte, sie könnte irgendeine Krankheit ausbrüten oder hätte schweren Kummer, doch der Ausritt mit Hauptmann Mauldeth hatte ihr sichtlich gut getan.

»Sieh doch nur – grünes Feuer und Eis!«, kommentierte Mrs. Woodleigh, während Sophy nach der Hand ihrer Schwester griff, um das Schmuckstück zu bewundern.

»Fantastisch!«, flüsterte sie beeindruckt und nahm sich fest vor, bald einen ebenso prächtigen Ring am Finger zu haben. Weil sie hoffte, demnächst als Gast im Hause ihres Schwagers zu weilen, wollte sie nichts sagen, was er für töricht halten könnte. Deshalb ließ sie sich anmutig zu Füßen ihrer Mutter im Gras nieder und schwieg demütig, während über die Hochzeit gesprochen wurde. Nach einigen Minuten stand Mr. Chiltern auf. »Ich muss mich leider verabschieden – ich habe sehr viel zu tun.« Er wandte sich an Beth. »Vorher würde ich aber gern unter vier Augen mit Ihnen sprechen.«

Um ihn an Zudringlichkeiten zu hindern, schlug Beth vor: »Lassen Sie uns hier im Garten spazieren gehen. Die Pfingstrosen sind dieses Jahr besonders prächtig.«

Sobald sie außer Hörweite der anderen waren, sagte er: »Gleich nach der Hochzeit werden wir nach London reisen. In meinem Stadthaus wird bis dahin alles für Sie vorbereitet sein. Hoffentlich sind Sie damit einverstanden.«

»Spielt es für Sie eine Rolle, ob ich damit einverstanden bin oder nicht?«

Er blieb stehen und warf ihr einen harten Blick zu. »Ich wurde durch die Umstände zu dieser Heirat gezwungen, und das ist nicht nach meinem Geschmack.«

»Das hätten Sie sich überlegen sollen, bevor Sie in aller Öffentlichkeit Ihre Lust befriedigten!«, erwiderte Beth eisig. »Ich wollte diese Ehe genauso wenig wie Sie, aber mir bleibt keine andere Wahl.«

»Dann schlage ich vor, dass Sie sich möglichst schnell mit Ihrer Situation abfinden.« Seine Augen funkelten bedrohlich. »Wenn ich mich schon ins Ehejoch spannen lasse, erwarte ich, reichlich dafür entschädigt zu werden.« Er griff nach ihrer Hand und führte sie an seine Lippen. Aus der Ferne musste das wie eine ritterliche Geste aussehen, aber seine Worte waren alles andere als ritterlich. »Ich erwarte absoluten Gehorsam, was meine Wünsche anbelangt. In der Öffentlichkeit werden Sie meine Frau sein, zu Hause meine Geliebte, die sich mir hinzugeben hat, wann immer ich es will. Ich hoffe, dass

Sie schnell lernen, denn Sie werden bald alle Liebeskünste einer Kurtisane beherrschen müssen.«

Ein kalter Schauer lief Beth über den Rücken, während er ihre Hand losließ, sich verbeugte und davoneilte.

24

Am nächsten Morgen war es sehr windig, und der Himmel war wolkenverhangen. Mrs. Woodleigh schlug Sophy vor, den Ausflug nach Malton Folly zu verschieben, aber ihre Tochter wollte nichts davon hören. »Ich bin ganz sicher, dass bald die Sonne scheinen wird«, erklärte sie und setzte energisch eine Haube auf.

»Wohin willst du denn?«, fragte Mrs. Woodleigh erstaunt. Normalerweise müsste Sophy jetzt schon damit beschäftigt sein, ihre Reitkostüme anzuprobieren, ohne sich entscheiden zu können, welches ihr am besten stand.

»Ich laufe nur schnell zum Herrenhaus hinüber«, antwortete Sophy mit Unschuldsmiene, doch ihre Mutter argwöhnte, dass sie irgendetwas im Schilde führte. »Wer nimmt denn an diesem Ausritt teil?«, wollte sie wissen.

Sophy zählte Namen auf, die Mrs. Woodleigh beruhigten – wenn Augusta, die Cox-Brüder und einige von Mr. Chilterns Gästen dabei waren, konnte eigentlich nichts passieren. Sie selbst wollte mit Beth nach York fahren, um Einkäufe zu machen, nahm Sophy vorher aber noch das Versprechen ab, den Ausflug abzubrechen, falls es regnen sollte.

Sobald die Kutsche mit ihrer Mutter und Schwester die Einfahrt hinabrollte, rannte Sophy zu den Stallungen des Junkers und führte ein kurzes Gespräch mit einem der Stallknechte, den sie um den kleinen Finger wickeln konnte.

Als die Reiter über eine Stunde später Augusta abholen wollten, führte dieser Stallknecht gerade Beth' Stute – Shadow – zum Eingang des Herrenhauses.

»Wo ist denn Molly?«, fragte Augusta.

»Sie lahmt ein wenig«, berichtete der Stallknecht. »Deshalb habe ich Miss Beth' Stute für Sie gesattelt.«

Augusta erbleichte. Beth war eine hervorragende Reiterin, die Shadow mühelos bändigen konnte. Das Pferd mochte keinen Wind, und wenn man es nicht fest im Griff hatte, tänzelte es nervös herum und scheute leicht.

Hauptmann Mauldeth stieg ab und half Augusta in den Damensattel. Sie saß anfangs völlig verkrampft da, aber der Hauptmann und Sophy nahmen sie in ihre Mitte, sodass Shadow sich gesittet benehmen musste, und als Mauldeth ihr ein Kompliment zu ihrem neuen rotbraunen Reitkostüm machte, entspannte sie sich zusehens.

Nach einer Stunde war Malton Folly erreicht, und Augusta erlaubte dem Hauptmann, ihr aus dem Sattel zu helfen und ihre Stute anzubinden. Die Picknickkörbe wurden ausgepackt, und nun war sie ganz in ihrem Element und hielt einen langen Vortrag über die Geschichte dieses alten Turms, zusätzlich beflügelt durch die Tatsache, dass Hauptmann Mauldeth förmlich an ihren Lippen hing.

Lord Anstey flüsterte Sophy zu: »Sollen wir uns ein wenig die Füße vertreten? Ich kann dieses Gequassel nicht länger ertragen!«

Sie entfernten sich unauffällig zur anderen Seite des Turms. »Chiltern reist morgen nach London ab, und ohne den Gastgeber können wir natürlich nicht hier bleiben«, berichtete Lord Anstey. »Werde ich Sie während der Saison in London wieder sehen?«

»Ich hoffe, dort zu sein«, murmelte Sophy, die sich zwar von seinem Interesse geschmeichelt fühlte, beim Gedanken an die bevorstehende Trennung jedoch keinen Kummer empfand, weil der Mann keine körperliche Anziehungskraft auf sie ausübte. Als er sie bat, ihm gleich nach ihrer Ankunft in der Hauptstadt eine Nachricht zukommen zu lassen, nickte sie nur zerstreut. Im Augenblick war es wichtiger, ihren raffinierten Plan auszuführen …

Als sie auf dem Rückweg das Moor hinter sich gelassen hatten und querfeldein ritten, verwickelte sie Augusta in ein Gespräch, sodass sie hinter den anderen zurückblieben, und in einem unbeobachteten Moment versetzte sie Shadow einen Hieb mit ihrer Reitpeitsche.

Empört über diese ungerechte Behandlung galoppierte die Stute davon, überholte alle anderen Pferde und stürmte auf die Steinmauer zu, die das Feld begrenzte.

Hauptmann Mauldeth nahm beherzt die Verfolgung auf, während die anderen erschrocken zuschauten. Jeder halbwegs gute Reiter hätte die Stute vor der Mauer zum Stehen gebracht oder wäre mit ihr über das Hindernis hinweggesprungen, doch Augusta konnte sich kaum im Sattel halten und klammerte sich an der Mähne fest.

Erst in diesem Augenblick wurde Sophy klar, was sie angerichtet hatte. Wenn Augusta stürzte und sich den Hals brach, würde der Junker über den Verlust seines einzigen Kindes untröstlich sein!

Sie hatte geglaubt, einen raffinierten Plan auszuhecken, der Hauptmann Mauldeth erlauben würde, Augusta zu retten, aber sie hatte nicht bedacht, dass sie dabei ein Menschenleben aufs Spiel setzte.

Der Hauptmann holte Shadow kurz vor der Mauer ein, griff in die Zügel und brachte das Pferd zum Stehen, doch als die Gefahr gebannt zu sein schien, verlor Augusta den Halt und rutschte aus dem Sattel.

»Liebling, es war doch nicht deine Schuld«, tröstete Mrs. Woodleigh Stunden später ihre Tochter, die zitternd auf dem Sofa lag, obwohl sie in eine warme Decke gehüllt war. »Und Augusta ist ja Gott sei Dank nicht schwer verletzt – sie hat sich nur den Fuß verstaucht und einen leichten Schock erlitten. Du darfst dir keine Vorwürfe machen.«

»Ich … ich hätte wissen müssen, dass sie mit einer nervösen Stute wie Shadow nicht zurechtkommt … ich hätte den Ausritt verschieben müssen … aber ich hatte mich so darauf gefreut …«

Sophy brachte es nicht über sich, ihrer Mutter zu beichten, dass sie diesen Unfall absichtlich herbeigeführt hatte. Der Junker hatte sich überschwänglich bei Hauptmann Mauldeth bedankt, weil dieser Schlimmeres verhütet hatte, und auch er hatte ihr versichert, dass sie keine Schuld treffe. Umso schlimmer waren ihre Gewissensbisse, und sie schwor sich, nie wieder so verantwortungslos zu handeln und Augusta jeden Tag zu besuchen. Das war das Mindeste, was sie tun konnte, um ihren Leichtsinn wieder gutzumachen.

In den Nächten vor ihrer Hochzeit wurde Beth von wilden Träumen heimgesucht. Der Gedanke, ihre Mutter und Schwester verlassen zu müssen, um an der Seite eines Mannes zu leben, den sie kaum kannte, machte ihr Angst, weckte zugleich aber sexuelle Gelüste, die sie sich nur ungern eingestand.

Ein Traum verstörte sie in besonderem Maße …

Schauplatz – das Londoner Haus ihres Mannes, ein

riesiger düsterer Bau mit vielen verschlossenen Türen, die Beth nicht öffnen durfte, was sie auf die Idee brachte, dass in jenen Zimmern die früheren Geliebten von Mr. Chiltern lebten.

Sie empfingen zum ersten Mal Gäste, aber seltsamerweise waren es ausschließlich Männer. In einer prächtigen Robe und mit teurem Schmuck behängt, machte sie bei Tisch höflich Konversation und wollte den Raum anschließend verlassen, damit die Herren Portwein und Zigarren genießen konnten, doch Mr. Chiltern stand ebenfalls auf und sagte kalt: »Deine Gastfreundschaft lässt sehr zu wünschen übrig, meine Liebe!«

Sie wunderte sich, was es an dem mehrgängigen Menü und den erlesenen Weinen auszusetzen gab, murmelte aber demütig: »Sollte es an etwas gefehlt haben, sage ich dem Personal sofort Bescheid …«

»Das Personal hat damit nichts zu tun.« Mit einer heftigen Geste fegte er Gläser, Teller und Besteck von ihrem Platz, hob sie hoch und legte sie auf den Tisch. Mit einer Hand hielt er sie fest, mit der anderen riss er ihr dunkelblaues Seidenkleid bis zur Taille auf, sodass ihre nackten Brüste den lüsternen Blicken der Männer ausgesetzt waren.

Ihre Wangen glühten vor Scham, und sie verschränkte die Arme vor der Brust, aber es sollte noch viel schlimmer kommen, denn ihr Mann schob ihre Röcke hoch und fragte: »Wer möchte meine Frau von ihrer Unterhose befreien?«

Beth konnte es kaum fassen, dass die Herren, die soeben noch höflich Konversation getrieben und ihr Komplimente gemacht hatten, plötzlich wilden Raubtieren glichen. Lord Dermont, ein schlanker blonder Mann, der zu ihrer Linken gesessen hatte, stand auf. »Es wird mir ein Vergnügen sein …«

Der Traum wurde immer mehr zum Albtraum. Sie

versuchte vergeblich, sich gegen die Demütigung zu wehren: ihre Scham wurde gnadenlos entblößt, und sie hörte ihren Mann sagen: »Ist sie nicht schön?«

Die anderen murmelten zustimmend, aber Lord Dermont wollte mehr: »Wenn Ihre Gemahlin die Beine spreizen würde, könnten wir sie noch viel mehr bewundern!«

»Gewiss«, meinte Mr. Chiltern, »aber sie scheint nicht so recht in Stimmung zu sein ... Sie werden wohl etwas nachhelfen müssen!«

Kräftige Hände zwangen ihre Schenkel auseinander, und alle Herren scharten sich um sie und begafften ihre intimsten Körperpartien im flackernden Kerzenschein.

»Sir Walter, haben Sie Lust, die Brüste meiner Frau zu stimulieren?«

»Ich wüsste nicht, was ich lieber täte!«

Beth kniff die Augen fest zusammen, als kundige Finger ihre rosigen Brustwarzen rieben und gegen ihren Willen in pralle Knospen verwandelten.

»Dermont, wie wär's, wenn Sie sich bemühen würden, ihre Glut zusätzlich zu entfachen?«, wies Mr. Chiltern seinen Freund an, der sofort mit einer gründlichen Erkundung ihrer Schamlippen begann, einen Finger in ihre Scheide schob und den Kitzler massierte, bis ihr Blut sich in heiße Lava zu verwandeln schien. Sie kämpfte dagegen an, sie wollte aufspringen und flüchten, wurde aber von harten Händen auf die Tischplatte gepresst, während ihr Mann gelassen ankündigte: »Sobald sie nass genug ist, werden wir sie nacheinander in Besitz nehmen!«

Den Reflexen ihres Körpers hilflos ausgeliefert, kam sie zum Höhepunkt, und bevor sie sich davon erholt hatte, küsste Mr. Chiltern sie leidenschaftlich auf den Mund, trat zwischen ihre gespreizten Schenkel und drang tief in sie ein. Unwillkürlich schlang sie ihre Beine um seine Taille und vergaß bei seinen mächtigen Stößen, dass ein Dutzend Fremder dieser Vereinigung interessiert beiwohnten.

Sekunden nach ihrem eigenen Orgasmus spürte sie, wie sein Samen sich heiß in sie ergoss, und als sie kurz die Augen öffnete, sah sie, dass Dermont schon bereitstand, um ihren Mann abzulösen.

Beth stemmte sich hoch und wollte lautstark protestieren … In Schweiß gebadet, stellte sie keuchend fest, dass sie nicht auf einem harten Esstisch, sondern in ihrem Bett lag. Doch ihre Schenkel fühlten sich klebrig an, und während sie zitternd in die Kissen sank, musste sie sich zu ihrer Schande eingestehen, dass der grässliche Albtraum ihr wirklich einen Orgasmus beschert hatte.

25

Als Sophy am Tag vor der Hochzeit ihrer Schwester nach einem Besuch bei Augusta den Heimweg antrat, hoffte sie von ganzem Herzen, dass Beth sie möglichst bald nach London einladen würde. Ihr Schuldbewusstsein zwang sie zu diesen täglichen Besuchen, aber es fiel ihr immer schwerer, ihre Zunge im Zaume zu halten, denn es war Augustas Laune nicht gerade förderlich, den ganzen Tag auf dem Sofa liegen zu müssen, und einige Dienstboten hatten schon gedroht zu kündigen, weil sie die Schikanen nicht mehr ertragen konnten. Junker Gorse rühmte Sophys Geduld und überhäufte sie mit Geschenken, was ihre Gewissensbisse verstärkte. Nur ein längerer Aufenthalt in London könnte sie von der lästigen Pflicht befreien …

Auch Hauptmann Mauldeth besuchte die Verletzte,

so oft er konnte. Dass er es nur auf eine reiche Frau abgesehen hatte, war dem Junker klar, aber er entmutigte den jungen Offizier nicht, und Sophy sah darin ein gutes Zeichen.

Sie bog um eine Ecke, und da kam der Mann, an den sie soeben gedacht hatte, angetrabt. Sobald er sie sah, sprang er ab und verbeugte sich. »Sie kommen wohl von Augusta?«

Sophy schnitt eine Grimasse. »Ja, und ich warne Sie – sie hat heute noch mehr Haare auf den Zähnen als sonst! Ihr Kleid für Beth' Hochzeit wurde geliefert, und obwohl es mit Bändern, Schleifen, Spitzen und Federn geschmückt ist, findet sie es viel zu schlicht!«

Mauldeth lachte. »Falls ich sie heirate, werde ich dringend ihren Geschmack ändern müssen, damit sie mich nicht in der Öffentlichkeit blamiert. Gleichzeitig werde ich versuchen, ihr ganz diskret eine Schlankheitskur zu empfehlen ... Darf ich Sie nach Hause begleiten? Ich habe es nicht eilig, zu Augusta zu kommen.« Er führte sein Pferd am Zügel neben Sophy her.

»Sie wollen ihr also wirklich einen Antrag machen?«, fragte sie eifrig.

»Ich habe mir den Kopf nach irgendeinem anderen Ausweg zerbrochen, aber meine Gläubiger werden immer ungeduldiger. Mit einer Verlobung könnte ich sie noch eine Weile hinhalten ... Ich will heute mit Junker Gorse sprechen, und wenn er nichts dagegen hat, nutze ich morgen die Rührung aus, die Damen bei Hochzeiten überkommt, und bitte Augusta um ihre Hand«, berichtete der Hauptmann mit düsterer Miene.

»Ich bin sicher, dass Sie das Richtige tun«, tröstete Sophy ihn. »Denken Sie doch nur, welch ein sorgenfreies Leben Sie in Zukunft führen werden! Oh, da kommt Beth ... sie macht heute Abschiedsbesuche bei den Nachbarn!«

Beth begrüßte den Hauptmann lächelnd und erkundigte sich höflich nach seinem Befinden.

»Mir geht es abscheulich«, gab er zu. »Ich habe Ihrer Schwester gerade erzählt, dass ich morgen um Miss Gorses Hand anhalten werde, und wie sollte einem Mann bei dieser Idee nicht das Lachen vergehen?«

»Glauben Sie, dass Augusta ihren Antrag annehmen wird?«

»Hoffentlich«, seufzte er, »denn andernfalls sitze ich demnächst im Schuldturm!«

»Ich bin selbst unterwegs zum Herrenhaus«, sagte Beth.

Sein Gesicht hellte sich etwas auf. »Dann können wir ja gemeinsam hingehen. Bitte bleiben Sie möglichst lange, damit ich nicht mit der Holden allein sein muss!« Er küsste Sophys Hand. »Bis morgen ... Werden Sie bei der Hochzeit Ihrer Schwester mit mir tanzen?«

»Natürlich.«

Der Hauptmann ging eine Weile schweigend neben Beth her. »Wenn Ihre Mutter Augustas Vater heiratet«, sagte er plötzlich, »werden wir wohl irgendwie miteinander verwandt sein, oder?«

Beth überlegte kurz. »Ich glaube, dann sind Sie mein Stiefschwager oder so etwas Ähnliches – fast mein Bruder!«

»Sie werden doch hoffentlich nicht von mir verlangen, nur noch geschwisterliche Gefühle für Sie zu hegen? Das ist unmöglich ... mir schwebt eine viel intensivere Beziehung vor ...«

Sie wusste, dass sie ihn scharf zurechtweisen müsste, brachte es aber nicht übers Herz, weil er trotz aller Schwächen so liebenswert war. »Sie planen eine Liaison mit mir, während Sie morgen einer anderen Frau einen Heiratsantrag machen wollen?«, fragte sie amüsiert.

Der Hauptmann blieb stehen und führte ihre Hand an seine Lippen. Sein Mund fühlte sich auf ihrer Haut warm und angenehm an, löste aber nicht die Erregung aus, die sie verspürte, sobald ihr Verlobter sie berührte.

»Zum Teufel mit meinen Gläubigern – lassen Sie uns zusammen nach Gretna Green durchbrennen«, schlug Mauldeth vor. »Irgendwie werden wir schon zurechtkommen ... Ich glaube nicht, dass Sie Chiltern lieben, und bei mir kann von Liebe zu Augusta überhaupt keine Rede sein!«

»Schämen Sie sich!«, sagte Beth streng, obwohl sie ihm einfach nicht böse sein konnte. »Ich bin überzeugt, dass Sie und Augusta gut miteinander auskommen werden.«

Er ließ seufzend ihre Hand los, und sie gingen weiter, doch nach wenigen Schritten fragte er hoffnungsvoll: »Glauben Sie, dass Miss Sophy mit mir durchbrennen würde, wenn Sie schon nicht dazu bereit sind?«

»Er ist ein verdammter Mitgiftjäger!«, schimpfte der Junker, als er am Spätnachmittag mit Mrs. Woodleigh im Salon saß. Hauptmann Mauldeth hatte ihn vor wenigen Stunden formvollendet um die Hand seiner Tochter gebeten.

»Aber sehr charmant«, meinte Mrs. Woodleigh nachsichtig. »An seinen Umgangsformen ist nichts auszusetzen, und er weiß immer etwas Amüsantes zu erzählen. Vielleicht wird er Augusta glücklich machen.«

»Ich befürchte, dass er sie eher unglücklich machen und ihr Geld ausgeben wird! Mir ist zu Ohren gekommen, dass er ein Spieler ist.«

»Wenn er von ihr abhängig ist, wird er sie bestimmt immer wie ein rohes Ei behandeln«, betonte Mrs. Woodleigh.

»Hmmm ... natürlich würde ich dafür sorgen, dass

er sich nicht hemmungslos von ihren Konten bedienen kann … Es bliebe ihr überlassen, wie viel Taschengeld sie ihm zugesteht …«

»Glaub mir, deine Tochter lässt sich von keinem Mann an der Nase herumführen! Was hast du dem Hauptmann geantwortet?«

Der Junker schnitt eine Grimasse. »Dass ich die Entscheidung Augusta überlasse.«

»Mehr kann ein liebender Vater nicht tun.« Mrs. Woodleigh beugte sich vor und legte ihm beruhigend eine Hand auf den Schenkel. Ein Blick in ihr Dekolleté genügte, um Gorse auf andere Gedanken zu bringen.

»Sind deine Töchter zu Hause?«

»Nein …«

Er zog sie auf seinen Schoß und wölbte eine Hand um ihre volle Brust. Marianne wusste, dass sie jederzeit von Beth oder Sophy überrascht werden konnten, und löste sich widerwillig aus seinen Armen – allerdings nur, um die Tür abzuschließen!

26

Beth erlebte ihren Hochzeitstag wie im Traum, und viel zu schnell musste sie neben ihrem Mann in der Kutsche Platz nehmen und wurde mit Blütenblättern übersät. Sie würden die Nacht in Highcrest Hall verbringen, doch Mr. Chiltern hatte verlangt, dass sie sich schon jetzt von ihrer Familie verabschiedete, weil er am nächsten Morgen ohne Verzögerungen die Reise nach London antreten wollte.

Während der Fahrt klaubte sie Blütenblätter aus ihren goldbraunen Haaren und versuchte, sich nicht anmerken zu lassen, wie bange ihr zumute war. Ihr Bräutigam hatte sich bisher tadellos benommen, und kein noch so scharfer Beobachter hätte ihm den tiefen Groll über diese erzwungene Heirat ansehen können.

Sophy hatte ihr bei der letzten innigen Umarmung noch einmal zugeflüstert: »Lass mich so schnell wie möglich nach London kommen!«

Beth hatte es nicht übers Herz gebracht, die Hoffnungen ihrer Schwester zu zerstören, aber sie wagte zu bezweifeln, dass ihr Mann seine ungeliebte Schwägerin für längere Zeit beherbergen würde. Natürlich würde sie ihn darum bitten, weil sie wusste, wie viel Sophy daran lag, doch sie war schon jetzt fast sicher, eine abschlägige Antwort zu erhalten.

In der Kutsche starrte Mr. Chiltern mit ausdrucksloser Miene geradeaus, ohne auch nur ein einziges Wort zu verlieren, und er schwieg auch, während er ihr beim Aussteigen half und sie ins Haus führte, wo das Personal sich in der Halle versammelt hatte, um respektvoll zu gratulieren. Erst als sie allein im Salon standen, geruhte er zu sagen: »Weil wir morgen in aller Frühe aufbrechen werden, habe ich ein frühes Abendessen angeordnet. Die Haushälterin wird dich jetzt in dein Schlafzimmer begleiten, wo schon ein Bad vorbereitet ist.« Er kehrte ihr den Rücken zu und schenkte sich ein Glas Wein ein.

Verärgert über seine Kälte, verließ Beth den Raum. Die Haushälterin wartete draußen und führte sie die breite Treppe hinauf. Das Zimmer war groß und luxuriös eingerichtet, aber sie sehnte sich nach ihrer gemütlichen Kammer im Vale Cottage zurück. Wenn sie wenigstens in Yorkshire bleiben würden, könnte sie oft bei ihrer Mutter und Schwester Trost suchen, doch Mr. Chiltern hatte klargestellt, dass er einen langen Aufenthalt in London plante, und so würde sie sich mit einem regen Briefwechsel begnügen müssen.

Beim Anblick der dampfenden Wanne vor dem Kaminfeuer hob ihre Laune sich ein wenig. Es war ein kühler Tag gewesen, und sie hatte in dem dünnen Hochzeitskleid gefroren. Nachdem ein Dienstmädchen ihr geholfen hatte, es auszuziehen und die Haare hochzustecken, damit sie nicht nass wurden, entließ sie sowohl das Mädchen als auch die Haushälterin mit freundlichen Dankesworten, entledigte sich aufatmend der übrigen Kleidungsstücke, stieg ins heiße Wasser und schloss minutenlang die Augen, bevor sie nach der Rosenseife griff und sich zu waschen begann.

Plötzlich wurde die Tür geöffnet, und Mr. Chiltern stand mit einem Glas Wein in der Hand auf der Schwelle. Er hatte seinen Rock abgelegt und den Hemdkragen gelockert, und diese Zwanglosigkeit brachte ihr deutlicher als die Trauungszeremonie zu Bewusstsein, dass sie jetzt wirklich mit diesem Mann verheiratet war. »Ich wäre dir dankbar, wenn du mein Schlafzimmer nicht betreten würdest, ohne vorher anzuklopfen«, sagte sie eisig.

Lachend schloss er die Tür und ließ sich auf einen Stuhl am Feuer fallen, nur wenige Meter von der Wanne entfernt. »Ich habe nicht die Absicht, solche Wünsche zu respektieren«, teilte er ihr mit. »Wenn mir danach zumute ist, dir bei der Toilette zuzuschauen, werde ich es tun.« Seine Augen verweilten auf ihren Brüsten, die aus dem Wasser hervorragten. »Wasch dich ruhig weiter … ist nicht jeder Bräutigam begierig darauf, seine Braut endlich nackt zu sehen?«

Beth blieb möglichst lange in der Wanne sitzen, doch er machte keine Anstalten zu gehen, und als das Wasser unangenehm kalt wurde, stand sie mit dem Rücken zu ihm widerwillig auf und bückte sich nach dem Wasserkrug, um die Seife abzuspülen.

Sie hörte, dass er scharf die Luft einzog. »Du bist

noch schöner, als ich gedacht hatte. Vielleicht werde ich das Eheleben doch noch genießen …« Seine Hand glitt über ihr nacktes Gesäß, und er nahm ihr den Krug aus der Hand. »Lass mich das machen.«

Anschließend betrachtete er ihren schlanken Körper ausgiebig von allen Seiten – fast so, als wäre sie ein Pferd, das er kaufen wollte! Beth zuckte zusammen, als er besitzergreifend eine Hand um ihre Brust wölbte, und sofort runzelte er die Stirn. »Hast du schon vergessen, dass es zu den Pflichten einer Ehefrau gehört, ihrem Mann Wärme zu schenken?«

»Das kann sie aber nur, wenn sie nicht nackt und nass herumstehen muss!«, erwiderte Beth schlagfertig. »Ich bin halb erfroren.«

Zu ihrer Überraschung griff er sofort nach dem großen Handtuch, das am Kamin angewärmt worden war, und hüllte sie darin ein, bevor er zur Tür ging. »Ich möchte auf gar keinen Fall, dass du frierst, meine Liebe. Dieses Haus ist schrecklich zugig, aber ich verspreche dir ein prasselndes Kaminfeuer im Esszimmer, wenn wir in einer Stunde speisen.«

Es war tatsächlich angenehm warm, als sie das Esszimmer in einem neuen blauen Kleid aus Chiffon betrat, das ihre blauen Augen und ihre gertenschlanke Gestalt wirkungsvoll zur Geltung brachte.

»Sehr hübsch«, lobte ihr Mann und reichte ihr ein Glas Champagner. Sie leerte es dankbar, weil es sie nervös machte, mit ihm allein zu sein, und weil sie keine genauen Vorstellungen von der Hochzeitsnacht hatte. Würde er sie in dem breiten Himmelbett unter der Decke in Besitz nehmen? Der Gedanke, diesen muskulösen Körper bald auf sich zu spüren, jagte ihr heiße Schauer über den Rücken, und sie wandte hastig ihr Gesicht zur Seite, damit er ihr Erröten nicht bemerkte.

Beim Hochzeitsmahl hatte sie wenig gegessen, und auch jetzt stocherte sie appetitlos in den verschiedenen Delikatessen herum, während Mr. Chiltern es sich herzhaft schmecken ließ. Nachdem der Tisch abgeräumt worden war, lehnte er sich zufrieden zurück und musterte sie wohlgefällig.

»Entblöße deine Brüste, damit ich sie nach Herzenslust bewundern kann«, verlangte er plötzlich.

»Hier? Hast du den Verstand verloren?«, rief Beth. »Jederzeit können Dienstboten hereinkommen!«

»Sie haben Anweisung, uns nicht mehr zu stören. Tu bitte, was ich dir sage – oder soll ich dir helfen?«

Ohne ihre Antwort abzuwarten, stand er auf, knöpfte ihr Kleid auf und lockerte das Mieder, bis ihre kleinen straffen Brüste hervorsprangen. Ohne sie zu liebkosen, nippte er an seinem Portwein, doch seine Blicke genügten, um eine Glut in ihrem Unterleib zu entfachen.

Sie gehorchte, als er sie aufforderte, ihr Kleid, den Unterrock und das Mieder auszuziehen, doch bei der Unterhose zögerte sie viel zu lange, und er zerriss ungeduldig den dünnen Stoff. Nur noch mit Strümpfen, Strumpfbändern und Satinschuhen bekleidet, rechnete Beth halb damit, dass er sie zum Sofa tragen würde, doch stattdessen betastete er ihren Körper auf eine Weise, die sie als demütigend empfand. Trotzdem erregte es sie, seine Hände auf Brüsten und Bauch, zwischen den Beinen und auf dem Gesäß zu spüren, und sie leistete keinen Widerstand, als er ihren Oberkörper über die breite Armlehne eines großen Ledersessels am Kamin drückte und ihre Schenkel spreizte. Dass er sie – wie damals in den Abteiruinen – dieser entwürdigenden Lage aussetzte, entsprang zweifellos einem Wunsch, sie zu bestrafen. Es war ganz bestimmt nicht die rücksichtsvolle Behandlung, die eine Braut an ihrem Hochzeitstag erwarten konnte!

Seine geschickten Finger spielten mit ihren Schamlippen und glitten plötzlich in ihre Höhle. »Es gefällt mir, wie nass du bist!«, flüsterte er ihr ins Ohr und stimulierte sie weiter, bis sie sein anmaßendes Verhalten völlig vergaß und nur noch nach Befriedigung lechzte …

Ein glühender Feuerball explodierte in ihrem Innern, und noch bevor sie sich von diesem Sinnenrausch erholt hatte, drang sein Speer mit voller Kraft in sie ein und entrang ihr ein lustvolles Stöhnen. An die Sessellehne geklammert, wölbte sie sich den rhythmischen Stößen begierig entgegen und erlebte einen zweiten atemberaubenden Höhepunkt. Gleich nach seinem eigenen Orgasmus zog Mr. Chiltern sich aus ihr zurück und knöpfte seine Hose zu, während sie sich erschöpft in den Sessel fallen ließ.

Er trank seinen Portwein aus und verließ den Raum mit den Worten: »Ich wünsche dir eine gute Nacht – ich habe noch zu tun!«

27

Sie verbrachten die erste Nacht ihrer Reise nach London in einem komfortablen Gasthof, doch Beth war von der stundenlangen Fahrt so erschöpft, dass sie ihre Umgebung kaum noch wahrnahm.

Mr. Chiltern war neben der Kutsche hergeritten und hatte deshalb nicht bemerkt, wie elend sie sich seit dem Spätnachmittag fühlte. Als er ihr beim Aussteigen half, taumelte sie, und er schlang hastig einen kräftigen Arm um ihre Taille und führte sie in den Gasthof, wo die Wirtin ihr im besten Schlafzimmer beim Auskleiden half und sie ins Bett steckte. Beth brachte keinen Bissen von dem leichten Abendessen hinunter, das man ihr brachte, und als ihr Mann später nach ihr schaute, erschrak er über ihr leichenblasses Gesicht.

»Wenn du möchtest, können wir morgen hier bleiben, damit du dich ausruhen kannst«, schlug er vor.

»Ich werde mich über Nacht bestimmt erholen«, erwiderte Beth, der es peinlich war, dass er sie in diesem jämmerlichen Zustand sah. Glücklicherweise ließ er sie ungestört schlafen, und am nächsten Morgen bestand sie darauf, die Reise fortzusetzen, doch die Strapazen machten ihr von Tag zu Tag mehr zu schaffen, und als sie endlich Mr. Chilterns Londoner Haus erreichten, war sie halb ohnmächtig. Er musste sie aus der Kutsche heben und in den Salon tragen, wo er sie auf ein Sofa bettete, während die Haushälterin ihr Riechsalz unter die Nase hielt und ein Glas Wasser mit Hirschhorn einflößte.

Schwer auf ihren Mann gestützt, schleppte sie sich die Treppe zum Schlafzimmer hinauf, wurde wie eine Puppe ausgezogen und schlief sofort ein.

Als sie spät am nächsten Morgen aufwachte, wusste Beth im ersten Augenblick nicht, wo sie war. Verwirrt setzte sie sich auf, schwang die Beine aus dem Bett und wankte mit weichen Knien zum Fenster. Sie schob die schweren jadegrünen Vorhänge auseinander und genoss die Aussicht auf einen sonnigen Park, war aber viel zu schwach, um lange stehen zu können, und kehrte ins Bett zurück, nachdem sie an der Klingelschnur gezogen hatte.

Ein Mädchen klopfte wenige Minuten später an und fragte nach ihren Wünschen. Sie bat um Tee und Toast und ließ sich mehrere Kissen in den Rücken schieben, um bequemer sitzen zu können. Erst als sie sich müde im Zimmer umschaute, wurde ihr so richtig bewusst, wie reich ihr Mann sein musste. Es war mindestens viermal so groß wie ihr Schlafzimmer im Vale Cottage und erlesen eingerichtet. Das Himmelbett hatte hellgrüne Vorhänge, ein dicker türkischer Teppich mit einem komplizierten Muster in Grün- und Rosatönen lag auf dem Parkettboden, und die Bezüge des Sofas und der beiden Sessel waren aus Seidenbrokat. In einer Ecke stand eine große Frisierkommode, auf der Beths wenige Toilettenartikel mehr als bescheiden aussahen, und sie bezweifelte, dass sie jemals genug Kleider besitzen würde, um den riesigen Schrank auch nur zur Hälfte zu füllen.

Das Dienstmädchen brachte ihr Frühstück, und kurz darauf erhielt sie Besuch von der Haushälterin, die sich höflich nach ihrem Befinden erkundigte und wissen wollte, ob die neue Hausherrin irgendwelche Anweisungen für sie habe.

»Ich bin sicher, dass ich Ihnen vorläufig alles überlassen kann«, sagte Beth, die starkes Kopfweh hatte. »Sobald ich mich etwas kräftiger fühle, werde ich Sie bitten, mich über den Haushalt zu informieren.«

»Mr. Chiltern hat mich beauftragt, eine Zofe für Sie einzustellen, und die Agentur möchte mehrere Bewerberinnen herschicken, damit Sie selbst Ihre Wahl treffen können.«

»Nicht heute – morgen oder übermorgen.«

Die Haushälterin zog sich zurück, und Beth sank erschöpft in die Kissen. Es war ein erschreckender Gedanke, bald in diesem riesigen Haus mit unzähligen Dienstboten das Zepter führen zu müssen. Wenn wenigstens ihre Mutter und Schwester hier wären! Melancholisch zog sie die Bettdecke bis zum Kinn hoch und wünschte, sie wäre Mr. Chiltern nie begegnet.

Sie döste den größten Teil des Tages, und zu ihrer Erleichterung blieb sie bis zum Spätnachmittag ungestört. Als ihr Mann schließlich das Zimmer betrat, setzte sie sich hastig auf und strich verlegen die wirren Haare glatt.

»Wie geht es dir?«

»Danke, etwas besser.«

»Hast du etwas gegessen?«

»Tee und Toast.«

»Sonst nichts?«

»Ich hatte keinen Hunger.«

»Ich werde dir etwas herbringen lassen«, entschied Mr. Chiltern. »Ich selbst esse auswärts ... Bis morgen!«

Beth hätte gern gewusst, wohin er ging, wollte aber nicht fragen. Als ihr ein Tablett mit zartem Hühnerfleisch und grünen Erbsen serviert wurde, bekam sie Appetit, leerte ihren Teller, trank ein Glas Wein und naschte einige süße Trauben, bevor sie wieder einschlief.

Am nächsten Morgen fühlte sie sich nach einem Bad kräftig genug, um ein schlichtes dunkelgrün gestreiftes Musselinkleid anzuziehen, ihr Haar zu einem Knoten zusammenzufassen und nach unten zu gehen. Ihr Mann las Zeitung und ließ sich ein herzhaftes Frühstück schmecken. Er war sichtlich überrascht, sie zu sehen, rückte ihr aber sofort höflich einen Stuhl zurecht, während der Butler ein Gedeck auflegte.

Mr. Chiltern trug einen dunkelblauen Rock zur beigen Kniehose, und ihr schoss wieder einmal durch den Kopf, wie unglaublich attraktiv er war. Unwillkürlich fragte sie sich, ob er ihr Bett vergangene Nacht nur aus Rücksicht auf ihre Schwäche gemieden hatte – oder aus Widerwillen gegen ihr schlechtes Aussehen. Oder hatte er sein Vergnügen möglicherweise anderswo gefunden?

»Wie fühlst du dich heute Morgen?« Er legte sich eine dicke Scheibe Schinken auf den Teller. »Du siehst viel besser als gestern aus.«

»Ich glaube, dass ich mich jetzt von der Reise erholt habe. Ich hatte keine Ahnung, dass ich lange Kutschfahrten so schlecht vertrage.«

»Bei künftigen Reisen werden wir kürzere Etappen machen. Glaubst du, dass deine Gesundheit es dir heute schon erlaubt, mich zu begleiten?«

»Bestimmt … Wohin denn?«

»Ich möchte dir einige neue Kleider kaufen. Meine Frau muss elegant und modisch gekleidet sein, wenn ich mit ihr ausgehe.«

Beth war leicht verärgert, dass die Sachen, die sie mit ihrer Mutter in York gekauft hatte, seinen Ansprüchen nicht genügten, aber sie ließ sich ihren Unmut nicht anmerken, denn die Aussicht, ihre Garderobe zu ergänzen, war durchaus reizvoll.

Eine Stunde später hielt ihre Kutsche vor dem Modesalon von Madame Monique, einer so eleganten Französin, dass Beth sich neben ihr wie ein unbeholfenes Mädchen vom Lande vorkam. Sie bemühte sich, die ausgestellten prächtigen Roben nicht mit großen Augen anzustarren, während Mr. Chiltern aufzählte, was er anzuschaffen wünschte.

Sie wurden in einen Umkleideraum mit rosa Seidentapeten geführt, und Mr. Chiltern nahm auf einem zierlichen Sofa Platz, das eher für grazile Damen als für seine breitschultrige Gestalt geeignet war. Sobald Beth begriff, dass er bei den Anproben zugegen sein würde, errötete sie heftig, ergab sich aber in ihr Schicksal und ließ sich von einer Verkäuferin beim Auskleiden helfen. Um nicht lange in Mieder, Unterhose, Strümpfen und Schuhen dastehen zu müssen, deutete sie auf ein pflaumenblaues Kleid aus Seidentaft.

»Nein, das kommt nicht in Frage – die Farbe gefällt mir nicht«, entschied Mr. Chiltern über ihren Kopf hinweg.

»Und was halten Sie von diesem Rot?« Die Französin zeigte ihm ein anderes Modell, und er erlaubte gnädig, dass Beth es anprobierte. Es brachte ihre gertenschlanke Figur perfekt zur Geltung und wurde gekauft.

Während der weiteren Anprobe wurde immer deutlicher, dass Beth selbst bei der Auswahl ihrer Garderobe nichts zu sagen hatte. Vielleicht war das auch besser so, denn ihr schwirrte bald der Kopf, und die Entscheidung zwischen all den herrlichen Roben wäre ihr sehr schwer gefallen.

Nur bei einem Ballkleid aus hauchdünner blauer Gaze mit schillerndem Seidenunterrock erhob sie Einwände wegen des schamlosen Dekolletés, das kaum die Brustwarzen verhüllte. »Vielleicht können Sie etwas Spitze einnähen«, schlug sie vor, doch Madame Monique schlug entsetzt die Hände zusammen.

»Aber nein, Madame, das würde den ganzen Stil dieses exquisiten Modells ruinieren. Tiefe Ausschnitte sind bei Abendroben hochmodern, und Sie haben einen so schönen Busen, dass es eine Schande wäre, diese Porzellanhaut zu verhüllen!«

»Danke, aber ich nehme es nicht«, sagte Beth energisch, hörte aber im nächsten Moment die Stimme ihres Mannes: »Es steht dir ausgezeichnet ... Wir nehmen es!«

Sie blieben für kurze Zeit allein, weil die Französin und ihre Helferinnen jetzt Unterwäsche und Nachthemden anschleppen sollten. Beth betrachtete immer noch skeptisch ihr Spiegelbild, als Mr. Chiltern sie von hinten an sich zog und ihre fast nackten Brüste streichelte.

»Nicht – sie kommen doch gleich zurück!«, zischte sie und wollte sich losreißen, konnte aber nicht verhindern, dass ihre Brustwarzen sich sofort aufrichteten.

Als Madame Monique zurückkehrte, saß er wieder gesittet auf dem Sofa, doch Beth hatte glühende Wangen.

Dessous aus Seide und Satin mit Spitzeneinsätzen wurden ausgebreitet, und wieder bestimmte Mr. Chiltern, was gekauft wurde. Es folgten durchsichtige Nachthemden, Seidenstrümpfe und Handschuhe, und dann stand er endlich gähnend auf. »Das reicht für heute«, teilte er Madame Monique mit. »Sorgen Sie dafür, dass die Sachen, an denen keine Änderungen erforderlich sind, noch heute geliefert werden.«

Sobald sie zu Hause ankamen, führte er Beth in den Salon, ließ den Butler Getränke servieren und scheuchte den Mann sodann mit einer gebieterischen Geste aus dem Raum.

28

Mr. Chiltern trank ein Glas Wein, lehnte sich im Sessel zurück und erklärte mit teuflisch funkelnden Augen: »Ich möchte, dass du mir mit deinem Mund Lust bescherst.«

»W-w-was?«, stammelte Beth.

»Ich wünsche, dass du mein Glied mit deinen schönen Lippen und mit deiner Zunge stimulierst.«

Ihr wurde schwindlig bei dem Gedanken, etwas so Perverses zu tun, noch dazu am helllichten Tag, und sie warf einen nervösen Blick zur Tür.

»Niemand wird hereinkommen«, versicherte er, und als sie trotzdem zögerte, griff er nach ihrem Handgelenk und zwang sie, sich zwischen seine Beine zu knien. »Knöpf als erstes meine Hose auf!« Er drückte ihre Hand auf seinen Unterleib. »Tu, was ich dir sage!«

Ungeschickt fummelte Beth an den Knöpfen herum

und befreite seinen Penis aus dem engen Gefängnis. Er fühlte sich heiß und glatt an, und wider Willen betrachtete sie ihn interessiert, weil sie dieses Sinnbild von Männlichkeit noch nie aus nächster Nähe gesehen hatte. Es war kaum vorstellbar, dass ein so dicker und langer Speer mühelos in ihren Körper eindringen konnte, ohne ihr Schmerzen zu bereiten.

Die Eichel erinnerte sie an eine saftige Frucht, und langsam senkte sie den Kopf und presste ihre Lippen darauf. Ihre Finger schlossen sich um den Schaft und glitten bis zu den Hoden hinab, und ihre Zunge folgte diesem Weg. Allmählich wurde sie kühner, nahm die Spitze in den Mund und saugte daran. Er stöhnte, was sie ermutigte, mit der Zunge gegen die Eichel zu schnippen, und als er wieder stöhnte, begann sie die Macht zu genießen, die sie in diesem Augenblick besaß, und verstärkte ihre Bemühungen, bis er heiser murmelte: »Genug!«

Überrascht schaute sie auf und befürchtete, etwas falsch gemacht zu haben, doch er zog sie rasch auf die Beine, schob ihre Röcke hoch und zerrte ihre Unterhose bis zu den Knöcheln herunter. Seine Zunge stieß zwischen ihre Schamlippen vor, leckte den Kitzler und verschaffte sich Einlass zu ihrer tropfenden Höhle.

Durch die Unterhose in ihrer Bewegungsfreiheit behindert, streifte Beth das lästige Dessous vollends ab und ergriff zu ihrer eigenen Verwunderung die Initiative, indem sie sich auf den Sessel kniete und sein Glied langsam in sich einführte.

Er zog ihre Brüste aus dem Mieder, bedeckte sie mit heißen Küssen und saugte begierig an den prallen Brustwarzen, während sie einen wilden Ritt vollführte. Es war herrlich, selbst das Tempo bestimmen zu können, und in dieser Position wurde auch ihr Kitzler bei jeder Bewegung stimuliert. Sie verlor jedes Zeitgefühl, bis ihr Körper sich in Ekstase verkrampfte, so als hätte ein Blitz in sie eingeschlagen. Um seine letzte Selbstbeherrschung gebracht, verspritzte ihr Mann seinen Samen, was ihren Orgasmus verlängerte.

Beide atmeten schwer, und ihr Kopf lehnte kraftlos an seiner Schulter, bis sie aus dem siebten Himmel allmählich auf die Erde zurückkehrte. Der Gedanke, welchen Anblick sie mit nackten Brüsten und hochgerafften Röcken auf dem Schoß ihres Mannes bieten musste, trieb ihr heiße Schamröte in die Wangen und veranlasste sie, sich hastig von seinem geschrumpften Glied zu befreien, ihm den Rücken zuzukehren und ihre Kleidung in Ordnung zu bringen.

Auch Mr. Chiltern stand auf und knöpfte seine Hose zu. »Herzlichen Glückwunsch«, sagte er spöttisch. »Ich glaube jetzt, dass es mir gelingen wird, eine Kurtisane aus dir zu machen!«

29

Als Hauptmann Mauldeth am Tag nach Beth' Hochzeit seine Verlobung mit Augusta bekannt gab, war Sophy überglücklich. Sie umarmte ihre Mutter und flüsterte ihr zu: »Jetzt wirst du bald im Herrenhaus leben, liebste Mama!«

Mrs. Woodleigh war nicht so zuversichtlich. »Er könnte immer noch einen Rückzieher machen – wie ein glückstrahlender Bräutigam sieht er nicht gerade aus!«

Junker Gorse hatte seine besten Freunde zu einer kleinen Abendgesellschaft eingeladen. Augusta hatte vor Triumph rote Wangen und hing besitzergreifend am Arm ihres Verlobten, so als wollte sie ihn nie wieder loslassen. Das hinderte sie freilich nicht daran, ihn laut zu ermahnen, als er sich ein zweites Glas Rotwein einschenken wollte, und als er vorübergehend von ihrer Seite flüchtete, um einige Worte mit Sophy zu wechseln, folgte sie ihm mit gerunzelter Stirn, packte ihn am Arm und zerrte ihn weg. »Du darfst anderen jungen Damen jetzt keine Aufmerksamkeit mehr schenken, sonst werde ich sehr böse! Hol mir lieber noch einen Teller Nudeln!«

Irgendwie gelang es Hauptmann Mauldeth, ihr charmant zuzulächeln, doch seine Augen hatten einen gehetzten Ausdruck, und er tat Mrs. Woodleigh unwillkürlich leid.

Einige Tage später stattete er dem Vale Cottage einen Besuch ab und schlenderte mit Sophy durch den Garten. »Haben Sie Augusta schon von Ihren Schulden erzählt?«, fragte sie mit schelmischem Seitenblick.

»Das brauchte ich gar nicht – sie wusste schon darüber Bescheid. In ländlichen Gegenden kann man offenbar nichts lange geheim halten!«, klagte er.

»Und trotzdem hat sie Ihren Antrag angenommen?«

»Ich musste ihr feierlich versprechen, nicht mehr zu spielen. Keine Ahnung, was ich ohne Pferderennen und Karten mit meiner Freizeit anfangen soll!«

»Haben Sie das Hochzeitsdatum schon festgelegt?«

»Nein, Augusta kann sich nicht entscheiden, ob sie ihre neue Rolle als Verlobte noch eine Weile genießen oder mich möglichst schnell vor den Traualtar schleppen soll. Letzteres wäre mir lieber, weil ich sonst vor den Gläubigern ins Ausland fliehen muss.«

Er pflückte eine Buschrose und steckte sie Sophy hinters Ohr. »Wenn ich doch nur Sie heiraten könnte!« Der Hauptmann presste seine heißen Lippen auf ihre Finger. »Unsere Hochzeitsnacht wäre die reinste Seligkeit …«

Sophy unterdrückte hastig ihre aufsteigende Erregung. Sie hatte diese Sache schließlich raffiniert eingefädelt, damit ihre Mutter endlich im Herrenhaus einziehen und mit ihrem geliebten Junker glücklich werden konnte. Ihre eigenen unbefriedigten Lüste würden noch eine Weile warten müssen …

Nachdem Mauldeth sich verabschiedet hatte, um seine Verlobte zu besuchen, schrieb Sophy ihrer Schwester einen Brief, berichtete die große Neuigkeit und bat wieder einmal darum, nach London kommen zu dürfen.

> … seit du nicht mehr hier bist und auch Mr. Chilterns Gäste abgereist sind, kann ich hier nur noch unsere Nachbarn besuchen, und ich langweile mich in ihrer Gesellschaft fast zu Tode, wenn ich daran denke, wie du dich in London amüsierst. Bitte lass mich nicht im Stich!
>
> Deine liebende Schwester Sophy
>
> P.S.: Ich könnte von einem Tag auf den anderen abreisen, denn ich würde nicht viel Gepäck mitnehmen. Ich weiß ja, dass du mir alles kaufen wirst, was ich brauche, und die Londoner Geschäfte sind zweifellos viel eleganter als die in York. Wird dein Mann mich mit einer seiner Kutschen abholen lassen, oder soll ich Junker Gorse bitten, mich hinbringen zu lassen?

Beth hatte sich inzwischen mit ihrer neuen Rolle als Herrin eines riesigen Hauses vertraut gemacht. Zu ihrer großen Erleichterung gab es für sie nicht allzu viel zu tun, denn die Haushälterin war sehr tüchtig und sympathisch. Beth staunte über die vielen luxuriös eingerichteten Räume, am meisten über einen Ballsaal, dessen Kronleuchter mit Tüchern gegen Staub geschützt war.

Mr. Chiltern hatte sie zu weiteren Einkäufen begleitet, doch ansonsten sah sie ihn tagsüber ziemlich selten – meistens nur zu den Liebesspielen, die ihm plötzlich in den Sinn kamen, wann und wo immer sie sich gerade aufhalten mochten. Er legte es darauf an, sie zu demütigen, indem er ihr bewies, dass sie seinen Zärtlichkeiten keinen Widerstand entgegenzusetzen vermochte.

Sie wurde aus diesem seltsamen Mann einfach nicht schlau, und als sie den Brief ihrer Schwester erhielt, zögerte sie, das Thema beim Abendessen zur Sprache zu bringen. Anschließend wollten sie einen Ball bei irgendwelchen Freunden von Mr. Chiltern besuchen, und bei dieser Gelegenheit sollte Beth in die Londoner Gesellschaft eingeführt werden.

Auf seinen ausdrücklichen Wunsch hin hatte sie die blaue Robe mit dem viel zu tiefen Ausschnitt angezogen, und er machte sich einen Spaß daraus, zwischen den Gängen ihre Brüste zu streicheln und bei jedem Bissen anzüglich darauf zu starren.

Sie wartete mit hochroten Wangen, bis er genüsslich an seinem Portwein nippte, bevor sie ihren ganzen Mut zusammennahm. »Sophy hat geschrieben ...«

»Ich hoffe, dass es ihr und deiner Mutter gut geht.« Sein gleichgültiger Ton strafte die höflichen Worte Lügen.

»Ja, es geht ihnen ausgezeichnet. Sie berichtet, dass Hauptmann Mauldeth und Augusta Gorse ihre Verlobung bekannt gegeben haben.«

»Dann ist der Junker ja endlich seine unangenehme Tochter los ... Allerdings wird der Hauptmann ihm ewig auf der Tasche liegen, aber manchmal muss man für häuslichen Frieden eben einen hohen Preis bezahlen.«

»Sophy ... na ja ... sie würde uns gern besuchen ...«

Mr. Chiltern lachte trocken. »Das glaube ich sofort!«

Er stand auf und schob Beths Stuhl zurück. »Wir müssen gleich aufbrechen.«

»Kann sie nicht herkommen?«, bettelte Beth. »Mir wäre ihre Gesellschaft sehr willkommen, denn hier kenne ich kaum jemanden.«

»Du hast doch deinen Mann, der dir Gesellschaft leistet, und heute Abend stelle ich dich einigen Freunden vor.«

Seine Stimme verriet ihr, dass es vernünftiger wäre, das Thema fallen zu lassen, aber sie dachte an Sophys Enttäuschung. »Darf ich sie nicht einladen? Sophy befürchtet, in Yorkshire zu versauern ... sie möchte die Freuden der Großstadt kennen lernen ...«

»Die Wünsche deiner Schwester interessieren mich nicht. Sie flirtet so gekonnt, dass sie dir bestimmt in Kürze ihre Verlobung mitteilen wird.«

Beth erhob sich und schaute zu ihm auf. »Wenn du mir verbietest, sie einzuladen, wird sie wahnsinnig enttäuscht sein. Ich verspreche dir, dass sie dich nicht stören wird.«

»Nicht stören?«, wiederholte er spöttisch. »Sie würde fortwährend stören! Vielleicht irre ich mich ja, aber bisher hatte ich den Eindruck, dass du meine sexuellen Aufmerksamkeiten durchaus zu schätzen weißt. Glaubst du, ich will, dass deine Schwester unangemeldet ins Zimmer stürzt, wenn ich gerade dabei bin, dich auf dem Teppich in der Bibliothek oder auf dem Sofa im Salon zu nehmen? Mein Personal ist viel zu gut geschult, um mich jemals zu stören, aber deine liebe Schwester kennt keine Hemmungen.«

Beth errötete, weil sie es immer noch schockierend fand, dass die leidenschaftlichen Umarmungen nicht nur im dunklen Schlafzimmer stattfanden, wie sie es sich früher vorgestellt hatte.

»Außerdem«, fuhr er fort, »werden nach dem heutigen Abend meine Bekannten wissen, dass ich als verheirateter Mann nach London zurückgekehrt bin, und viele Damen werden dich besuchen und zu allen möglichen Veranstaltungen einladen. Falls du dich dann immer noch einsam fühlst, werde ich mich noch intensiver als bisher um dich kümmern, damit du keinen Grund zur Klage hast.«

Er zog sie in seine Arme und presste seine Lippen auf ihren Mund. Sofort pulsierte ihr Blut schneller in den Adern, und sie spürte das vertraute Kribbeln im Bauch. Er drückte sie gegen den Esstisch, hob ihre Röcke, zog ihre Unterhose herunter, zückte seinen Speer und nahm von ihr Besitz.

Beth hasste ihn für diese Fähigkeit, ihr jeden Willen zu rauben, doch wenn sie ganz ehrlich war, hätte sie seine stürmischen Attacken auch nicht mehr missen mögen. Von ihrer Lust überwältigt, wölbte sie sich seinen Stößen entgegen und klammerte sich auf dem Höhepunkt mit einem gebrochenen Schrei an seinen Schultern fest, während er seinen Samen in ihre Höhle ergoss.

Sie lehnte noch keuchend am Tisch, als er zur Tür ging und mit der Klinke in der Hand sagte: »Ich erwarte, dass du in einer Viertelstunde fertig bist. Und zieh bitte keine Unterhose an. Sie würde mich behindern, falls ich unterwegs den Wunsch haben sollte, dich intim zu berühren.«

30

Beth war entsetzt über den Befehl ihres Mannes. Es war undenkbar, auf einem Ball unter den Röcken nackt zu sein, und sie würde ihn an allen Zudringlichkeiten hindern, bis sie wieder zu Hause waren!

Sie wusch sich hastig und zog eine dünne elfenbeinfarbene Seidenhose an, wobei sie sich einredete, dass er seine Forderung unmöglich ernst gemeint haben konnte.

Der Ball war schon in vollem Gange, als sie ankamen, und nach ermüdenden Vorstellungen stellte Beth fest, dass die Herren sich darum rissen, mit ihr zu tanzen. Anfangs war sie noch etwas schüchtern, aber hier wurde auch nicht anders geplaudert und geflirtet als in Yorkshire. Ihr zweiter Tanzpartner, Sir Robert Wallis, machte ihr so viel Komplimente, dass sie amüsiert auflachte. Der Mann hatte dunkelgraue Augen, blonde Haare und ein schelmisches Lächeln, das ihn sehr anziehend machte. Er musste im Alter ihres Mannes sein, und sie überlegte, ob die beiden wohl eng befreundet waren.

Es störte sie ein wenig, dass er unablässig lüstern auf ihr Dekolleté starrte, und um ihn abzulenken, murmelte sie: »Sie scheinen ein Charmeur zu sein … Vermutlich machen Sie allen Partnerinnen so hübsche Komplimente!«

»Nein, nur den verheirateten, denn dann kann niemand meine Absichten missverstehen.«

»Die natürlich völlig ehrbar sind«, neckte sie ihn.

»Ganz im Gegenteil.« Er zog sie näher an sich heran und flüsterte ihr ins Ohr: »Darf ich Sie bald besuchen?«

»Natürlich … Ich bin sicher, dass mein Mann sich genauso freuen wird wie ich, Sie bei uns zu sehen.«

Sir Robert lachte. »Das glaube ich kaum … Wir schätzen uns nicht besonders.«

»Warum?«, fragte sie neugierig.

Er gab keine Antwort, küsste ihr am Ende des Tanzes die Hand und tauchte in der Menge unter. Mr. Chiltern stand plötzlich neben Beth. »Ich wünsche nicht, dass du diesen Mann zu einer näheren Bekanntschaft ermutigst«, teilte er ihr kühl mit.

»Warum?«

Ihre Frage blieb auch diesmal unbeantwortet. Ihr Mann führte sie in eine Ecke des Ballsaals und winkte einem Kellner, ihnen Champagner zu bringen. Sie nippten an dem kalten Getränk und beobachteten die Tänzer, und erst, als Beth eine Hand auf ihrem Gesäß spürte, fiel ihr auf, dass hohe Topfpflanzen sie von der Taille abwärts vor fremden Blicken schützten. Seine Finger glitten durch die Furche zwischen ihren Pobacken, und sie musste gegen das schier übermächtige Verlangen ankämpfen, ihre Beine zu spreizen, um ihm den Zugang zu ihrem Lustzentrum zu erleichtern.

Mr. Chiltern bückte sich und schob seine Hand unter ihre Röcke. Als er auf den Spitzensaum ihrer knielangen Unterhose stieß, warf er Beth einen Blick zu, der nichts Gutes verhieß, und dann zerriss er mit einem kurzen Ruck den dünnen Stoff im Schritt.

»Nein … bitte nicht«, flüsterte sie, als zwei Finger in ihre Scheide vorstießen, die sofort reichlich Flüssigkeit absonderte.

»Was soll ich nicht tun? Das hier?«, fragte er leise, während sein Daumen ihren Kitzler rieb. »Du musst noch lernen, meinen Wünschen zu gehorchen.«

Beth nahm die Tänzer nicht mehr wahr, die nur wenige Meter entfernt vorbeiwirbelten. Sie konnte nicht fassen, dass ihr Mann sie in aller Öffentlichkeit, nur im Schutz von Pflanzen, unerbittlich in einen Lustrausch hineintrieb. Das Blut dröhnte so laut in ihren Ohren, dass sie die Musik kaum noch hörte, und nur ein stählerner Griff um ihre Taille verhinderte, dass ihre weichen Knie beim Orgasmus nachgaben. Sie musste die Zähne fest zusammenbeißen, um nicht durch einen Aufschrei allgemeine Aufmerksamkeit zu erregen, und er hielt sie fest, bis sie wieder halbwegs ruhig atmete. Dann ließ er ihre Röcke fallen und trank seelenruhig einen Schluck Champagner.

An den Rest des Balls konnte Beth sich später nicht erinnern, und sobald sie zu Hause waren, eilte sie in ihr Schlafzimmer und entließ ihre Zofe Mary, für die sie sich unter mehreren Bewerberinnen entschieden hatte, zur wohlverdienten Nachtruhe, ohne sich beim Auskleiden helfen zu lassen. Sie zog hastig die zerrissene Unterhose aus und warf sie ins Kaminfeuer, denn wie hätte sie dem Mädchen das verräterische Loch erklären können?

Eigentlich hätte ihr Mann es verdient, dass sie ihn für diese Nacht aus ihrem Schlafzimmer aussperrte, doch dazu fehlte ihr der Mut – und außerdem gestand sie sich beschämt ein, dass ihr Körper schon wieder nach seinen Liebkosungen lechzte.

Als sie in einem hauchdünnen Spitzennachthemd mit passendem Morgenmantel ihre Haare bürstete, öffnete sich die Tür. In weißem Hemd und Hose, ein Glas Brandy in einer Hand, einen zwölfarmigen Leuchter in der anderen, blieb er auf der Schwelle stehen und musterte sie von Kopf bis Fuß. »Komm mit!«

»W-wo-wohin?«, stammelte sie bestürzt.

»Tu, was ich dir sage!« Seine ungeduldige Stimme verriet, dass ihr früherer Ungehorsam noch nicht verziehen war.

Nervös folgte sie ihm, und zu ihrer Verwunderung führte er sie in den dunklen Ballsaal, stellte den Leuchter auf dem Kaminsims ab und zündete weitere Kerzen an, bis der Raum von flackernden Kerzen schwach erhellt war.

Er löste die Bänder, die ihren Morgenrock zusammenhielten, riss sie aus dem Stoff und zog ihr das Dessous aus. Dann wölbte er seine Hände um ihre Brüste, rieb die Brustwarzen und öffnete nach und nach die winzigen Perlknöpfe des Nachthemds.

Sobald sie seinen Blicken nackt ausgesetzt war, zog er sie zum Orchesterpodium und fesselte ihre Handgelenke auf dem Rücken – mit den Bändern ihres Morgenrocks! Sie versuchte sich zu wehren, aber er band das andere Ende an einem Metallhaken an der Wand fest, der für Hängevasen gedacht war, und sie zerrte hilflos an den Fesseln. Wenn er die Absicht hatte, sie zu schlagen oder sonst wie zu verletzen, konnte sie nicht damit rechnen, dass jemand vom Personal ihr zu Hilfe eilte …

Sie zuckte ängstlich zusammen, als er die Hand hob, und er warf ihr einen erstaunten Blick zu. »Du glaubst doch nicht, dass ich dir Schmerz zufügen werde?« Als sie keine Antwort gab, streichelte er sanft ihre linke Brust. »Das soll dir nur klarmachen, dass ich keinen Ungehorsam dulde.«

Seine Hände glitten liebkosend über ihre Haut und schienen eine Feuerspur zu hinterlassen, und die Flammen loderten noch höher, als er zusätzlich seine Lippen einsetzte. Sie spreizte unaufgefordert die Schenkel und wölbte sich ihm entgegen, damit seine Zunge ihr Lustzentrum leichter erreichen konnte, und er saugte an ihrem Kitzler, bis sie kam und kam …

Noch halb benommen, sah Beth, dass er sich auszog, und sie konnte es kaum erwarten, seinen Phallus tief in sich zu spüren. Dieser Liebesreigen im dunklen Ballsaal begann langsam, doch der Rhythmus wurde immer schneller, bis zwei ineinander verschlungene Körper sich in Ekstase verkrampften.

31

Beth' Antwortbrief stürzte Sophy in abgrundtiefe Verzweiflung. Sie hatte so fest mit dieser Einladung gerechnet, dass sie bei allen Freunden leichtsinnig damit geprahlt hatte, bald nach London zu reisen. Ihrer Schwester war sie nicht böse, weil sie genau wusste, dass nur der abscheuliche Mr. Chiltern diesen Besuch verhindert hatte, und sie versuchte ihre Mutter zu überreden, sie trotzdem fahren zu lassen. Wenn sie plötzlich vor seiner Tür stand, würde ihr Schwager sie notgedrungen aufnehmen müssen, argumentierte sie, doch das wurde ihr streng verboten, und sie konnte auch Junker Gorse nicht für ihren Plan gewinnen. Er tätschelte ihr freundlich den Arm und erbot sich nur, ihr zum Trost ein neues Kleid zu kaufen.

Doch Sophy konnte den Gedanken, den ganzen langen Sommer in Yorkshire zu verbringen, einfach nicht ertragen. Selbst wenn ihre Mutter den Junker heiratete, würden sie in diesem Jahr bestimmt kein Haus in London mieten, denn Augusta hatte bisher noch nicht einmal ihren eigenen Hochzeitstermin festgelegt.

Aus Angst, nächstes Jahr schon viel zu alt für eine wirklich gute Partie zu sein, fasste Sophy nach tagelangem Grübeln einen kühnen Entschluss. Sie schrieb heimlich an Tante Jane in London und schlug unter dem Vorwand, die Familie ihres Vaters kennen lernen zu wollen, einen kurzen Besuch vor. Sie deutete an, sich in jeder Hinsicht nützlich machen zu wollen, und wartete ungeduldig auf eine Antwort.

»Sophy, wie konntest du nur?«

Sophy hatte ihre normalerweise sanftmütige Mutter noch nie so zornig erlebt. Mrs. Woodleigh war sehr erstaunt gewesen, einen Brief von ihrer Schwägerin zu erhalten, die immer auf sie herabgesehen hatte. Es waren nur wenige flüchtig hingekritzelte Zeilen, dass sie sich freuen würde, die Tochter ihres Bruders für einen Monat bei sich zu haben, wobei der Besuch Ende der folgenden Woche beginnen solle.

Marianne Woodleigh war völlig fassungslos, als Sophy kleinlaut zugab, ihrer Tante Jane heimlich geschrieben zu haben, und wollte diesen Besuch strikt verbieten. Sophy schluchzte herzerweichend, und als sogar dieses bewährte Hilfsmittel diesmal fehlschlug, legte sie sich ins Bett und trat in einen Hungerstreik.

Um die Gesundheit ihrer störrischen Tochter nicht zu gefährden, gab Mrs. Woodleigh schließlich nach, behandelte Sophy aber so kalt, dass diese ihre Tat bitter bereute und am letzten Abend vor der Abreise tränenüberströmt um Verzeihung bat, die ihr zum Glück auch gewährt wurde.

Der Junker hatte für die weite Fahrt seine bequemste Kutsche, seinen besten Kutscher, einen Stallknecht und ein Dienstmädchen zur Verfügung gestellt, und Sophy vertrug das Rumpeln auf staubigen Straßen viel besser als ihre Schwester. Sie fand die Reise ganz aufregend, und erst auf der letzten Etappe wurde ihr etwas bange zumute. Was, wenn Tante Jane ihr verbieten würde, Bälle und andere amüsante Veranstaltungen zu besuchen, oder wenn sie einfach nicht miteinander auskommen konnten? In diesem Fall bliebe ihr nur die Hoffnung, dass Mr. Chiltern sie zähneknirschend aufnehmen würde.

Sie bedauerte mehr denn je, dass ihre Schwester viel größer und schlanker als sie selbst war und ihr deshalb nur Handschuhe und sonstige Accessoires leihen konnte, denn Beth besaß jetzt zweifellos prächtige Kleider in Hülle und Fülle. Sophy hatte von ihrer Mutter und vom Junker Geld mitbekommen, doch das würde allenfalls für Strümpfe und Handschuhe reichen …

Es war schon dunkel, als die Kutsche vor dem Haus ihrer Tante hielt. Ein Butler öffnete die Tür und musterte sie herablassend. »Was wünschen Sie?«

»Ich … ich bin Sophy Woodleigh. Meine Tante erwartet mich …«

»Mrs. Palfrey ist heute Abend nicht zu Hause, aber für Sie ist ein Zimmer vorbereitet. Hier entlang, bitte.«

Während Kutscher und Stallbursche ihre Koffer ausluden, betrat Sophy mit dem Dienstmädchen eine düstere Halle. »Ich werde Miss Spicer melden, dass Sie hier sind.« Der Butler entfernte sich, und sie schaute sich neugierig um, konnte im schwachen Kerzenlicht aber nur einige riesige altmodische Möbel erkennen. In der viel kleineren Eingangshalle von Vale Cottage brannten abends mindestens doppelt so viel Kerzen und sorgten für eine behagliche Atmosphäre …

Die Rückkehr des Butlers, dem eine kleine magere Frau folgte, riss Sophy aus den sehnsüchtigen Gedanken an ihr gemütliches Zuhause.

»Guten Abend. Ich bin Miss Spicer – Mrs. Palfreys Kusine und Gesellschafterin. Wir hatten Sie viel früher erwartet.« Sie bedachte Sophy mit einem vorwurfsvollen Blick. »Kommen Sie mit – und du wartest hier, Mädchen!«

Die unfreundliche Frau führte Sophy zwei Treppen hinauf in ein muffig riechendes Zimmer mit verblichenen Vorhängen, abgewetztem Bettüberwurf und bunt zusammengewürfelten Möbelstücken. Im Kamin brannte kein Feuer, obwohl es ein kühler Abend war, und Sophy fröstelte.

»Mrs. Palfrey wird Sie morgen begrüßen. Benötigen Sie noch irgendetwas?« Miss Spicers Stimme war so eisig, dass Sophy fast verneint hätte, aber sie war hungrig und schmutzig, und so reckte sie ihr Kinn und hielt dem Blick der Frau stand. »Ein Abendessen und ein heißes Bad wären mir sehr willkommen. Oh, und sorgen Sie bitte dafür, dass auch meine Dienstboten etwas zu essen bekommen.«

»Der Koch hat heute Abend frei«, erklärte Miss Spicer triumphierend, »und Mrs. Palfrey würde niemals erlauben, dass um diese Uhrzeit gebadet wird.«

»Irgendjemand in diesem Haus wird doch wohl eine kalte Mahlzeit servieren können«, antwortete Sophy gereizt, »und ich brauche mindestens zwei Krüge heißes Wasser, um mich zu waschen.«

Miss Spicer verließ wortlos den Raum, und Sophy ließ sich auf die Bettkante fallen und zweifelte plötzlich daran, dass es klug gewesen war herzukommen.

Trotz der klammen Bettwäsche schlief Sophy tief und fest, zog sich am nächsten Morgen sorgfältig an und eilte leichtfüßig die Treppen hinab. In der Halle stieß sie auf den Butler und schenkte ihm ein sonniges Lächeln. »Ist meine Tante schon unten?«

»Mrs. Palfrey pflegt um zehn zu frühstücken.«

Es war erst kurz nach halb zehn. »Ich werde zusammen mit ihr frühstücken«, beschloss Sophy, »aber könnte ich vorher schon eine Tasse Schokolade haben?«

Er nickte huldvoll und verschwand in Richtung Küche. Sogar bei hellem Tageslicht sah die Halle düster aus, und der Teppich war sehr abgetreten. Sophy hatte immer gehört, die Familie ihres Vaters sei wohlhabend, aber von Luxus konnte in diesem Haus keine Rede sein. Sie öffnete eine Tür und stand in einem Salon, der auch schon bessere Zeiten gesehen hatte. Die massiven Möbel waren lange nicht mehr poliert worden, die Vorhänge schäbig, die Tapeten schmutzig. War Tante Jane verarmt? Das wäre schrecklich …

Sie betrachtete die riesigen Porträts arrogant dreinblickender Männer in Gewändern früherer Zeiten, konnte aber keine Familienähnlichkeit erkennen.

Der Butler räusperte sich dezent im Türrahmen. »Ihre Schokolade steht im Frühstückszimmer bereit, Miss Sophy.«

»Danke.« Sie folgte ihm in einen kleinen Raum, setzte sich und stellte erfreut fest, dass auch ein Teller mit Keksen auf dem Tisch stand. Ihr Abendessen hatte aus altbackenem Brot, fettem Schinken und einem Glas saurer Limonade bestanden, und sie war fast am Verhungern.

Als sie alle Kekse aufgegessen hatte, öffnete sich die Tür. Sophy sprang hastig auf und machte einen anmutigen Knicks, während ihre Tante sie durch ein Lorgnon kritisch musterte.

Mrs. Palfrey war groß, hatte eine Hakennase und schmale Lippen. Ihr Kleid war so altmodisch, dass es mindestens fünfzehn Jahre alt sein musste. Sie trug mehrere Broschen und Ringe mit großen Edelsteinen, doch diese Schmuckstücke hätten dringend gereinigt werden müssen.

»Du siehst genauso puppenhaft wie deine Mutter aus«, sagte sie zur Begrüßung. »Ein Jammer, dass du nicht größer bist!«

Sophy wollte sich nicht anmerken lassen, dass sie über diese Worte gekränkt war. »Dafür sieht meine Schwester Beth unserem Vater ähnlich«, murmelte sie.

»Setz dich, Mädchen, setz dich!«

Sie ließ sich wieder auf ihren Stuhl sinken, und ihre Tante nahm ihr gegenüber Platz, klingelte mit einer Tischglocke und betrachtete sie wieder wie ein seltsames Insekt. Sophy war erleichtert, als das Frühstück serviert wurde, musste aber ernüchtert feststellen, dass es nur aus Porridge und einem weichen Ei bestand. Sie hasste Porridge und ließ die Schüssel stehen, aß das Ei mit einer Scheibe Brot und dachte, dass ihre Mutter nicht einmal den Dienstboten ein so unappetitliches Mahl zugemutet hätte.

»Du willst dir hier einen Mann angeln, stimmt's?«, fragte Mrs. Palfrey aus heiterem Himmel.

Sophy lächelte demütig. »Ich wollte dich kennen lernen, Tante Jane ... aber ich gestehe, dass ich mich auch auf die Vergnügungen freue, die einem in der Großstadt geboten werden.«

»Warum ist deine Schwester nicht mitgekommen?«

»Beth hat vor kurzem geheiratet und lebt jetzt in London.«

»Aha ... Wen hat sie denn geheiratet?«

»Einen Mr. Chiltern.«

»Chiltern? Da hat sie einen wirklich guten Fang gemacht! Scheint ein kluges Mädchen zu sein ... sag ihr, dass sie mich bald besuchen soll. Das trifft sich gut, denn sie wird dich zu Bällen und Abendgesellschaften mitnehmen können. Ich habe nichts dagegen, dass du hier Ausschau nach einem Mann hältst, aber ich habe nicht die Absicht, deinetwegen Veranstaltungen zu besuchen, die mich nicht interessieren.«

Sophy fühlte sich ziemlich eingeschüchtert von dieser Frau, die ihre wahren Absichten so schnell durchschaut hatte.

»Hat mein Personal sich gestern Abend gut um dich gekümmert?«, fragte Mrs. Palfrey.

»Ja, danke«, schwindelte Sophy. »Ich wollte heute Beth besuchen, weil ich sie schrecklich vermisst habe ... natürlich nur, wenn ich nichts für dich tun kann.«

»Du kannst Bücher in die Bibliothek zurückbringen und in der Apotheke ein Päckchen abholen. Bleibt dein Dienstmädchen hier?«

»Nein, es kehrt nach Yorkshire zurück.«

»Dann wird eines meiner Dienstmädchen dich begleiten – du kannst in London nicht ohne Begleitung herumlaufen. Sei bitte um fünf zurück, denn ich erwarte Freundinnen zum Kartenspielen, und du kannst helfen, die Erfrischungen herumzureichen.«

32

»Sophy!« Beth schloss ihre Schwester selig in die Arme. »Was machst du hier? Ist Mama auch da?«

»Nein, aber sie und der Junker schicken dir ganz herzliche Grüße, und ich habe einen Brief von ihr dabei.« Sophy schaute sich mit großen Augen in dem prächtigen Salon um. Hier gab es keine abgetretenen Teppiche und keine schäbigen Sofas. Mr. Chiltern konnte sich offenbar jeden Luxus leisten. »Was für ein herrliches Haus!«, flüsterte sie. »Wie ich dich beneide!«

»Erzähl mir lieber, wie du hierher kommst und wo du wohnst. Oder ... oder hast du gehofft, bei uns bleiben zu können?« Beths Miene verdüsterte sich beim Gedanken an den Zorn ihres Mannes, falls das der Fall sein sollte.

»Ich wohne bei Tante Jane.«

»Tante Jane? Aber sie hat doch den Kontakt zu Papa abgebrochen, als er Mama heiratete ...«

»Ich habe ihr geschrieben.« Sophy tänzelte aufgeregt im Salon herum und bewunderte die Kostbarkeiten. »Ist das eine chinesische Vase?«

Beth ging nicht darauf ein. »Was heißt das – du hast ihr geschrieben?«

»Ganz einfach – ich habe geschrieben, dass ich sie kennen lernen möchte, und sie hat mich zu einem Besuch eingeladen.«

»War Mama nicht wütend?«

»Doch«, gab Sophy zu. »Ich hätte ja auch viel lieber bei dir gewohnt, aber immerhin bin ich jetzt in London. Ihr Haus ist grässlich ungemütlich – schäbig und altmodisch, und das Essen ist grauenvoll, aber das halte ich aus. Sie möchte übrigens, dass du sie besuchst. Beth, du wirst mich doch zu Bällen mitnehmen?«

»Natürlich.«

Nach ihrer Einführung in die Londoner Gesellschaft wurde Beth, wie ihr Mann vorausgesagt hatte, mit Einladungen überhäuft, aber sie würde alle Veranstaltungen mehr genießen, wenn ihre Schwester dabei war.

»Darf ich auch zum Mittagessen bleiben? Wenn ich eine anständige Mahlzeit bekomme, brauche ich heute nicht zu verhungern! Und jetzt musst du mir unbedingt das ganze Haus zeigen.«

Als Mr. Chiltern gegen Mittag nach Hause kam und von der Zofe erfuhr, seine Frau halte sich in ihrem Schlafzimmer auf, eilte er mit lüstern funkelnden Augen die Treppe hinauf und riss die Tür auf, blieb aber wie angewurzelt stehen, als er die beiden Schwestern lachend nebeneinander auf dem Sofa sitzen sah.

Mit gerunzelter Stirn betrat er den Raum und deutete eine Verbeugung an. »Das ist ein unerwartetes Vergnügen«, sagte er kalt. »Mir war nicht bekannt, dass Sie uns besuchen wollen.«

»Sie brauchen nicht zu befürchten, dass ich mich Ihnen aufdränge«, versicherte Sophy rasch. »Ich wohne bei meiner Tante.«

»Ich wusste nicht, dass Sie Verwandte in London haben.« Er wandte sich an Beth. »Warum hast du mir nichts davon erzählt?«

»Wir haben vor vielen Jahren den Kontakt zu diesem Zweig der Familie verloren.«

»Wie heißt eure Tante?«

»Mrs. Palfrey.«

Mr. Chiltern überlegte. »George Palfreys Witwe?«

»Ja.«

»Eine respektable Dame, aber deine Schwester wird sich bei ihr zu Tode langweilen, befürchte ich. Soviel ich weiß, besucht sie nur Konzerte und Kartenrunden.«

»Ich dachte, wir könnten Sophy zu einigen Veranstaltungen mitnehmen.«

»Mal sehen ... Ich lasse die Damen jetzt wieder allein. Heute Mittag esse ich auswärts, aber zum Abendessen werde ich hier sein.«

Nachdem Sophy sich auf den Rückweg zu ihrer Tante machte, nahm Beth ein langes Bad und wählte ihre Garderobe für den Abend aus. Sie wollten ins Theater gehen, worauf sie sich sehr freute. Sie entschied sich schließlich für eine Robe aus dunkelrosa Seidentaft mit Halbschleppe und breiten Rüschen am Saum.

Mr. Chiltern hatte ihr einen großen Schmuckkasten ausgehändigt, und Beth bestaunte immer wieder den erlesenen Familienschmuck. Jetzt holte sie ein Rubinkollier mit passendem Armband und Ohrringen hervor und hoffte, dass ihr Mann ihr Aussehen bewundern würde.

Mit einem erwartungsvollen Kribbeln im Bauch überlegte sie, wann ihm wohl heute nach Sex zumute sein würde. Vor dem Abendessen, danach oder erst nach der Rückkehr aus dem Theater? Sie ärgerte sich oft über seine Herrschsucht und wünschte, er hätte Sophy herzlicher begrüßt, doch er war ein unglaublich einfallsreicher Liebhaber, und sobald er sie in die Arme nahm, schmolz sie gegen ihren Willen dahin.

Beim Abendessen benahm er sich korrekt, befahl ihr aber kurz vor dem Aufbruch ins Theater, die Unterhose auszuziehen, und schaute ihr dabei zu, ohne sie zu berühren.

Er hatte eine Loge gemietet, und ihr wurde etwas schwindlig, als sie die Menge im Parkett beobachtete, doch das Stück zog sie sofort in seinen Bann. Es war eine witzige Komödie, und sie beugte sich begierig vor, um kein Wort zu verpassen. Dass sie hoch über der Bühne saßen, störte sie jetzt nicht mehr.

In der Pause tranken sie Champagner, und kurz nach Beginn des zweiten Aktes flüsterte Mr. Chiltern ihr ins Ohr: »Heb deine Röcke bis zur Taille hoch!«

Sie warf ihm einen bestürzten Blick zu und errötete heftig. Die Logenbrüstung war zwar so hoch, dass man von unten allenfalls ihren Oberkörper sehen konnte, aber sie fand es trotzdem schockierend, sich an einem öffentlichen Ort zu entblößen.

Seine strenge Miene sagte ihr jedoch, dass es unklug wäre, sich seinen Wünschen zu widersetzen, und so zog sie langsam die Röcke hoch. Er wartete, bis ihre Schamhaare zum Vorschein kamen, und begann das dunkle Dreieck zu streicheln. »Spreiz die Schenkel!«, lautete der nächste Befehl, dem sie sofort gehorchte, weil er schon ein Feuer in ihren Lenden entfacht hatte.

Obwohl sie immer noch auf die Bühne starrte, verlor sie jedes Interesse an den Dialogen, als er ihren Kitzler mit Daumen und Zeigefinger rieb. Sie klammerte sich an den Armlehnen fest und konnte auf dem Gipfel der Lust einen leisen Schrei nicht unterdrücken, doch zum Glück lachte das Publikum gerade über eine witzige Bemerkung, sodass nur ihr Mann den Laut hörte.

Er wischte seine nasse Hand am Taschentuch ab, knöpfte seine Hose auf und zog ihre Hand zu seinem steifen Glied. Beth war nicht so geschickt wie er, hatte aber schon gelernt, was ihn am meisten erregte, und so massierte sie vor allem die winzige Öffnung in der Eichel und wurde durch ein unterdrücktes Stöhnen belohnt.

Er schob ihre Hand zurück, stand leise auf und zog sie mit sich. In der hintersten Ecke der Loge schob er ihre Röcke hoch, drang in sie ein und kam nach wenigen Stößen zum Höhepunkt. Danach nahmen sie wieder gesittet ihre Plätze ein, doch Beth konnte sich nicht mehr auf das Stück konzentrieren. Ihr war nach weiteren Liebesspielen im Schlafzimmer zumute …

33

An einem stürmischen Tag fuhr Sophy mit ihrer Tante zu einem literarischen Zirkel in Hampstead. Nachdem sie Mrs. Palfrey schon einige Male zu ähnlichen Veranstaltungen begleitet hatte, wusste sie, dass ihr ein langweiliger Nachmittag bevorstand, denn meistens waren nur ältere Damen anwesend. Was sie tröstete, war die Aussicht auf den Ball, den sie am Abend mit Beth und deren Mann besuchen würde.

»Liest du viel, Mädchen?«, fragte Tante Jane, als sie eine Heidelandschaft durchquerten, wo der Wind so scharf pfiff, dass die altmodische Kutsche umzukippen drohte.

»Ich liebe besonders Miss Austen«, antwortete Sophy. Sie verschwieg wohlweislich, dass sie am liebsten Schauerromane verschlang, über die ihre Tante sich oft verächtlich äußerte.

»An ihrem Stil ist nichts auszusetzen, aber sie ist ein literarisches Leichtgewicht, verglichen mit …«

Die Belehrung wurde abrupt unterbrochen, denn auf der Straße war plötzlich Lärm zu hören, und die Kutsche hielt abrupt an. Sophy warf einen Blick aus dem Fenster und sah zwei maskierte Reiter. Der eine hielt den Kutscher mit einer Pistole in Schach, der andere trabte, ebenfalls mit einer Pistole bewaffnet, auf die Kutschentür zu.

»Allmächtiger, wie weit ist es mit der Welt gekommen!«, rief Mrs. Palfrey empört. »Jetzt wird man schon am hellichten Tag von Straßenräubern bedroht!« Sie klopfte mit ihrem Gehstock an die vordere Wand des Gefährts. »Weiterfahren!«

Der Kutscher, dem sein Leben lieb und teuer war, verweigerte ausnahmsweise den Gehorsam, und gleich darauf sprang der eine Räuber vom Pferd und riss die Tür auf.

»Tante, nicht!«, rief Sophy entsetzt, als die alte Dame mit ihrem Stock beherzt zum Schlag ausholte. Sie befürchtete, dass der Räuber sofort schießen würde, doch stattdessen lachte er herzhaft, nahm seinen Dreispitz ab und machte eine tiefe Verbeugung. Trotz ihrer Angst bemerkte Sophy, dass er groß und breitschultrig war. Dunkelgraue Augen spähten durch die Maskenschlitze, und seine Haare hatten die Farbe von reifem Weizen.

»Ich nehme an, dass Sie es auf unseren Schmuck abgesehen haben ...« Sie fummelte an ihren kleinen Diamantohrringen herum.

»Nur über meine Leiche!«, knurrte Mrs. Palfrey grimmig.

»Bitte, Tante, gib ihm, was er will«, flehte Sophy und hielt dem Räuber mit zittrigen Fingern ihre Ohrringe hin.

Er warf einen Blick auf ihr bleiches Gesicht und die bebende Unterlippe und schüttelte den Kopf. »Nein, eine solche Schönheit kann ich nicht berauben ... ganz abgesehen davon, dass ich mich vor dem schrecklichen Zorn ihrer Gefährtin fürchte!«

Stattdessen zog er sie halb aus der Kutsche und küsste sie. Sophy wollte sich wehren, doch seine starken Arme und heißen Lippen weckten ihre Leidenschaft, und sie erwiderte den Kuss wider besseres Wissen.

Der zweite Räuber schrie eine Warnung, Sophy wurde grob in die Kutsche zurückgeschoben, und die beiden Männer galoppierten in Richtung des Waldes davon.

Die Damen, die sich zum literarischen Zirkel versammelt hatten, lauschten mit angehaltenem Atem Mrs. Palfreys dramatischem Bericht vom Überfall und stimmten darin überein, dass die Sitten immer mehr verrohten. Sophy war ihrer Tante dankbar, dass sie nichts von dem Kuss des Räubers erwähnt hatte, aber sie wurde das Gefühl nicht los, dass die alte Dame es genoss, im Mittelpunkt der allgemeinen Aufmerksamkeit zu stehen.

Die Gastgeberin begrüßte zwei Neuankömmlinge, doch Sophy beachtete die ältere Dame und den Mann in den Dreißigern kaum, bis er sich vor ihr verbeugte.

»Miss Sophy … welch ein unerwartetes Vergnügen! Wie lange halten Sie sich schon in London auf?«

Erst jetzt erkannte sie Lord Anstey und knickste anmutig. »Erst seit einigen Tagen … ich bin bei meiner Tante zu Besuch.« Sophy hatte damit gerechnet, ihn bei irgendeinem Ball zu treffen, nicht aber bei einem langweiligen Damenkränzchen. Sie wollte ihn ihrer Tante vorstellen, wurde jedoch unterbrochen: »Ich kenne Anstey von Geburt an – seine Mutter ist eine meiner besten Freundinnen.«

Mrs. Palfrey ließ es sich nicht nehmen, die Geschichte von den Straßenräubern noch einmal zum Besten zu geben, während ihre scharfen Augen zwischen Lord Anstey und ihrer Nichte hin und her huschten.

»Skandalös«, kommentierte der Lord, als sie geendet hatte. »Wirklich skandalös! Aber auf der Heimfahrt brauchen Sie keine Angst zu haben – ich werde außer der Kutsche meiner Mutter auch die Ihre eskortieren, und dann trauen diese feigen Schurken sich bestimmt nicht, wieder anzugreifen!«

Sophy wollte einwenden, dass die Räuber sich eigentlich nicht schurkisch benommen hatten, besann sich aber eines Besseren und säuselte lächelnd: »Ihr Schutz wird uns sehr willkommen sein, nicht wahr, Tante Jane?«

»Wir sind auch allein ganz gut zurechtgekommen, nehmen dein Angebot aber gern an, Anstey. Komm, setz dich zu meiner Nichte, mein Junge, während ich mich mit deiner Mutter unterhalte.«

Sophy hatte in Yorkshire gespürt, dass Lord Anstey sie bewunderte, ohne sie wirklich ernst zu nehmen, doch die Tatsache, dass die reiche Mrs. Palfrey ihre Tante war, schien sein Interesse neu entfacht zu haben.

»Nehmen Sie heute Abend an dem Ball im Merton House teil?«, fragte er.

»Ja, mit meiner Schwester und meinem Schwager«, antwortete Sophy zerstreut. Sie musste immer wieder an den Kuss des Räubers denken …

»Dann dürfte ich Sie vielleicht schon jetzt um den ersten Tanz bitten?«

»Gewiss.«

Lord Anstey ritt auf der Rückfahrt neben der Kutsche her. Der Sturm hatte nachgelassen, die Sonne schien, und sie gelangten ohne Zwischenfälle ans Ziel. Erst als sie mit ihrer Nichte das Haus betrat, äußerte Mrs. Palfrey: »Ich hielt es für vernünftiger, den Kuss nicht zu erwähnen, den der Räuber dir geraubt hat. Solche Geschichten werden gern aufgebauscht.« Nach längerem

Schweigen fügte sie hinzu: »Ich habe nichts dagegen, wenn Anstey dich besuchen möchte.«

Sophy wusste nicht genau, ob sie es sich nur eingebildet hatte, aber sie glaubte, dass die Augen ihrer Tante beifällig funkelten.

Sophys erster Londoner Ball wurde ihren Erwartungen gerecht. Sie ließ keinen Tanz aus, und Lord Anstey führte sie zu Tisch – aber seltsamerweise musste sie immer wieder an den Räuber denken. Sie hatte geglaubt, solche Männer wären primitiv und brutal, doch der grauäugige Blonde, der sie geküsst hatte, war galant genug gewesen, zwei Damen ohne Herrenbegleitung nicht zu berauben, und er hatte eine kultivierte Stimme gehabt.

Vielleicht war er ein verarmter Gentleman, der seinen Lebensunterhalt auf diese Weise verdienen musste ... Wider besseres Wissen verklärte sie ihn zu einem romantischen Helden, besaß aber noch genug gesunden Menschenverstand, um Lord Ansteys Einladung zu einem Ausritt im Hyde Park anzunehmen. Dass sie kein Pferd besaß, störte sie nicht – Beth würde ihr bestimmt eines zur Verfügung stellen!

34

Endlich führte Sophy das Leben, nach dem sie sich in den letzten zwei Jahren gesehnt hatte: Sie war in London, konnte Bälle und Gesellschaften besuchen und hatte einen reichen adligen Verehrer. Eigentlich hätte sie überglücklich sein müssen – aber sie war es seltsamerweise nicht.

Das lag weder an dem ungemütlichen Haus ihrer

Tante noch an dem grässlichen Essen – damit konnte sie sich abfinden, denn bei den diversen Veranstaltungen gab es allerlei Delikatessen, und sie wurde von Beth oft zum Mittagessen eingeladen.

Das Personal von Tante Jane hatte sie mühelos um den kleinen Finger gewickelt, weil sie freundlich war und ihren Charme spielen ließ. Sogar der arrogante Butler lächelte jetzt, wenn er ihr begegnete, und nur Miss Spicer warf ihr bei jeder Gelegenheit giftige Blicke zu und machte aus ihrer Abneigung keinen Hehl, obwohl Sophy ihr nie etwas zu Leide getan hatte.

Mrs. Palfrey erteilte ihr zwar oft lästige Aufträge, war aber nicht unfreundlich und hatte ihr sogar zwei neue Kleider gekauft. Zu besonderen Anlässen lieh sie ihr auch teure Schmuckstücke, sodass Sophy im Großen und Ganzen allen Grund hatte, ihr dankbar zu sein.

Lord Anstey machte ihr jetzt ernsthaft den Hof, kam oft zu Besuch und brachte kleine Geschenke mit – Blumen, Eau de Cologne oder Gedichtbände. Tante Jane äußerte sich nicht dazu, brachte ihre Billigung aber dadurch zum Ausdruck, dass sie bei diesen Besuchen als Anstandsdame zur Verfügung stand.

Wenn Sophy in Lord Anstey verliebt gewesen wäre, hätte sie mit ihm allein sein wollen, doch sie war heilfroh, mit gesenkten Lidern stumm dasitzen zu können, während er mit ihrer Tante über Politik oder über das wechselhafte Wetter diskutierte.

Sie versuchte sich einzureden, dass er der Ehemann war, von dem sie immer geträumt hatte – wenn sie ihn heiratete, könnte sie sich teure Kleider und Schmuckstücke leisten, und nachdem er ja mit Mr. Chiltern befreundet war, hätte sie Gelegenheit zu vielen gemeinsamen Unternehmungen mit ihrer Schwester. Das Schlimme war nur, dass er keinerlei körperliche Anziehungskraft auf sie ausübte – und dass es ihr einfach nicht gelang, den galanten Räuber zu vergessen, der sie so leidenschaftlich geküsst hatte …

An einem sonnigen Junitag beschloss sie, die Initiative zu ergreifen: Wenn sie den Mann noch einmal sah und als Schurken entlarvte, würde sie Lord Anstey bestimmt mehr zu schätzen wissen.

Sie bat Beth schriftlich, ihr ein Pferd zur Verfügung zu stellen, und teilte ihrer Tante mit, dass sie mit ihrer Schwester ausreiten wolle. Gegen Mittag erreichte sie die Heide bei Hampstead und trabte kreuz und quer durch die Gegend, wo der Überfall stattgefunden hatte, fand aber keine Spur von dem Räuber. Müde und enttäuscht kehrte sie zu ihrer Tante zurück, doch drei Tage später war sie wieder unterwegs, förmlich besessen von der Idee, ihn zu finden. Auch diesmal verlief ihre Suche ergebnislos, und sie wollte gerade aufgeben, als ihr am Waldrand ein schwarz gekleideter Reiter auffiel, der schnell wieder zwischen den Bäumen verschwand. Sie galoppierte ihm aufs Geratewohl hinterher, ohne einen Gedanken an ihren grenzenlosen Leichtsinn zu verlieren. Sobald sie den Wald erreichte, wusste sie nicht, welche Richtung sie einschlagen sollte, und ritt frustriert mal diesen, mal jenen Weg entlang, bis sie endlich ein Pferd wiehern hörte. Ihr Herz schlug schneller, als sie ihre geliehene Stute an einem Baum festband und durchs Unterholz schlich.

Das Pferd wieherte wieder, und sie entdeckte es neben einer kleinen Holzfällerhütte. Im nächsten Augenblick flog die Tür auf, und Sophy sah sich von einer Pistole bedroht. Sie schrie vor Schreck auf, und der maskierte Mann senkte die Waffe und lachte herzhaft.

»Nanu, ist das ein Waldgeist oder eine Fee?«

Sophys Angst verflog, denn es war seine Stimme, und sie erkannte auch die goldfarbenen Haare. Lächelnd ging sie auf ihn zu, und als sie näher kam, verriet sein Lächeln, dass nun auch er sie erkannt hatte. Er kam ihr einige Schritte entgegen, griff nach ihrer Hand und führte sie an seine Lippen.

»Meine Gebete sind also doch erhört worden – ich habe seit unserer letzten Begegnung ständig an Sie gedacht! Aber wie kann eine junge Dame nur allein im Wald spazieren gehen? Wissen Sie nicht, dass das der Zufluchtsort von Räubern ist?«

»Ich gehe nicht spazieren ... meine Stute ist hinter dem Gebüsch angebunden. Wohnen Sie hier?« Sophy deutete auf die Hütte.

Er nickte grinsend. »Eine armselige Behausung, aber die meine.« Mit einer großartigen Geste bat er sie herein. Außer einem schmalen Bett stand nur ein Holztisch und ein dreibeiniger Schemel in dem winzigen Raum, der noch primitiver als der Zigeunerwagen war, weil es hier nicht einmal einen Ofen gab.

Sophy setzte sich auf den Schemel, der Räuber auf das Bett. »Ich bedaure, Ihnen nichts anbieten zu können«, sagte er höflich.

»Wo essen Sie denn?«, fragte sie neugierig.

»In einem Wirtshaus, wo keine Fragen gestellt werden, solange man eine Mahlzeit und einen Krug Bier bezahlen kann.«

Sophy seufzte. Das hörte sich sehr romantisch an.

»Sie sind noch schöner, als ich Sie in Erinnerung hatte.« Er starrte ihre Lippen an. »Ich hoffe, dass Ihre Gefährtin von dem Überfall keinen Schock davongetragen hat.«

»Meine Tante ist sehr robust«, versicherte Sophy. Trotz der Maske, die seine obere Gesichtshälfte verhüllte, fand sie ihn unglaublich attraktiv. Er trug eine hautenge Reithose, die seine muskulösen Schenkel betonte, und hohe schwarze Stiefel, die auf Hochglanz poliert waren. Sein Rock passte wie angegossen, und darunter lugten Spitzenmanschetten und ein Spitzenjabot hervor.

»Für einen Räuber sind Sie sehr gut gekleidet«, stellte Sophy verwirrt fest.

»Alles Raubgut! Die Stiefel stammen von einem Adligen, der außer sich vor Wut war, dass er seine Fahrt nach Norden nicht nur ohne Geld, sondern auch in Strümpfen fortsetzen musste, Und die Kleidungsstücke habe ich einem betrunkenen jungen Lackaffen abgenommen.«

»Und wer wäscht für Sie?« Sophy wusste, dass das eine sehr indiskrete Frage war, aber sie wollte unbedingt herausfinden, ob er verheiratet war.

»Die Wirtin vom Gasthaus.«

Er stand auf, nahm ihre Hand, zog ihr langsam den Reithandschuh aus und presste seine Lippen auf ihre Handfläche. Sophys Blut pulsierte schneller in den Adern, heiße Schauer liefen ihr über den Rücken, und sie schlang plötzlich ihre Arme um seinen Hals und bot ihm ihren Mund dar.

Er küsste sie leidenschaftlich, und sie spürte seine Erektion, doch dann schob er sie sanft von sich. »Wir sollten aufhören, bevor ich vergesse, dass ich ein … äh … ein ehrenhafter Mann bin …«

Sophy hatte seit ihrem nächtlichen Ausflug zum Zigeunerwagen ein keusches Leben geführt, und jetzt war sie nicht bereit, auf die Befriedigung ihrer Lust zu verzichten. Mit einem verführerischen Lächeln knöpfte sie ihre Samtjacke auf.

»Was … was machen Sie?«, stammelte der Räuber.

Ohne zu antworten, zog sie die Jacke aus und legte sie auf den Schemel. Weste, Bluse und Rock folgten, und beim Anblick ihrer üppigen Kurven musste der Mann um Atem ringen. »Bitte, ziehen Sie sich wieder an … Ich mag ein Räuber sein, aber ich möchte nicht zum Mädchenschänder werden …«

»Gefalle ich Ihnen nicht?« Sophy schnürte ihr Mieder auf und stellte ihre Brüste zur Schau. »Möchten Sie nicht mit mir schlafen?«

»Doch … natürlich … aber …«

Sie begann ihre Brustwarzen zu streicheln, und das raubte ihm den letzten Rest von Selbstbeherrschung. Er riss sie in seine Arme, trug sie zum Bett und zog sich hastig aus. Dann legte er sich zu ihr und begann ihren Körper mit den Fingerspitzen zu erkunden, anfangs so zart, als wäre sie aus Porzellan, dann immer kühner und ungeduldiger. Als er an den Bändern ihrer Unterhose zerrte, hob sie die Hüften an, damit er ihr diese Hülle leichter rauben konnte, und er strich fast ehrfürchtig über ihre dunklen Schamhaare, bevor er zwischen ihre bereits gespreizten Schenkel vordrang, zwei Finger in ihre Höhle schob und mit dem Daumen ihren Kitzler massierte.

Sophy stöhnte vor Wonne, als er die Finger durch seinen Phallus ersetzte. Sie schlang ihre Arme um seinen Hals und ihre Beine um seine Taille, um ihn noch stärker zu spüren. Seinem verzerrten Gesicht war anzusehen, welche Anstrengung es ihn kostete, seinen Orgasmus hinauszuzögern, und nach wenigen kraftvollen Stößen schoss der Samen in einem heißen Strahl aus ihm hervor, und er ließ sich keuchend auf Sophy fallen, bevor sie kommen konnte. Das Gesicht in ihren Haaren vergraben, murmelte er zerknirscht: »Tut mir Leid … aber ich werde bald wieder so weit sein …«

»Einverstanden«, flüsterte Sophy. »Aber in der Zwischenzeit …« Sie griff nach seiner Hand und drückte sie auf ihr Lustzentrum, um ihm zu zeigen, was sie wollte.

Der Räuber begriff sofort, rieb das empfindliche

Fleisch und saugte gleichzeitig an einer Brustwarze, was ihr bald einen herrlichen Höhepunkt bescherte. Noch tanzten Sterne vor ihren Augen, da hatte sein Speer zu neuer Kraft gefunden und nahm sie wieder in Besitz.

Diesmal ließ er sich viel Zeit, um die Hitze in ihrem Unterleib maximal zu entfachen, und als er seinen Penis wie einen Korkenzieher einsetzte, krallte sie ihre Finger in seine Schultern und schrie in Ekstase auf. Ihre Muskeln verkrampften sich, und gleich darauf wurde auch er von der Flutwelle überrollt …

Sie blieben lange eng umschlungen liegen, und Sophy fühlte sich wunderbar befriedigt, nicht nur körperlich, sondern auch seelisch, so als hätte sie endlich gefunden, wonach sie immer vergeblich gesucht hatte.

Schließlich wurde es Zeit, um aufzustehen und sich anzuziehen. Der Räuber begleitete sie zu ihrem Pferd und küsste sie noch einmal.

»Ich versuche, am Freitagnachmittag wiederzukommen«, sagte Sophy, nachdem er ihr in den Sattel geholfen hatte. »Wirst du hier sein?«

Er schüttelte den Kopf.

»Dann am Samstag?«

Er küsste ihre Hand. »Wir dürfen uns nicht mehr treffen – ein Räuber ist kein passender Umgang für eine junge Dame. Wir müssen diesen einen herrlichen Nachmittag vergessen.«

Sie wurde leichenblass und starrte ihn ungläubig an. »Das ist doch nicht dein Ernst …«

»Doch … als Räuber kann man keine Zukunftspläne schmieden … bei deiner Tante bist du viel besser aufgehoben …«

Sein amüsiertes Lächeln reizte Sophy bis zur Weißglut, und sie schlug mit der Reitpeitsche nach ihm, bevor sie davongaloppierte, damit er nicht sah, dass ihr Tränen über die Wangen liefen.

35

Beth warf ihrer Schwester einen besorgten Seitenblick zu. Lord Anstey hatte Sophy, sie und ihren Mann zu einem Konzert mit anschließendem Abendessen in einem vornehmen Restaurant eingeladen, und obwohl Beth Musik liebte, konnte sie das Ende des Konzerts kaum erwarten, denn es war ein warmer Abend, und sie sehnte sich in dem stickigen Saal nach frischer Luft.

Sophy starrte geistesabwesend vor sich hin, wie so oft in den letzten zwei Wochen, und dazwischen legte sie eine gekünstelte Heiterkeit an den Tag, doch als Beth sie gefragt hatte, was mit ihr los sei, hatte sie ein Glas Champagner geleert und lachend geantwortet: »Alles in bester Ordnung, Schwesterherz. Wie sollte es auch anders sein, nachdem ich endlich tun kann, wovon ich immer geträumt habe?«

Beth' Blick schweifte von Sophy zu Lord Anstey, und sie fragte sich wieder einmal, ob er ihr bald einen Heiratsantrag machen würde. Sie hatte das Thema sogar letzte Nacht im Bett zur Sprache gebracht, und ihr Mann hatte geantwortet: »Höchstwahrscheinlich, aber Anstey ist ein Narr, wenn er sich wirklich zu diesem Schritt entschließt, denn deine Schwester wird ihm ständig Hörner aufsetzen – sie ist für diesen Langweiler viel zu lebenshungrig …« Dann hatte er Beth mit gezielten Liebkosungen rasch auf andere Gedanken gebracht.

Endlich war das Konzert zu Ende, und nach höflichem Applaus strömte das Publikum rasch aus dem Saal ins Foyer. Beth stellte plötzlich fest, dass ihr Mann nicht mehr direkt hinter ihr war, und hielt nach ihm Ausschau. Er unterhielt sich etwas abseits mit einer bezaubernden Frau, die sie noch nie gesehen hatte. Die

Unbekannte trug ein elegantes bernsteinfarbenes Kleid, hatte hellblonde Haare und dunkle Augen. Ihr Gesicht war oval, mit hohen Backenknochen und vollen Lippen, und obwohl sie nicht mehr ganz jung war – Beth schätzte sie auf Anfang dreißig –, lenkte sie die Blicke aller Männer auf sich.

Die Blondine legte Mr. Chiltern eine Hand auf den Arm und flüsterte ihm etwas ins Ohr. Er nickte lächelnd und küsste ihr die Hand. Das versetzte Beth einen Stich der Eifersucht, aber sie zwang sich zu einem strahlenden Lächeln, während sie auf die beiden zuging, und die Frau erwiderte ihr Lächeln. Doch anstatt die Damen miteinander bekannt zu machen, verabschiedete Mr. Chiltern sich hastig von seiner Bekannten und führte Beth weg.

»Wer ist diese schöne Frau, und warum hast du sie mir nicht vorgestellt?«

»Es gibt Frauen, die ich meiner Gemahlin unmöglich vorstellen kann«, erwiderte er eisig.

Es dauerte einige Sekunden, bis Beth begriff. »Du meinst, sie ist eine …« Sie brachte das Wort nicht über die Lippen.

»So ist es.«

Beth hatte plötzlich einen schrecklichen Verdacht. »Ist sie deine Geliebte?«

Er gab ihr keine Antwort, und weil sie gleich darauf ins Freie traten, wo Lord Anstey und Sophy neben der Kutsche auf sie warteten, konnte Beth das Thema nicht weiter verfolgen, doch sie dachte während der Fahrt zum Restaurant an nichts anderes.

Aus Romanen wusste sie natürlich, dass manche verheirateten Männer Mätressen hatten, aber es war ihr bisher nie in den Sinn gekommen, dass Mr. Chiltern zu diesen Männern gehören könnte. Die Vorstellung war unerträglich, und sobald sie allein waren, würde sie darauf bestehen, dass er ihr die Wahrheit sagte, und falls die schöne Blondine wirklich seine Geliebte war, würde sie verlangen, dass er diese Beziehung sofort beendete.

Beth wusste, dass sie sich selbst etwas vormachte, denn eine solche Aussprache würde natürlich zu nichts führen. Mr. Chiltern war nicht der Mann, der sich zu irgendetwas zwingen ließ …

Das Abendessen war vorzüglich, aber Beth war der Appetit vergangen. Dafür trank sie mehr als sonst, und ihr fiel auf, dass auch Sophy lustlos in den Speisen stocherte, dem Champagner jedoch kräftig zusprach.

Sie waren im Aufbruch begriffen, als ein älterer Politiker, der die beiden Herren gut kannte, sie in ein Gespräch verwickelte. Sophy stand schon an der Tür, und Beth wollte ihr folgen, hörte aber, dass jemand ihren Namen rief.

Sie drehte sich um und sah Sir Robert Wallis. Seit jenem Tanz bei ihrem ersten Londoner Ball hatte sie ihn bei mehreren Veranstaltungen getroffen und fand ihn amüsant und sympathisch.

»Ganz allein, Mrs. Chiltern?«, fragte er.

Sie lächelte ihm zu. »Wo denken Sie hin? Ich bin in Gesellschaft meines Mannes, meiner Schwester und ihres Begleiters.«

»Ihr Mann sollte besser auf Sie aufpassen. Wenn Sie *meine* Frau wären, würde ich Sie nie aus den Augen lassen. Möchten Sie mit mir tanzen?«

»Tanzen – wo denn?« Sie schaute sich um und bemerkte erst jetzt auf der anderen Seite des Foyers einen Ballsaal. Immer noch eifersüchtig auf die schöne Blondine, beschloss sie, es ihm heimzuzahlen, und nahm deshalb Sir Roberts Angebot an.

Er war ein guter Tänzer und brachte sie mit seinen

galanten Komplimenten wie immer zum Lachen, doch sie beließ es bei dem einen Tanz, weil sie ihren Mann im Foyer stehen sah.

»Hallo, Chiltern«, begrüßte Sir Robert ihn lässig. »Ich bringe Ihre schöne Frau nur sehr widerwillig zu Ihnen zurück.« Er küsste Beths Hand, verbeugte sich übertrieben und verschwand wieder im Ballsaal.

»Darf ich fragen, wo du gewesen bist?«, knurrte Mr. Chiltern wütend.

»Ich habe mit Sir Robert getanzt.«

»Du weißt doch, dass ich nichts von diesem Kerl halte!«

»Aber du hast mir nicht verboten, mit ihm zu tanzen.«

»Dann verbiete ich es dir jetzt ausdrücklich.«

Sie schwiegen während der Rückfahrt, und Beth steigerte sich in rasende Eifersucht auf die Kurtisane hinein. Sobald sie in ihrem Salon allein waren, fragte sie abrupt: »Ist die Frau, mit der du nach dem Konzert gesprochen hast, deine Mätresse?«

»Es gibt Dinge, über die ein Mann mit seiner Frau nicht redet.«

»Sag es mir!«

»Ich glaube, du vergisst dich!« Er wollte sie in die Arme nehmen, aber sie riss sich heftig von ihm los.

»Ich habe nicht die Absicht, mit dir zu schlafen, solange ich nicht weiß, ob ich die einzige Frau in deinem Leben bin.«

Sie rechnete damit, dass er versuchen würde, ihren Widerstand durch Küsse zu brechen, aber er starrte sie mit versteinerter Miene an, machte auf dem Absatz kehrt und verließ das Zimmer.

36

»Miss Sophy, Lord Anstey ist hier und möchte Sie sehen!«, berichtete die Zofe aufgeregt.

Sophy, die trübsinnig aus dem Fenster ihres Zimmers hatte, drehte sich langsam um. »Tatsächlich?«, murmelte sie gleichgültig.

»Soll ich Sie frisieren? Möchten Sie sich umziehen?«

»Nein.«

»Aber, Miss Sophy, dieses Kleid steht Ihnen nicht so gut wie das rosa oder das gelbe, und Ihr Haar ist vom Wind zerzaust.«

Sophy wusste, dass das Personal gespannt darauf wartete, ob Lord Anstey ihr einen Heiratsantrag machen würde. Sie hatte frischen Wind in dieses verstaubte Haus gebracht, und außer Miss Spicer waren alle ihr wohlgesonnen und wünschten ihr viel Glück.

»Miss Sophy, bitte … so können Sie unmöglich nach unten gehen!«

»Also gut«, gab Sophy seufzend nach.

Zufrieden holte die Zofe das zitronengelbe Kleid aus dem Schrank, half Sophy beim Umziehen, kämmte die wirren Locken, schlang eine Perlenkette um den zarten Hals und betupfte ein Spitzentaschentuch mit Eau de Cologne. »So, jetzt sind Sie bildhübsch!«

Sophy wollte noch etwas herumtrödeln, doch es klopfte an der Tür, und der Butler meldete: »Mrs. Palfrey wünscht, dass Sie zu ihr und Lord Anstey in den Salon kommen.«

Lächelnd ging er ihr voraus und hielt ihr die Salontür auf, während Miss Spicer, die sich in der Halle zu schaffen machte, sie mit dem üblichen giftigen Blick bedachte.

»Lord Anstey möchte unter vier Augen mit dir sprechen«, sagte Mrs. Palfrey feierlich. »Du findest mich später in meinem Ankleideraum.«

Sie zog sich zurück, und Sophy starrte den abgetretenen Teppich an, weil jetzt der Moment gekommen war, vor dem sie sich in den letzten Wochen so gefürchtet hatte.

»Die Bewunderung, die ich seit unserer ersten Begegnung in Yorkshire für Sie hegte, ist nach unserem unverhofften Wiedersehen gewachsen und hat sich zu einem tieferen Gefühl entwickelt«, begann Lord Anstey gestelzt. »Weil Ihre Mutter nicht hier ist, habe ich das Einverständnis Ihrer Tante eingeholt…« Er griff nach Sophys Hand, und sie rechnete fast damit, dass er auf ein Knie niedersinken würde, worüber sie unweigerlich kichern müsste.

Zum Glück verzichtete er auf diesen dramatischen Effekt und fuhr fort: »Ich habe lange gezögert, weil Sie noch sehr jung sind, und weil Ihre Lebhaftigkeit nicht immer erfreulich ist, aber inzwischen bin ich zu der Überzeugung gelangt, dass Sie nur eine starke Hand benötigen, um eine gute Ehefrau zu werden. Und deshalb frage ich Sie – wollen Sie mir die Ehre erweisen, mich zu heiraten?«

Sophy suchte nach passenden Worten, um seinen Antrag anzunehmen, doch plötzlich tauchte der blonde Räuber vor ihrem geistigen Auge auf, und sie hörte sich murmeln: »Ich … ich fühle mich sehr geehrt, aber ich weiß nicht, was ich Ihnen antworten soll, und möchte Sie um einige Tage Bedenkzeit bitten.«

Seine Miene spiegelte deutlichen Verdruss wider. »Ich gestehe, dass ich auf eine andere Antwort gehofft habe, aber ich nehme an, dass Sie Ihr Glück einfach noch nicht fassen können. In zwei Tagen werde ich Sie wieder besuchen, um Ihr Jawort zu erhalten.« Mit einer steifen Verbeugung verließ er den Salon.

Gleich darauf klopfte der Butler an. »Mrs. Palfrey erwartet Sie in ihrem Ankleidezimmer.«

Schweren Herzens ging Sophy die Treppe hinauf.

»Gut gemacht, Kind!«, rief Tante Jane sofort. »Dein Vater wäre stolz, dass du demnächst den dir gebührenden Platz in der Gesellschaft einnehmen wirst, und ich bin stolz auf meinen bescheidenen Beitrag zu deinem Glück. Komm, küss mich!«

Während Sophy die runzelige Wange ihrer Tante küsste, betrat Miss Spicer das Zimmer. Sophy wünschte sie zum Teufel und atmete tief durch, bevor sie stammelte: »Ich… ich habe seinen Antrag noch nicht angenommen.«

»Was? Hast du den Verstand verloren, Mädchen? Eine bessere Partie als Anstey wirst du niemals machen können! Was hast du ihm gesagt?«

»Ich habe ihn um Bedenkzeit gebeten.«

»Was ist nur in dich gefahren? Und wenn er sich nun anders besinnt? Vielleicht glaubst du ja, dass ein junges Mädchen sich ein bisschen zieren muss, aber dieser Schuss kann leicht nach hinten losgehen.«

»Sie undankbares Geschöpf!«, kreischte Miss Spicer. »Ihre Tante hat so viel für Sie getan, und Sie …«

»Sei still!« fiel Mrs. Palfrey ihr ins Wort. »Ich werde ohne deine Einmischung mit dieser Situation fertig.« Als sie Tränen in Sophys Augen sah, wurde ihre Stimme etwas milder. »Na, na … es ist ja noch nicht alles verloren. Bitte ihn morgen hierher und sag ihm, dass du seinen Antrag annimmst.«

»Er kommt in zwei Tagen.«

»Ausgezeichnet, aber dann bitte keine Sperenzchen mehr! Ich lasse meinen Haushalt nicht wochenlang völlig auf den Kopf stellen, nur damit du einen begehrenswerten Mann wie Anstey verschmähst. Wenn du ihn nicht nimmst, schicke ich dich sofort nach Yorkshire zurück!«

Das eisige Schweigen zwischen Beth und Mr. Chiltern hielt nun schon Tage an. Er machte keinen Versuch, sich ihr zu nähern, und sie fuhr in niedergedrückter Stimmung zur Anprobe eines Ballkleids. Madame Monique begrüßte sie überschwänglich, wurde dann aber von einer anderen Kundin beansprucht, sodass Beth sich allein in den Umkleideraum begab.

Bestürzt stellte sie fest, dass sich dort schon jemand aufhielt – ausgerechnet die schöne Blondine! »Es … es tut mir Leid«, stammelte sie verlegen. »Ich wusste nicht, dass jemand hier ist.«

Die Frau war nur mit einer seidenen Unterhose, Strümpfen und Schuhen bekleidet. Ihre Wespentaille bildete einen reizvollen Gegensatz zu den ausladenden Hüften, doch es waren vor allem ihre vollen Brüste, die Beth fasziniert anstarrte. Sie dachte, dass bestimmt kein Mann der Versuchung widerstehen könnte, diese reifen Früchte zu streicheln und an den rosigen Brustwarzen zu saugen.

»Mrs. Chiltern, nicht wahr? Ich bin Heloise Barrington.« Die rauchige Stimme der Blondine war genauso verführerisch wie ihre Figur. Diese Frau war für die Liebe geschaffen, und seltsamerweise fühlte Beth sich zu ihr hingezogen. Sie wollte ihre Hände um diese herrlichen Brüste wölben, wollte diese zarte weiße Haut spüren …

»Ich habe Sie nach dem Konzert gesehen«, brachte sie mühsam hervor.

»Ich Sie auch. Ich wollte gerade Tee trinken. Möchten Sie auch eine Tasse?« Sie deutete auf ein Tablett auf dem kleinen Tisch neben dem Sofa.

»Danke, gern.«

Ohne etwas anzuziehen, nahm Heloise auf dem Sofa Platz, schenkte Tee ein und reichte Beth eine Tasse. Während Beth sich auf einen zierlichen Stuhl setzte, ging ihr durch den Kopf, wie absurd diese Situation war: Sie trank mit der halb nackten Geliebten ihres Mannes Tee!

»Hassen Sie mich?«, fragte Heloise nüchtern.

»Nein«, antwortete Beth aufrichtig. »Sind Sie die Mätresse von Mr. Chiltern?«

Heloise ließ ein perlendes Lachen erklingen. »Leider nicht mehr …«

Beth war so erleichtert, dass sie die Frau am liebsten geküsst hätte. Aber warum hatte ihr Mann ihr das nicht gesagt? Eine andere Frage war natürlich, ob sie ihm geglaubt hätte.

»Wann … ich meine …«

»Wann wir uns getrennt haben? Vor über einem Jahr – aber wir sind gute Freunde geblieben.«

»Sie sind wunderschön!«, hörte Beth sich sagen.

Heloise lachte wieder. »Sie auch!« Sie stellte ihre Tasse ab und streichelte Beths Wange. »So jung und schön …« Ihre Stimme hörte sich ein wenig wehmütig an.

Beth wusste später nicht, wer von ihnen den ersten Schritt gemacht hatte. Plötzlich lagen sie sich in den Armen, und Beth wurde zum ersten Mal in ihrem Leben von einer Frau auf den Mund geküsst. Heloises Lippen waren weich und warm, und ihr schweres Parfum übte auf Beth eine betörende Wirkung aus. Sie gab seufzend dem Verlangen nach, die üppigen Brüste zu streicheln, die sie von Anfang an so fasziniert hatten, und sie wehrte sich nicht, als ihre eigenen kleinen Brüste aus dem Mieder befreit wurden. Heloise half ihr beim Ausziehen, und dann legten die beiden Frauen sich aufs Sofa und liebkosten einander, bis Beth vor Lust bebte.

Eine zarte Hand glitt zwischen ihre Beine, und sie stöhnte, als Heloise ihren Kitzler zu reiben begann, so gekonnt, dass Beth innerhalb einer Minute zum Orgasmus kam.

Sobald sie wieder normal atmen konnte, griff die Blondine nach ihrer Hand und führte sie zwischen die eigenen Schenkel. Es war ein eigenartiges Gefühl, eine andere Frau intim zu berühren, und Beth hatte anfangs Mühe, sich in den weichen Hügeln und Tälern zurechtzufinden, doch schließlich ertastete sie das Lustzentrum und massierte es so, wie sie selbst es am liebsten hatte. »Mache ich es richtig?«, murmelte sie unsicher.

»Mmm ... nur ein bisschen schneller ... ja, herrlich...«

Beth nahm eine pralle Brustwarze in den Mund und saugte daran, und gleich darauf bäumte Heloise sich in Ekstase auf.

Nach einem zärtlichen Kuss fiel Beth verspätet ein, dass jede Sekunde jemand hereinkommen konnte, und sie zog sich hastig an. »Ich sollte hier mein neues Ballkleid anprobieren, aber ich sehe es nirgends.«

»Nebenan ist ein zweiter Raum«, sagte Heloise.

Beth schaute nach, sah ihre Robe auf einem Bügel und nahm widerwillig Abschied von ihrer Gespielin.

37

»O Beth, was soll ich nur machen?«, jammerte Sophy. Sie hatte ihrer Schwester alles erzählt, weil sie sich außerstande fühlte, in so kurzer Zeit allein eine Entscheidung zu treffen, die unwiderruflich sein würde.

»Ich weiß es auch nicht«, seufzte Beth, die Sophy nicht beeinflussen wollte.

»Bist … bist du mit Mr. Chiltern glücklich?«

Das war eine schwierige Frage. Ihr Mann machte immer noch keine Annäherungsversuche, und sie wollte sich nichts vergeben, indem sie den ersten Schritt machte, aber sie musste zugeben, dass sie die sexuellen Freuden sehr entbehrte. Von ihrem zufälligen Treffen mit seiner früheren Geliebten hatte sie ihm nichts erzählt – es wäre ihr peinlich gewesen!

»In vieler Hinsicht – ja«, antwortete sie ihrer Schwester. »Aber wir müssen einander noch viel besser kennen lernen, und der Gewöhnungsprozess ist nicht immer einfach.«

»Ich weiß, dass ich immer davon geträumt habe, einen reichen Mann mit Adelstitel zu heiraten«, murmelte Sophy, »aber ich glaube, dass ich Lord Ansteys Umarmungen nicht ertragen könnte, weil ich ständig an meinen geliebten Räuber denken müsste. Natürlich kann ich den Lord heiraten, ihm einen Erben schenken und mir dann einen attraktiven Liebhaber suchen, aber ein begehrenswerter Ehemann wäre mir wesentlich lieber.« Sie weinte in ihr Taschentuch.

»Du könntest Lord Anstey um eine längere Bedenkzeit bitten«, schlug Beth vor.

»Ich glaube nicht, dass er darauf eingeht, und Tante Jane will mich sofort nach Hause schicken, wenn ich seinen Antrag nicht annehme.« Ihre Miene hellte sich ein wenig auf. »Aber vielleicht könnte ich auf einer langen Verlobungszeit bestehen …«

»Vielleicht.« Beth wollte ihr diese letzte Hoffnung nicht rauben, hielt es aber für unwahrscheinlich, dass Lord Anstey damit einverstanden sein würde.

Sophy kehrte niedergeschlagen ins Haus ihrer Tante zurück und traf auf der Treppe ausgerechnet Miss Spicer, die sie noch giftiger als sonst anstarrte. Bisher hatte Sophy das immer ignoriert, doch jetzt stellte sie die Frau zur Rede. »Was habe ich Ihnen eigentlich getan, dass Sie mich so verabscheuen?«

»Sie sind eine Intrigantin!« zischte Miss Spicer mit hassverzerrtem Gesicht.

»Was meinen Sie damit?«, fragte Sophy verständnislos.

»Sie kommen einfach hierher und schmeicheln sich mit Ihrem scheinheiligen Lächeln bei meiner Kusine ein! Sie macht Ihnen Geschenke und kauft Ihnen Kleider – und ich muss ihre abgelegten Sachen tragen! Ich weiß, dass sie vorhat, ihr Testament zu ändern und ein verschlagenes kleines Luder zu begünstigen!«

»Welche Geschenke? Welches Testament?«

»Ich habe doch den Saphirkamm und die anderen Schmuckstücke gesehen, die Sie ihr irgendwie abgeschwatzt haben! Ich bin seit zwanzig Jahren ihre treue Gefährtin, und mir schenkt sie nicht einmal ein Parfum. Und jetzt ist sie so begeistert über Ihre baldige Vermählung mit Lord Anstey, dass sie Ihnen weiteren Schmuck als Hochzeitsgeschenk zukommen lassen und sogar als Erbin einsetzen will!«

»Sie können von nun an wieder ruhig schlafen, denn ich werde Lord Anstey nicht heiraten.« Die Worte waren Sophy unbedacht entschlüpft.

»Sie lügen! Ein Bettelmädchen wie Sie wird sich einen solchen Fang doch nicht entgehen lassen!«

»Ich liebe ihn nicht und werde ihn nicht heiraten.«

»Warten Sie, bis Ihre Tante das hört!« Miss Spicer eilte davon. »Kusine! Kusine!«

Trotzig ging Sophy in ihr Zimmer, um sich für den Abend umzuziehen. Kaum zwei Minuten später betrat ihre Tante den Raum. »Was soll dieser Blödsinn? Willst du Anstey wirklich abweisen, oder wolltest du nur meine Kusine zum Narren halten?«

»Es tut mir Leid, Tante … ich kann ihn nicht heiraten, weil ich ihn nicht liebe.«

»Liebe! Den gleichen Unsinn hat dein Vater geschwafelt, als er sich weigerte, ein Mädchen aus bester Familie zu heiraten. Er hat sich für deine Mutter entschieden und diese Torheit sein Leben lang bereut.«

»Das stimmt nicht! Er liebte meine Mutter, und sie waren bis zu seinem Tod sehr glücklich. Aber das kannst du natürlich nicht wissen, weil du keinen Kontakt mehr mit deinem Bruder haben wolltest.«

»Diesen Fehler wollte ich wieder gutmachen, indem ich seine Tochter bei mir aufgenommen habe. Und was ist der Dank dafür? Wenn Anstey morgen kommt, sagst du ihm entweder, dass du seine Frau wirst, oder aber du kannst sofort deine Koffer packen!«

Nachdem Mrs. Palfrey das Zimmer verlassen hatte, kämpfte Sophy mit den Tränen, beschloss dann aber, ihren voraussichtlich letzten Londoner Ball an diesem Abend noch einmal richtig zu genießen.

Als Sir Robert sie um einen Tanz bat, sah Beth keine Veranlassung, ihm diesen Wunsch abzuschlagen. Obwohl sie jetzt wusste, dass Heloise nicht mehr die Geliebte ihres Mannes war, grollte sie ihm, weil er sie im Unklaren gelassen hatte.

Und an diesem Abend hatte sie sich wieder über ihn geärgert, denn anstatt wenigstens einmal anstandshalber mit ihr zu tanzen, war er sofort in einem Nebenraum verschwunden, um Karten zu spielen.

Es war ein warmer Abend, und der Ballsaal war überfüllt. Nach dem Tanz mit Sir Robert fächelte Beth sich Luft zu und schlug lächelnd vor: »Könnten wir für kurze Zeit auf die Terrasse gehen? Mir ist schrecklich heiß.«

»Aber gern.« Er bot ihr seinen Arm, und sie schlenderten ins Freie, stützten sich auf die Brüstung und blickten auf die Gärten hinab.

»Woran denken Sie?«, fragte Sir Robert.

»Ich habe über das Leben und die Liebe nachgedacht.«

Er führte ihre Hand an seine Lippen, und sie lächelte ihm zu, erschrak aber, als er ihren Unterarm mit heißen Küssen bedeckte. »Sir Robert – nicht!«

Anstatt sie loszulassen, zog er sie an sich und suchte ihren Mund. Während die Küsse ihres Mannes sie immer sofort erregten, empfand sie bei diesem Kuss nur Widerwillen, umso mehr, als Sir Robert auch noch ungeniert ihre Brüste betastete.

Beth geriet in Panik und schlug ihm hart ins Gesicht. Er wich mehrere Schritte zurück und griff sich an die gerötete Wange. »Ich bitte um Entschuldigung, Verehrteste, aber Ihr Benehmen ließ darauf schließen, dass meine Aufmerksamkeiten Ihnen sehr willkommen sein würden!« Er wandte sich abrupt ab und verschwand im Saal.

Sophy hatte gehofft, dass Lord Anstey nicht zu dem Ball kommen würde, aber er war da und ließ sich einen Tanz mit ihr reservieren. Sie konnte ihm diesen Wunsch unmöglich abschlagen, und als er sie später aufs Parkett führte, machte er ihr Komplimente über ihr Kleid, das ein Geschenk von Mrs. Palfrey war, während sie sich überlegte, wie er als Liebhaber sein mochte. Wenn sie ihn nur begehren könnte …

Sie hatte ziemlich viel Champagner getrunken, um ihre hoffnungslose Situation zu vergessen, und plötzlich kam ihr in den Sinn, dass sie ausprobieren sollte, wie ein Kuss von ihm auf sie wirkte. Wenn sie seine Lippen auf den ihren spürte, würde sie ja vielleicht doch noch in Leidenschaft zu ihm entbrennen!

Nach dem Tanz bat sie ihn, sie auf den Säulengang vor dem Ballsaal zu begleiten, und im Schatten einer Marmorstatue blieb sie stehen und schaute lächelnd zu ihm auf. »Lord Anstey, würden Sie … würden Sie mich bitte küssen?«

»Mit Vergnügen.« Er küsste sie flüchtig auf die Wange.

Das entsprach nicht Sophys Vorstellungen von einem Kuss. Vom Champagner angeregt, stellte sie sich auf die Zehenspitzen und presste ihre Lippen auf seinen Mund. Er reagierte kaum, und sie verspürte nicht die geringste Erregung.

Nach wenigen Sekunden schob er sie sanft von sich. »Auf charmantere Art und Weise hätten Sie mir nicht sagen können, dass Sie meinen Heiratsantrag annehmen! Ich bin überglücklich, und wir sollten sofort Mr. und Mrs. Chiltern diese freudige Nachricht mitteilen.«

Sophy war entsetzt, dass er völlig falsche Schlussfolgerungen aus ihrem Test gezogen hatte. Nach diesem enttäuschenden Kuss war ihr völlig klar, dass sie ihn nicht heiraten konnte, und sie nahm ihren ganzen Mut zusammen. »Lord Anstey, Ihr Antrag ehrt mich sehr, aber … aber ich kann nicht Ihre Frau werden!«

Er runzelte die Stirn. »Welches Spiel treiben Sie eigentlich?«

Sophy senkte die Lider. »Es tut mir Leid …«

»Sie haben mich zum Narren gehalten und mit meinen Gefühlen gespielt! Ich bin heilfroh, dass mir die Augen über Ihren wahren Charakter geöffnet wurden, bevor ich den verhängnisvollen Irrtum begehen konnte, Sie zur Frau zu nehmen!« Er ließ sie einfach auf dem Gang stehen.

Den Tränen nahe, öffnete Sophy die erstbeste Tür. Sie musste eine Weile allein sein, um ihre Selbstbeherrschung zurückzuerlangen. Die Bibliothek, in die sie sich geflüchtet hatte, wurde nur vom Mondschein erhellt, der durch die hohen Fenster einfiel, und sie ließ sich auf ein Ledersofa fallen. Aus Torheit hatte sie alle Zukunftschancen verspielt ... sie würde unverzüglich nach Yorkshire zurückkehren müssen, und hinter ihrem Rücken würden alle schadenfroh spotten, dass es ihr nicht gelungen war, in London einen Ehemann zu finden. Sie konnte noch von Glück sagen, wenn irgendein jüngerer Sohn aus dem Landadel mit höchstens zweitausend Pfund Jahreseinkommen ihr einen Antrag machen würde ...

Ihr blieb wirklich nichts erspart, denn plötzlich betrat ein großer, schlanker Mann die Bibliothek. Sie sprang erschrocken vom Sofa auf und wollte hinausrennen, doch er versperrte ihr den Weg zur Tür und verbeugte sich höflich. »So sieht man sich wieder ...«

Beim Klang dieser Stimme stockte Sophys Herzschlag. Sie schaute auf und sah ein lachendes Gesicht mit dunkelgrauen Augen und blonden Haaren, die im Mondlicht silbrig schimmerten.

»Du?« war alles, was sie hervorbrachte.

38

Er verbeugte sich noch einmal, bevor er sie in die Arme nahm und küsste, bis sie weiche Knie hatte und vor Erregung wie Espenlaub zitterte. An seine Schultern geklammert, ließ sie sich zum Sofa tragen, und er setzte sich zu ihr und griff nach ihren Händen.

»Was ... was machst du hier?«, stammelte Sophy. »Hast du dich von Straßenraub auf Hauseinbrüche umgestellt?«

»Ich brauchte nicht einzubrechen – man hat mich

höflich eingelassen«, antwortete er lässig. »Ich wollte dich sehen …«

Ohne seine Maske sah er noch attraktiver aus. »Ich dachte, ich würde dich nie wieder sehen, und war todunglücklich«, gestand sie leise.

Aus dem Ballsaal waren die Klänge eines Walzers zu hören, und er stand auf. »Dürfte ich um diesen Tanz bitten?«

»O ja …«

Sophy war im siebten Himmel, während sie in der Bibliothek miteinander tanzten, denn er zog sie dabei nach und nach aus, was sie auf die Idee brachte, auch ihn seiner Kleider zu berauben, sodass sie bei den letzten Walzertakten splitternackt waren.

Als die Musik verstummte, kniete er nieder und nahm sie mit Händen, Lippen und Zunge in Besitz, bis sie stöhnend auf das Sofa sank und ihn auf sich zog. Er küsste ihre Brüste, was die Glut in ihrem Unterleib weiter entfachte, und dann drang er endlich in sie ein, und ihre Körper verschmolzen miteinander, so als wären sie einst ein Ganzes gewesen und nur zeitweilig in zwei Hälften zertrennt worden.

Den Orgasmus erlebten sie gemeinsam wie einen Vulkanausbruch, und danach blieben sie erschöpft eng umschlungen liegen und flüsterten Liebesworte …

Beide schreckten hoch, als die Tür geöffnet wurde, und Sophy schnappte entsetzt nach Luft, denn es war ausgerechnet Lord Anstey, der auf der Schwelle stand und das nackte Paar auf dem Sofa seinerseits entgeistert anstarrte.

»Ich kann wirklich von Glück sagen … ein Flittchen wie Sie hätte meinen Namen entehrt!«, bemerkte er eisig, und dann fiel die Tür wieder zu.

Sophy sprang auf und suchte nach ihrer Unterhose. »Wir müssen uns beeilen … Zieh dich bitte an!«

»Was meinte er damit, dass du seinen Namen entehrt hättest?«, wollte der Räuber wissen.

»Ich habe seinen Heiratsantrag abgelehnt.«

»Warum? Er ist eine gute Partie.«

»Ich liebe ihn nicht ... und ich musste immer an dich denken.«

Es war eine Katastrophe, dass Lord Anstey sie in flagranti ertappt hatte. Aus Rachsucht würde er ihren Ruf ruinieren, und sie würde nicht einmal in Yorkshire irgendeinen Ehemann abbekommen ...

Sobald sie angekleidet waren, küsste der Räuber sie wieder, doch sie wurden wieder gestört: Lord Anstey stürzte in die Bibliothek, gefolgt von Beth, ihrem Mann und anderen interessierten Ballbesuchern.

»Sehen Sie selbst!«, rief Anstey empört. »Das schamlose Geschöpf turtelt immer noch mit ihrem Liebsten! Sie sind wirklich zu bedauern, Chiltern, dass Sie in diese Familie eingeheiratet haben!«

Der Räuber trat ihm entgegen. »Sollten Sie meine Verlobte noch einmal beleidigen, Anstey, werden Sie sich mit mir duellieren müssen ... und mein letzter Gegner hat nur dank ärztlicher Kunst überlebt!«

Sophy konnte zwar keinen klaren Gedanken fassen, bemerkte aber doch, dass Lord Anstey erbleichte.

»Verzeihung, Mylord ... ich habe Sie nicht erkannt ...«

»Entschuldigen Sie sich nicht bei mir, sondern bei meiner Braut!«, verlangte der Räuber.

Lord Anstey verbeugte sich in Sophys Richtung. »Entschuldigen Sie meine voreiligen Worte ...«

»Was ist hier eigentlich los?«, fragte Beth den Mann, der ihre Schwester eng umschlungen hielt. »Wer sind Sie?«

Bevor der Räuber etwas sagen konnte, ergriff Mr. Chiltern amüsiert das Wort. »Das ist der Graf von Bostforth!«

39

Am nächsten Tag wurde Sophy gleich nach dem Frühstück in den Salon gerufen, wo außer ihrer Tante auch Miss Spicer saß, der die Bosheit ins Gesicht geschrieben stand.

»Ich hoffe, dass du zur Vernunft gekommen bist«, sagte Mrs. Palfrey barsch. »Bist du bereit, Ansteys Antrag anzunehmen, wenn er heute zu Besuch kommt? Wenn nicht, kannst du gleich anfangen, deine Koffer zu packen!«

Sophy lächelte. »Lord Anstey wird heute nicht kommen.«

»Was? Er hat es sich also anders überlegt ... du törichtes Ding, daran bist du selber schuld!«

»Nein, er hat es sich nicht anders überlegt. Ich habe ihn gestern Abend auf dem Ball gesehen und ihm gesagt, dass ich ihn nicht heiraten werde.«

»Dann bist du dümmer, als ich für möglich gehalten hätte! Jetzt wirst du für den Rest deines Lebens in der Provinz verkümmern müssen. Lass die beiden Kleider hier, die ich dir gekauft habe – ich werde sie weiterverkaufen!«

Miss Spicer stand triumphierend auf. »Ich sage der Zofe Bescheid, dass sie sofort mit dem Packen beginnen soll. Hoffentlich hast du jetzt begriffen, liebe Kusine, wer dir wirklich treu ergeben ist!«

»Ich habe Lord Anstey gesagt, dass ich ihn nicht heiraten kann, weil ich einen anderen Mann liebe«, erklärte Sophy ruhig.

»Zweifellos irgendeinen Bauerntölpel aus Yorkshire!«, schnaubte Mrs. Palfrey. »Dann heirate ihn eben, aber rechne nicht mit einem Hochzeitsgeschenk von mir!«

»Mein zukünftiger Mann möchte dir heute Nachmittag seine Aufwartung machen.«

»Ist er extra angereist, um dich zu sehen? Ausgezeichnet, denn dann kannst du ja mit ihm in den Norden zurückkehren, und mir bleiben die Kosten für eine Kutsche erspart! Aber ich werde für ihn nicht zu sprechen sein.«

»Das ist sehr schade, Tante«, säuselte Sophy. »Ich kehre nicht nach Yorkshire zurück, sondern werde die kurze Zeit bis zu meiner Hochzeit bei meiner Schwester verbringen, weil mein Verlobter, der Graf von Bostforth, nicht von mir getrennt sein möchte. Heute Morgen habe ich meiner Mutter geschrieben und sie gebeten, möglichst schnell nach London zu kommen.«

Mrs. Palfrey schnappte nach Luft. »Hast du wirklich Bostforth gesagt?« Sophy nickte. »Der Mann ist steinreich … da kann Anstey nicht mithalten! Liebe Nichte, besser hättest du deine Sache gar nicht machen können!« Sie stand auf und umarmte Sophy. »Du bekommst meinen Diamantschmuck als Hochzeitsgeschenk.«

Miss Spicer rannte wütend hinaus.

Es war Sophy fast peinlich, wie überschwänglich Mrs. Palfrey ihren Verlobten begrüßte, der sehr galant zu der alten Dame war und sich geduldig anhörte, welche Vorstellungen sie von einer Hochzeit hatte, die seiner gesellschaftlichen Position entsprechen würde. Sophy saß stumm da und konnte es immer noch nicht fassen, dass sie diesen unglaublich attraktiven Mann bald heiraten würde.

Als er sich schließlich formvollendet verabschiedete, bat er: »Dürfte ich noch einige Minuten mit meiner Verlobten unter vier Augen sprechen?«

Seinem charmanten Lächeln konnte nicht einmal Tante Jane widerstehen. »Selbstverständlich.«

Sie ließ die beiden allein, und der Graf nahm Sophy sofort in die Arme und küsste sie leidenschaftlich. Unter Aufbietung aller Willenskraft löste sie sich von ihm und flüchtete hinter das Sofa: »Nicht hier …«

»Wo dann? Ich kann es kaum erwarten, dich wieder nackt zu sehen und in Besitz zu nehmen!«

Bei seinen Worten liefen Sophy heiße Schauer über den Rücken. »Wir müssen heute Abend einen Ort finden, wo wir ungestört sind … Aber jetzt möchte ich erst einmal wissen, warum du den Räuber gespielt hast.«

Er lachte. »Zuerst war es eine Wette – und dann fand ich Gefallen an dieser Rolle.«

»Du wohnst also nicht in der Holzfällerhütte?«

»Nein, natürlich nicht. Ich besitze ein Schloss und zwei Landsitze … Die Hütte benutzten wir nur, wenn wir ahnungslose Reisende überfallen wollten.«

»Wer war dein Komplice?«

Er machte es sich grinsend auf dem Sofa bequem. »Mein Kammerdiener. Nach unserer ersten Begegnung wollte ich unbedingt wissen, wer du bist, aber seine diskreten Erkundigungen verliefen im Sande. Als du dann in der Hütte aufgetaucht bist, glaubte ich zu träumen.«

»Aber warum hast du gesagt, dass wir uns nicht wieder sehen dürften?«

»Ich wollte dich nicht in Gefahr bringen, solange ich einen Räuber spielte. Inzwischen haben wir unsere Masken verbrannt und führen wieder ein respektables Leben.«

»Ich stelle es mir sehr aufregend vor, ein Räuber zu sein«, murmelte Sophy sehnsüchtig. »Wie wär's, wenn ich mich als Mann verkleide und dich begleite?«

Er sprang auf und riss sie in seine Arme. »Das kommt nicht in Frage! Außerdem werden wir genug zu tun haben.«

»Womit?«
»Dreimal darfst du raten, Liebste …«

»Mama!« Sophy warf sich in die Arme ihrer Mutter, die soeben mit Junker Gorse den Salon in Mr. Chilterns Haus betreten hatte. Er befand sich auf einer Geschäftsreise und hatte Beth erlaubt, ihre Schwester bis zur Hochzeit bei sich aufzunehmen.

Erstaunt stellte Sophy fest, dass zwei weitere Gäste darauf warteten, begrüßt zu werden: Augusta und Hauptmann Mauldeth. Sie hatte die Tochter des Junkers noch nie so elegant gekleidet gesehen. Ein schlichtes dunkelblaues Kleid ließ sie viel schlanker erscheinen, und sie hatte auch eine neue Frisur – einen lockeren Nackenknoten, der wesentlich vorteilhafter war als das bisherige künstliche Lockengewirr.

»Schau!« Triumphierend zeigte sie Sophy den Ring an ihrem Mittelfinger.

»Mama, warum hast du mir nicht geschrieben, dass Augusta und Hauptmann Mauldeth geheiratet haben?«, rief Sophy aufgeregt.

»Weil die Hochzeit an dem Tag stattfand, als ich deinen Brief erhielt«, erklärte Mrs. Woodleigh. »Daraufhin haben Augusta und ihr Mann spontan beschlossen, uns nach London zu begleiten und ihre Flitterwochen hier zu verbringen.« Ihre Miene verriet, dass sie davon nicht hell begeistert war.

Erst nach dem Abendessen, an dem auch Sophys Verlobter teilnahm, gelang es ihr, ungestört einige Worte mit Hauptmann Mauldeth zu wechseln. »Wie ist es Ihnen gelungen, das Hochzeitsdatum festzusetzen?«, fragte sie neugierig.

»Es war verdammt schwierig«, gestand er. »Sie gefiel sich in der Rolle der Verlobten, und meine Gläubiger wurden immer ungeduldiger. Schließlich sah ich nur noch einen einzigen Ausweg – ich trank mir mit einer halben Flasche Brandy Mut an und verführte sie!«

Sophy machte große Augen. »Das war wirklich heldenhaft!«

»Ich befürchtete, dass sie mich ohrfeigen würde, doch sobald ich sie umarmte, hat sie mich fast vergewaltigt!«

»Was?«, rief Sophy ungläubig.

»Ja, und hinterher habe ich ihr weisgemacht, wir müssten so schnell wie möglich heiraten, um zu jeder Tages- und Nachtzeit der Liebe frönen zu können. Sie war sofort einverstanden und ist seitdem unersättlich. Sobald wir allein sind, will sie Sex!«

»Das wirkt sich offenbar positiv auf ihr Äußeres aus.«

Hauptmann Mauldeth schaute zu seiner Frau hinüber, und sie warf ihm lächelnd eine Kusshand zu. »Ich kümmere mich jetzt um ihre Kleidung, und außerdem wird sie in einem halben Jahr gertenschlank sein, denn jedes Mal, wenn sie nach Süßigkeiten greifen will, lenke ich sie mit Zärtlichkeiten ab. Dafür muss ich jetzt doppelt so viel essen, um bei Kräften zu bleiben.«

Sophy kicherte. »Sind Sie halbwegs glücklich?«

»Ich wäre noch glücklicher, wenn sie mir nicht wie ein Hündchen auf Schritt und Tritt nachlaufen würde, aber sie hält mich nicht mehr ganz knapp bei Kasse, und meine Schulden bin ich auch los, also kann ich im Großen und Ganzen nicht klagen.« Er küsste Sophys Hand. »Trotzdem beneide ich Ihren Verlobten!«

40

Beth hatte beschlossen, die Rückkehr ihres Mannes unvergesslich zu gestalten.

Der Koch musste Mr. Chilterns Lieblingsgerichte zubereiten, und sie nahm am Nachmittag ein ausgiebiges Bad und traf weitere Vorbereitungen. Ihr Herz begann schneller zu schlagen, als die Kutsche am frühen Abend vorfuhr, denn der Butler sollte seinem Herrn ausrichten, sie erwarte ihn in ihrem Schlafzimmer, sobald er sich etwas erfrischt habe.

Eine halbe Stunde später klopfte es, und sie rief aufgeregt: »Herein!«

Als er eintrat, lag sie in einem fast durchsichtigen bernsteinfarbenen Nachthemd auf dem Sofa, ein Bein anmutig angewinkelt, die Arme im Nacken verschränkt. Sie ließ ihm Zeit, sie in dieser verführerischen Pose zu bewundern, bevor sie leichtfüßig aufstand und ein Glas Wein einschenkte. »Willkommen daheim!«, säuselte sie, während sie es ihm lächelnd überreichte.

Das Nachthemd war seitlich bis zu den Hüften geschlitzt, und er starrte auf ihre wohlgeformten Beine, die bei jedem Schritt zu sehen waren. »Geht es dir gut?«, erkundigte er sich heiser.

»Ausgezeichnet. Nimm doch bitte Platz.« Beth deutete auf den Tisch, der am Fenster für zwei Personen gedeckt war, setzte sich ihm gegenüber und bediente ihn mit köstlichen Vorspeisen. »War deine Reise erfolgreich?«

»Ja …« Seine Blicke ruhten auf ihren rosigen Brustwarzen, die durch den hauchdünnen Stoff schimmerten.

Nach dem ersten Gang kniete Beth mit einem betörenden Lächeln vor ihm nieder, knöpfte seine Hose auf und nahm sein steifes Glied in die Hände. Sie streichelte und küsste es, bis er sie stöhnend auf seinen Schoß ziehen wollte, kehrte dann aber unerbittlich auf ihren Stuhl zurück. »Der Koch hat sich so viel Mühe gegeben … Möchtest du lieber Seezunge in Bechamelsauce oder Hammelfleisch mit Pilzen … oder vielleicht Taubenpastete?«

Mr. Chiltern sprang auf und riss sie in die Arme. »Im Augenblick habe ich nur auf *eines* Appetit … aber die Nacht ist lang, und wir werden zwischendurch eine Stärkung benötigen!«

Mit dem beseligenden Gefühl, ihren Mann endgültig erobert zu haben, überließ Beth sich seinen leidenschaftlichen Liebesbezeugungen …